Te esperaré toda mi vida

Megan Maxwell

Te esperaré toda mi vida

Esencia/Planeta

Avda. Diagonal, 662-664, 08034 Barcelona (España)
www.esenciaeditorial.com
www.planetadelibros.com

Adaptación de la cubierta: Booket / Área Editorial Grupo Planeta
Imagen de la cubierta: © Jeff Cottenden
Primera edición en Colección Booket: enero de 2016
Primera edición en esta presentación: noviembre de 2024

Depósito legal: B. 17.875-2024
ISBN: 978-84-08-29464-1
Impresión y encuadernación: Liberdúplex, S. L.
Printed in Spain - Impreso en España

Biografía

Megan Maxwell es una reconocida y prolífica escritora del género romántico que vive en un precioso pueblecito de Madrid. De madre española y padre americano, ha publicado más de cincuenta novelas, además de cuentos y relatos en antologías colectivas. En 2010 fue ganadora del Premio Internacional de Novela Romántica Villa de Seseña, en 2010, 2011, 2012 y 2013 recibió el Premio Dama de Clubromantica.com. En 2013 recibió también el AURA, galardón que otorga el Encuentro Yo Leo RA (Romántica Adulta), y en 2017 resultó ganadora del Premio Letras del Mediterráneo en el apartado de novela romántica. *Pídeme lo que quieras*, su debut en el género erótico, fue premiada con las Tres Plumas a la mejor novela erótica que otorga el Premio Pasión por la Novela Romántica.

Encontrarás más información sobre la autora y su obra en:

https://megan-maxwell.com

@Megan Maxwell

@megan__maxwell

@MeganMaxwell

Prólogo

Aberdeen, Escocia, 1429

Alannah Carmichael corría asustada por el empapado y verde descampado agarrándose su avanzado embarazo con ambas manos. En el rostro de Keeva, una hechicera, ardía la maldad y el deseo de venganza. El enlace de Sean Roberts y lady Marian Mctouch un día antes en el castillo de Aberdeen se había tornado en fatalidad. Un error durante los festejos había hecho que una flecha de los Carmichael acabara con la vida de Brendan, hijo de Keeva. Atrás quedaron los días de plácida vida. Las noches de quietud. Keeva había perdido a su adorado hijo y su furia era imparable.

—Parad, Alannah, no tenéis escapatoria —gritó Keeva con los ojos encendidos por la venganza.

La joven, asustada, no quería dejar de correr, pero agotada por el peso del bebé en su vientre y la proximidad del acantilado se veía forzada a parar. No podía continuar o caería al mar. Estaba acorralada. No podía huir. Por ello, y a sabiendas de que iba a morir, se volvió con aplomo hacia la hechicera y mirándola a los ojos voceó:

—Os juro que aun muerta, Keeva, no descansaré en mi lecho hasta vengar la muerte de mi esposo. ¿Por qué le habéis matado? ¿Por qué?

—Le amabais como yo a mi hijo.

Delirante, la hechicera se acercó a ella, y agarrando el colgante del cuello de Alannah, se lo arrancó.

—Devolvedme la joya de los Carmichael.

Aquel corazón tallado en piedra blanca era, junto a la otra mitad que su difunto marido aún llevaba en su cuello, la joya más preciada de su clan. La desesperación de la joven hizo reír a la hechicera que, enloquecida por los acontecimientos de los últimos días, se acercó hasta ella y le siseó en la cara:

—No, Alannah, no os lo devolveré.

Al ver cómo la enloquecida mujer miraba su tripa, la futura madre gritó:

—Matadme a mí, pero dejad vivir a mi hijo.

Durante unos segundos, Keeva lo dudó. Pero no. Quería hacerles daño, mucho daño, y tras pensar una venganza perdurable en el tiempo voceó levantando las manos:

—No os voy a matar, Alannah. Viviréis para ser testigo del dolor que vuestro hijo sufrirá el día que sea feliz. Porque yo, Keeva Raeburn, hechicera de Montrose, maldigo a todos los Carmichael a partir del día que nazca vuestro hijo.

—No... —chilló horrorizada Alannah mientras escuchaba las voces de los guerreros acercándose para auxiliarla.

—No seréis felices ¡nunca! Vuestra felicidad me la llevo con el colgante —bramó la mujer enloquecida—. Todos perderéis al ser amado en el momento en que vuestros corazones rebosen de felicidad. Vuestras vidas serán pura agonía, desamparo y soledad, porque cualquier Carmichael que ame verá morir a su pareja. Y este hechizo solo se desvanecerá cuando uno de esos amados vuelva a encontrar el colgante.

—Keeva... no —gritó Alannah al ser consciente de lo que la miserable mujer pensaba hacer.

Dicho esto, la hechicera sonrió y se dejó caer por el impresionante acantilado de Aberdeen, donde desapareció en el mar. La maldición de Keeva inundó de tristeza durante siglos a todos los Carmichael.

Capítulo 1

Londres, julio de 2010

El día en Londres era gris, lluvioso y oscuro. Un día de esos en los que en España se diría que «caen chuzos de punta». Nada que ver con el estado de ánimo de un grupo de amigas que estaban de celebración en un bar de lo más chic en Oxford Street.

—Brindo por mi separación de Jeffrey —gritó alegremente Montse—. Dios mío de mi alma, ¡casi la cago al pensar que era el hombre de mi vida! No volváis a dejar que se me nuble la razón por otro petardo que solo vea divertido estar más estupendo y guapo que yo.

—Amén, linda —aplaudió Juana.

—Brindo por ti —añadió Julia levantando su copa— y por esa sensatez que aunque a veces brilla por su ausencia, esta vez se ha manifestado y te ha hecho ver que era mejor convivir con él un tiempo antes de celebrar la boda llena de azahar y glamour en la catedral de San Pablo. Si hubiera sido así, ahora todo sería más complicado. Te lo aseguro.

Qué razón tenía Julia. Meses atrás Montse les confesó emocionada que Jeffrey y ella estaban planeando casarse y celebrar un bodorrio por todo lo alto en la catedral donde años atrás se casaron el príncipe Carlos y lady Diana Spencer. Aquello las dejó totalmente atónitas. Si había algo destinado al fracaso era aquella relación.

Entre otras cosas, Jeffrey era un inglés demasiado adinerado para Montse, que se había criado con su padre, un feriante que apenas la cuidó. Su madre murió al nacer ella, y la muchacha solo supuso para aquel un estorbo más que un beneficio. Cuando Montse llegó a Londres, el primer trabajo que encontró fue de camarera en una taberna irlandesa. Durante años trabajó sin descanso, e incluso se matriculó en un curso de informática y a otro de kárate donde conoció a Juana. Una muchacha canaria, bajita y divertida, que al igual que ella había terminado en Londres para buscarse la vida como peluquera. Gracias a ella y sus contactos, Montse consiguió un trabajo en EBC, una cadena de tiendas de ropa de jóvenes diseñadores. Allí demostró que además de tener buen gusto para combinar la ropa, sabía aconsejar y en especial llevarla. Era la encargada de ventas del departamento de grandes firmas. Años después, en una de las competiciones de kárate conocieron a Julia y Pepe, un matrimonio madrileño de unos cincuenta años y sin hijos que había acabado allí por el traslado de él. Pepe era contable y Julia médico de cabecera.

—Vamos a ver, chicas. No lo negaré. Tuve unas buenas consejeras —asintió Montse mirando a sus amigas—. Menos mal que os escuché y no me casé con él. Dios mío, ¡sois las mejores!

Julia y Juana se miraron y sonrieron. Jeffrey y Montse no estaban hechos el uno para el otro, y cualquiera que pasara con ellos una sola tarde podía verlo. Aunque a ellos darse cuenta les costó más de dos años de relación.

—Nunca imaginé que Jeffrey pudiera hacerme algo así. Que cayera tan bajo. Me ofendió cuando me dijo que la juventud de esa chica le nubló la razón. Y ya cuando el muy imbécil concretó que yo ya tenía una edad como para entender que esa chica le gustara, me ofendió. ¡Me estaba llamando vieja! Pero, Dios, si solo tengo veintinueve años.

—¡Gilipollas! —bufó Julia al escucharla.

—¡Me llamó vieja en toda mi cara! Cuando precisamente con veintinueve años estoy en mi mejor momento —gruñó Montse—. Como alguna vez se le vuelva a ocurrir a alguien llamarme vieja, os juro que le arranco la cabeza.

—Hombres, mi niña, hombres —suspiró la canaria.

—Cariño, don Tiquismiquis y tú no teníais futuro. Te lo dije cientos de veces, pero nunca quisiste escucharme —murmuró Julia con la sinceridad y la seguridad que le daban las canas—. Ese engreído nunca me gustó. A Juana y a mí nos miraba por encima del hombro cada vez que nos veía y luego, cuando tú estabas delante, disimulaba como un auténtico gañán. Como se dice en Vallecas, ¡ese pijo no era trigo limpio!

Montse asintió. Muchas habían sido las veces que sus amigas le habían hecho aquel comentario. Pero ella no quería oírlo por amor. No es que estuviera locamente enamorada de Jeffrey, pero le quería y se lo pasaba muy bien con él.

—No le des más vueltas, ¡la cagó! Y le pillaste —afirmó Juana al ver el gesto de su amiga.

—Sí, definitivamente le pillé con las manos en la masa, ¡y nunca mejor dicho! —susurró Montse al pensar en aquel fatídico día. Pero reponiéndose, tras dar un trago a su bebida, soltó—: La verdad es que ahora me alegro de que mi relación con él acabara. Me abrió los ojos. Jeffrey solo piensa en él, luego en él y finalmente en él. Pero si se ha quedado hasta con los potos ¡así se lo coman vivo!

—Vamos a ver, cariño —suspiró Julia tras escucharla—. Don Tiquismiquis se ha quedado con todo porque tú has querido.

Montse, acostumbrada a viajar por la vida sin apenas equipaje, asintió, y en tono guasón cuchicheó.

—No quería nada de él.

—¡Faltaría más! —se mofó Juana, que conocía muy bien a su amiga.

—Os juro que sentí que no necesitaba nada de aquello. Pero reconozco que me sorprendió su egoísmo. Casi nada de lo que allí había era mío. Y no... no quiero nada que no me haya ganado yo solita previamente.

—Bueno... momento L'Oréal —cuchicheó la canaria.

Eso hizo reír a Montse, que tocándose su oscura melena con comicidad respondió:

—Por supuesto, ¡porque yo lo valgo!

—Esa es mi chica —comentó Julia—. Dignidad ante todo.

—No lo dudes —se mofó Montse—. Nunca me quedo con nada que no sea mío. No me gusta. Aunque el muy gañán se ha quedado con mis cremas. Todas.

—No me digas que se ha quedado con la crema Sensai Cellular Performance de Kanebo. ¿La que te regaló y costó un ojo de la cara y parte de otro? —preguntó Juana.

Montse asintió y Julia incrédula susurró:

—¡Será mariquita el *jodío*! De tonto no tiene un pelo.

—Ah... y con la crema depilatoria de Elizabeth Arden. Siempre decía que mis cremas depilatorias le gustaban porque olían muy bien. Es más, últimamente pretendía que le depilara yo también las piernas y las ingles.

—Uis... qué fatiguita, por Dios —resopló Julia al escucharla—. Donde esté mi Pepe con su exceso de pelo y kilillos que se quiten estos nuevos guaperas que matan por una buena depilación.

—Definitivamente —continuó Montse—, no me volveré a fijar en el exterior de un tío.

—Harás bien, mi niña —asintió Juana.

—Mira mi Pepe. No es un adonis, pero me cuida y me mima, aunque a veces discutamos, como últimamente —bufó Julia.

—¿Has vuelto a discutir con tu osito? —suspiró la canaria.

—Sí. Llevamos una temporadita algo revolucionada.

—Pero ¿qué os pasa? —preguntó Montse.

—Nuestro regreso a España nos va a costar el divorcio. Él no entiende que yo no quiera regresar. Me gusta vivir en Londres y...

—Venga... venga, respira y no te pongas nerviosa. No creo que Pepe lo haga para molestarte —rio Montse.

Pepe y Julia eran dos personas excepcionales y que se querían muchísimo, aunque tras años de matrimonio les gustara hacerse la puñeta mutuamente.

—Respirar... respiro. Pero es que me saca de mis casillas, y encima el otro día me viene con que quiere que para su cumpleaños, que es en febrero y nos pillará ya en Madrid, hagamos un fiestorro en nuestra casa para celebrarlo con su familia. Y no... no soporto a mi suegra. Esa mujer con más bigote que una gamba cuchichea a mis espaldas y no me gusta.

—Ya está, mi niña... ya pasó. Es su madre, y él la quiere, tienes que entenderlo —se mofó la canaria.

—Tienes razón —rio la implicada—. Por muy bruja que sea la susodicha, es la jodida madre de mi Pepe. Ay, Dios... qué complicado es esto del amor.

Después de un pequeño silencio, Montse dijo:

—Obviando los problemas de Julia y su Pepe, a partir de ahora solo me fijaré en el interior de los hombres. ¡Me quiero enamorar! Pero necesito que sea un hombre de los de verdad. De esos que te abren la puerta, te retiran la silla al sentarte... en fin, alguien diferente y especial.

—Yo también quiero uno así. Pero me temo que la mayoría de los hombres de hoy se sientan al ver la silla libre, no sea que se queden sin ella —se mofó Juana.

Animada por el momento, Montse recordó al hombre que solía aparecer en sus sueños desde pequeña pero que no llegaba a ver con claridad.

—Quiero un hombre que me mire con pasión y que

con su mirada me haga temblar como a una boba. Uno de esos que con su sola presencia te hacen sentir protegida, querida y amada.

—¿Te han echado alucinógenos en la bebida? —se burló la canaria al escucharla.

—Y sobre todo y muy importante —concluyó Montse despertando de sus anhelos—, que no se le ocurra llamarme ¡vieja! Porque juro y rejuro que la próxima persona que se le ocurra llamarme ¡vieja! se traga los dientes.

En ese momento se abrió la puerta de la taberna y entró un hombre alto, guapo e impecablemente vestido de negro y gris, muy del estilo de Jeffrey y sus refinados amigos.

—Uf... qué bien le sienta ese traje de Armani. —Al ver cómo la miraban sus amigas Montse aclaró, haciéndolas reír—: Pero no. No quiero más metrosexuales en mi vida. ¡Se acabó!

Sus amigas se miraron con complicidad. Si algo tenían claro, era que Montse no iba a cambiar nunca. Era espontánea, loca y divertida, y eso la hacía especial.

—Déjame decirte que no todos los hombres son iguales —rio Julia—. Puedes encontrar uno guapo como los que te gustan y que además sea sensato, varonil y galante. Tipo Clooney.

—¿Dónde está, que me lo quedo yo? —bromeó Juana.

—Lo que pasa, ¡Montserrat! de mi alma... —se mofó Julia.

—No me llames así, que lo odio —se quejó la aludida mientras su iPhone le indicaba que había recibido un mensaje. Era de Jeffrey. Don Tiquismiquis, su ex.

«Tengo ganas de verte.»

Incrédula, lo volvió a leer y, sin hacer el menor caso al mensaje, lo cerró y, tras sonreír, miró a su amiga Julia que continuaba hablando:

—Decía, querida amiga, que te sueles fijar en cada espécimen, hija mía, que es para echarte de comer aparte.

Porque ahora ha sido don Tiquismiquis, pero qué me dices de, por ejemplo, René, el sueco.

—Uis... qué guapo era René —se burló Juana.

—Y qué limpito iba siempre y lo bien que le sentaba la ropa de Adolfo Domínguez y las camisetas de Custo —asintió Montse divertida al recordarle.

—Sí, pero todo se le iba en la fachada. Era un vago de tres al cuarto —recordó Julia.

—Tienes razón. Era tan guapo que me daba hasta vergüenza ver cómo me miraban las chicas por la calle cuando caminábamos con él. Me hacían sentir fea y más bajita —se mofó Juana.

—Fueron seis meses, pero ¡qué meses! —suspiró Montse al recordarle.

—Y Robert —prosiguió Julia—. ¿Qué me decís de él?

—¿Aquel que solo comía pollo y arroz? —preguntó la canaria, y Julia asintió mientras se atragantaba de risa.

—Era un idiota creído aspirante a *Gran hermano* —admitió Montse—. Eso sí, estaba de muy buen ver. Eso no lo voy a negar.

—¿Lo ves? —dijo Juana—. A ver si cambias tus gustos y te fijas en hombres, pero hombres de verdad. No en guaperas metrosexuales que se horrorizan si se ven un pelo fuera de lugar o engordan unos kilillos.

—Lo sé... lo sé —asintió Montse al recordar los ataques de Jeffrey si la báscula subía cien gramos—. Tengo que cambiar.

—Necesitamos encontrarte un hombre como los de antes —sentenció Julia.

—¡Ya lo encontré! Lo malo es que solo vive en mis sueños nocturnos —se carcajeó aquella—. Oye, ¿por qué no aprovechamos esa búsqueda y buscamos otro para Juana?

La aludida, al escuchar su nombre se carcajeó, y rápidamente dijo:

—Ay, Montse, ¡ya me gustaría! Pero yo no soy el prototipo de mujercita que suele gustar. Soy graciosa, y no bajita, sino *recogidita* —todas rieron—, pero no tengo muchos encantos. Y mira que me joroba decirlo, pero es la verdad. Solo atraigo a mequetrefes con nombres insulsos como «Chino», «Juanito» o «Yuls». No puedo competir con vosotras, las estilizadas. Eso sí, si yo fuera alta y espigada, uf... otro gallo cantaría.

Aquello les hizo carcajearse a las tres. Al final, la canaria, levantando de nuevo su copa, miró a sus amigas y dijo en tono alegre y jovial:

—Pero como de ilusiones también se vive, brindo porque alguna vez un tío de verdad, con un nombre contundente y una mirada cautivadora, se fije en mí. Pero sobre todo brindo por la tarde de rebajas que nos espera en Oxford Street.

—Tú lo has dicho —rio Montse—. ¡Vivan las rebajas!

Diez minutos después, bajo el aguacero, tres mujeres divertidas corrían y se metían en una tienda de ropa *casual*. Tenían mucho que comprar.

Capítulo 2

El olor a tierra mojada y musgo fresco inundaba sus fosas nasales, mientras Montse corría por un frondoso bosque plagado de enormes robles y flores multicolores. De pronto un rayo azulado cruzó el cielo con su luz electrizante y el sonido del potente trueno la asustó. Tras quitarse las enormes gotas de agua de los ojos, vio a lo lejos la fortaleza de piedra oscura. ¡Su castillo! Sin pensarlo corrió hacia él, hasta que un caballo desbocado de color oscuro apareció tras los árboles galopando directamente hacia ella. El corazón se le iba a salir del pecho cuando lo reconoció. Sobre aquel imponente caballo estaba la figura del hombre con el que soñaba desde niña, aunque por más que intentaba aclarar su vista para verle le era imposible. El viento, la oscuridad y la lluvia se lo impedían.

Recogiéndose las extrañas vestimentas que llevaba intentó andar hacia él. Quería hablar con él. Necesitaba oír su voz, pero como siempre, fue imposible. Unas inexistentes cadenas no la dejaron moverse. Solo le podía mirar. A escasos metros de ella aquel hombre de cabellera larga y primitiva dejó su cabalgada, haciéndole sentir su mirada pasional aun en la oscuridad, mientras el viento caprichoso le revolvía a Montse su oscuro cabello. De repente un nuevo rayo azulado rasgó el oscuro cielo gris iluminando todo a su alrededor, y por una fracción de segundo pudo admirar la salvaje cara de él. Sus ojos eran celestes, su pelo claro y sus sensuales y carnosos labios parecían sonreír. Montse quiso andar. ¿Por qué no podía caminar? De improviso el hombre con su imponente envergadura se bajó del caballo y...

PiPiPiPi... PiPiPiPi... PiPiPiPi...

De un salto, Montse se despertó bañada en sudor y paró el molesto pitido. De nuevo aquel sueño. ¿Cuántas veces había soñado aquello? ¿Quién era aquel hombre?

Todo comenzó cuando ella tenía seis años. Erika, la escocesa, una gitana que leía el tarot y las manos en la misma feria en que ellos viajaban, la invitó a pasar una tarde de lluvia a su caravana. La mujer se había percatado de la niña solitaria que deambulaba siempre por la feria hiciera frío o calor. Se informó y supo que era la hija de Ángel, el dueño de la atracción de los coches de choque, e incomprensiblemente observó que apenas la cuidaba. Solo la regañaba y le exigía trabajar mientras él chafardeaba con los otros feriantes.

Aquella tarde de lluvia intensa la gitana la invitó a pasar a su caravana para que se resguardase del frío y la lluvia. Su padre estaba con una mujer dentro de la suya, y como era de esperar, se había olvidado de ella. Erika sonrió al ver cómo la niña observaba todo. Especialmente la bola de cristal que descansaba sobre la mesa camilla.

—Oh... qué chula es la bola mágica.

—¿Te gusta, princesita?

La niña asintió y, acercándose a ella, la observó sin tocarla. Si algo había aprendido por los gritos de su padre era que no se tocaba nada, a excepción de que te lo permitieran.

—¿Puedes ver el futuro?

La mujer sonrió y sentándose frente a ella respondió:

—A veces sí... a veces no.

—¿Sabes?... —murmuró Montse con su graciosa cara aniñada—. Yo no creo en estas cosas.

—¿Por qué, cielo?

Con una mirada triste que dio a entender más que las palabras, la cría suspiró y dijo:

—Porque a mi caravana nunca vienen los Reyes Magos en Navidad ni el Ratón Pérez cuando se me cae un diente, y a las de mis amigos sí. Por eso yo no creo en nada y me pongo triste si pienso en ello.

Erika, consciente de la soledad y tristeza de aquella pequeña, asintió apenada y susurró:

—¿Sabes lo que me decía mi madre que hiciera cuando yo estaba triste o nerviosa?

—¿El qué?

—Que cantara para olvidar las penas.

—¿Cantar?

—Sí, princesa. Cuando uno canta piensa en lo que está diciendo y suele olvidar lo que no le permite ser feliz. Con ello no te estoy diciendo que así se solucionen los problemas, pero cantar te ayudará a sobrellevarlos un poco mejor. ¿Sabes cantar?

La cría asintió, y tras soltar una risotada, la gitana preguntó:

—¿Me dejas ver tu manita?

Tímidamente, la niña la extendió, y Erika la escocesa la cogió. Durante un buen rato estuvo mirando aquella pequeña y sucia mano hasta que dijo:

—Tu felicidad y futuro están en el pasado.

Al ver que la niña la miraba sin entender nada, la mujer, soltándole la mano, dijo:

—Toca la bola y pide tres deseos. Quizá se cumplan.

Con su mellada sonrisa Montse la miró y poniendo sus manitas sobre la bola susurró:

—Cuando sea mayor quiero ser guapa como las chicas que salen en la tele.

—Muy bien, cariño... lo serás. ¿Tu segundo deseo?

Sin pensarlo apenas, la niña dijo:

—No quiero vivir aquí. Cuando sea mayor quiero un

trabajo que me guste, y sobre todo no tener que recoger los coches de choque por la noche.

—¿Y tu tercer deseo?

—Quiero vivir en un castillo muy bonito y que un príncipe muy guapo y amable se enamore locamente de mí.

Con unos extraños movimientos la mujer tocó la cabeza de la niña y la bola de cristal. Finalmente volvió a repetir:

—Tu felicidad y tu futuro están en el pasado, princesa. Ya lo verás.

Con seis años no le dio importancia a aquel comentario. Es más, ni lo entendió. Pero a partir de ese día ocurrió algo. Comenzó a soñar con un bosque, un castillo y un extraordinario guerrero a caballo. Al principio lo achacó a sueños de niñas y princesas. Pero pasó el tiempo y el sueño perduró. Ella corría, la lluvia caía y lo único que cambiaba era que con el paso del tiempo el hombre se acercaba más y más.

Montse cumplió dieciséis años, y por aquel entonces, Erika la escocesa, tras años de cuidarla y hacerla feliz, por avatares del destino se marchó. Aquello entristeció muchísimo a la joven, pero la gitana antes de irse le susurró al oído: «Nos volveremos a ver... te lo prometo».

Pasado un tiempo, un día, viendo un documental de historia por la televisión, Montse se quedó sin habla al reconocer el castillo con el que soñaba. ¡Su castillo! Aquel lugar existía. Era el castillo de Elcho, cerca de la ciudad de Perth, en Escocia. Aquello la llenó de ilusión. Pero también le hizo preguntarse el motivo de sus sueños, aunque no encontró respuesta.

Su padre murió cuando ella tenía dieciocho años, y queriéndose olvidar de su triste pasado, vendió la vieja atracción de los coches de choque que su padre le dejó en herencia y se mudó a vivir a Londres. Necesitaba comenzar de nuevo y ser feliz. ¡Se lo merecía! Una vez allí se propuso visitar el lugar con el que soñaba. Al fin y al cabo Escocia y Londres estaban relativamente cerca. Pero su trabajo, sus amigos y sus novietes le impedían hacerlo. Siempre salía un plan mejor. Y aunque nunca olvidó aquel lugar, pues los sueños no la abandonaban, sí se olvidó de visitarlo.

PiPiPiPi... PiPiPiPi... PiPiPiPi...

—Vale... plasta... vale... ya me levanto —resopló apagando de nuevo el despertador mientras se desperezaba en la cama.

Extendiendo la mano, cogió su iPhone y lo miró. Estaba apagado. Lo encendió. Se levantó, pulsó el *play* de su equipo de música y la voz de Lady Gaga inundó su pequeño apartamento. Sin poder evitarlo empezó a bailar. Si algo bueno tenía Montse era que se levantaba llena de energía y de un excelente humor.

—Esto es comenzar bien un día —dijo mientras bailaba y abría el armario para elegir la ropa que ponerse.

Diez minutos después estaba en la ducha, cantando a pleno pulmón el último éxito de Lady Gaga.

Capítulo 3

Aquella mañana, tras salir de EBC, su trabajo, Montse se dirigió directamente a Pretty Ladies, la peluquería donde trabajaba su amiga Juana. Tenía una competición de kárate aquel fin de semana y quería estar presentable. Al llegar sonrió al ver allí a Julia.

—Vaya. Hoy toca día de peluquería y chicas.

—Ya me tocaba. Tengo unos pelos que parezco la bruja Lola —se mofó Julia.

—Ven, Montse, siéntate aquí —dijo Juana a su amiga, que rápidamente lo hizo.

Una hora después, mientras Montse y Julia ojeaban una revista con la cabeza llena de papel de plata para que les subieran las mechas y el tinte, la canaria se acercó a ellas.

—¿Todo bien? —preguntó.

Julia, levantando la cabeza, miró a sus amigas y con gesto confuso susurró:

—No... nada está bien. ¿Por qué Norma Duval con mi edad tiene ese cuerpazo y yo no? Por favor... está espectacular con este vestido blanco.

Juana y Montse miraron la revista que su amiga les enseñaba, y tras asentir, Montse dijo enseñando su revista:

—Para mujer espectacular Cindy Crawford. Pero ¿habéis visto lo mona que va incluso para hacer la compra? Es que me encanta. Os juro que si yo volviera a nacer querría ser ella.

—Sí, es mona —asintió Julia.
—¡Mona! —exclamó Montse señalando la página—. Esta mujer es guapísima. Si es que lo tiene todo... Es perfecta. Tiene estilo, un nombre perfecto y unos hijos y marido divinos.
—Ah... para divina ¡Paris Hilton! —cuchicheó la canaria—. Esa es quien yo quisiera ser. Para mí lo tiene todo. Rubia, cuerpito, dinero a raudales y un nombre y apellido con glamour: ¡Paris Hilton! Nada que ver con Juana Perrulilla como me llamo yo.
—Lo siento pero yo soy más nacional —aclaró Julia tras mirar a la tal Paris—. Me gusta mucho más Norma Duval. ¡El cuerpazo!
Tras unas risas por parte de las tres ensalzando las virtudes de las mujeres que quisieran ser y sacando a relucir sus propios defectos, finalmente Juana se llevó a Julia al lavacabezas. En ese momento sonó el iPhone de Montse. Era Jeffrey, su ex. Como un elefante en una cacharrería y cansada de sus continuas llamadas contestó:
—¿Qué narices quieres ahora, pesado?
El hombre al escucharla sonrió. Montse era una mujer muy especial y no esperaba otra respuesta de ella que no fuera aquella. Pero como la conocía muy bien, supo llevarla rápidamente a su terreno.
—Hola, nena. Te echo de menos.
Al escuchar aquello Montse cerró los ojos. Aquel tono de voz aterciopelado de Jeffrey la volvía loca. Pero no. No se iba a permitir dudar ni un segundo de su decisión. No le quería. Lo suyo se había roto y no había marcha atrás.
—Jeffrey, ¿por qué ahora me dices esa sandez?
—Porque es verdad y para que no colgaras sin escucharme.
Aquello la hizo sonreír. Jeffrey cuando quería era encantador, y por eso preguntó con paciencia:
—A ver, ¿qué quieres?

—Tengo una cena esta noche en casa de los Stuart. Ya sabes, con Martha, Edward y compañía. ¿Crees que debo llevar corbata oscura o clara?

Incrédula por la absurda pregunta contestó tras suspirar.

—Oscura, Jeffrey.

—¿Vienes conmigo? —preguntó él de improviso.

—No.

—Por favor.

—No. Ni lo sueñes. Lleva a la pechugona de tu secretaria. Esa jovencita que te mira con ojitos de gusarapo. Seguro que no dirá que no y quedarás muy bien ante tus amigotes.

Al escucharla él resopló.

—Montse, cuando te lo pido a ti es porque no quiero llevar a otra.

—Te recuerdo que me dijiste que yo era una mujer mayor. ¡Vieja! Joder, Jeffrey, que tú tienes treinta y siete. ¿Debo considerarte un vejestorio próximo a la jubilación?

Aquello hizo que Jeffrey suspirara con resignación.

—Cariño, escúchame. Yo no quise decirlo en ese sentido, pero te empeñas una y otra vez en creerlo. Solo dije que la juventud de Priscilla me nubló la razón.

—¡Ja! Eso no te lo crees tú ni ¡*jarto* vino! —se mofó ella.

—Nena... créeme.

Eso la hizo reír. Jeffrey, aun pillado con otra, intentaba justificar su error. Todavía no se había dado cuenta de que aquello Montse no se lo iba a perdonar. Le había pillado con su joven y guapa secretaria en uno de sus ya famosos viajes de trabajo. Y la había llamado ¡vieja!, ¡madura! Aún se le abrían las carnes cada vez que recordaba aquel momento. Quiso darle una sorpresa para su cumpleaños y la sorprendida al llegar fue ella al pillarles en plena cabalgada.

—Venga, no te hagas de rogar. Sé que los Stuart te caen muy bien. Además, estará Martha, y ella y tú siempre os...

—No voy a ir. ¿Cómo te lo tengo que decir? Tú y yo ya no somos pareja. Y, por favor, deja de llamarme. No quiero verte. No quiero saber nada de ti, ¿lo entiendes de una santa vez?

—No. No lo entiendo.

A punto de soltar un chillido por la cabezonería de aquel que no paraba de atosigarla, intentó no gritar, pero dijo:

—Mira, Jeffrey, olvídate de que existo, ¿vale? Deja de llamarme. De mandarme mensajitos, de enviarme flores a casa, de atosigarme en el trabajo. Por Dios, ¡qué cansino te estás poniendo!

—No. No voy a parar hasta que vuelvas conmigo, nena.

—¡Y un cuerno! —voceó ella atrayendo la mirada de toda la peluquería—. No voy a volver contigo porque no quiero. Sinceramente tengo amor propio y madurez. Te recuerdo que me llamaste vieja por tener casi treinta años, y mira lo que te digo: ¡que te den!

—Cariño... escucha...

—No. No escucho. ¿Y sabes por qué? Porque mi vejez y madurez me hacen quererme y no querer ir rayando los marcos de las puertas al pasar porque tú, ¡so mierda!, desees corretear y ponerme los cuernos con cada jovencita que se cruce en tu camino.

—Pero nena...

—¡Ni nena ni leches! —gritó fuera de sí—. Me importa un bledo que seas guapo, tengas dinero a raudales, incluso tu maldita posición social. ¿Y sabes por qué? Porque me importo, me quiero y quiero ser feliz ¡sola! No con un merluzo como tú que no aprecia a una mujer de verdad como yo hasta que la pierde. Y a mí, me has perdido. Por lo tanto, ¡adiós!

Dicho esto colgó y suspiró. No iba a volver a caer en el rollito Jeffrey. No. No y no. De pronto un estallido de aplausos la hizo mirar al frente. Toda la peluquería puesta en pie la aplaudía, y ella simplemente miró a sus amigas, se encogió de hombros y sonrió.

Capítulo 4

Si algo le gustaba y desestresaba a Montse era practicar kárate, un deporte que Juana tuvo que dejar por una lesión. Era ponerse el quimono, ajustarse el cinturón negro y la seguridad y concentración se apoderaban de ella. Por ello siempre que su trabajo en EBC se lo permitía participaba en competiciones. Por suerte para ella, la mayoría de las veces salía victoriosa. Montse era una buena karateca, y ella lo sabía. Sabía defenderse con el empuje necesario para ganar medallas y honrar a su profesor, compañeros y gimnasio.

Aquella tarde la mujer rubia que le había tocado como contendiente en el tatami la estudiaba con atención. Con seguridad, Montse y ella se tantearon hasta que se lanzaron al ataque. La mujer del quimono azul estaba nerviosa. Demasiado nerviosa. Y Montse consiguió con tranquilidad dos puntos tras un *yoko geri kekomi* certero. La rubia había oído hablar de su contrincante, y pudo comprobar su seguridad y sangre fría cuando sin esperárselo recibió un *uchi geri fumikomi* que la barrió y la hizo caer. Montse, sin dejarla reaccionar, la inmovilizó en el suelo. Ganó aquel combate y los dos siguientes. Quedó segunda en el campeonato senior femenino.

Pero la alegría se le borró del rostro tras recibir su medalla, cuando vio entre el público a Jeffrey. ¡Qué narices hacía allí! Como era de esperar iba tan guapo y conjuntado como siempre, y aplaudía con orgullo.

Tras una merecida ducha con sus compañeras, que bromearon por incidencias ocurridas en la competición, se calzó unos vaqueros y una camiseta de manga corta rosa de Guru. Salió de los vestuarios y buscó a sus amigas entre el público. Pero antes de que se pudiera mover, una mano la agarró, y escuchó:

—Nena, ¡has estado colosal!

«Dios mío, dame paciencia o te juro que hoy este se traga los dientes», pensó Montse intentando mantener su autocontrol.

Jeffrey continuaba atosigándola y su paciencia comenzaba a brillar por su ausencia. Tras mirarle, deseó soltarle un buen *mawashi hiti ate* con el codo seguido de un *mae geri* con la punta del pie. Pero conteniendo sus impulsos más animales le miró, y todo lo educada que pudo respondió:

—Gracias, Jeffrey. Y ahora, adiós Jeffrey.

Pero él la volvió a sujetar y ella con cara de pocos amigos le miró.

—Vamos a ver, pedazo de sordo. En qué idioma he de decirte que me dejes en paz. Que me estás atosigando y que al final voy a cometer una locura.

Él la miró esbozando una de sus encantadoras sonrisas y acercándose a ella le cuchicheó al oído:

—Mmmmm, nena, me encanta cuando sacas tu carácter español.

Mirándole incrédula mientras la gente les empujaba al pasar junto a ellos, Montse, cansada, agotada y altamente enfadada soltó la bolsa de deporte y, acercándose a él, que no se movió un centímetro, le siseó en la cara:

—A ver... te lo digo por última vez. Deja de perseguirme. Deja de atosigarme o...

—Deja de decir tonterías, cielo. Quiero que vuelvas a casa. Te necesito —respondió él sorprendiéndola.

Incapaz de razonar, Montse le cogió del codo con un

rápido movimiento, se lo dobló y tras hacerle agachar en una actitud de lo más humillante para él, sin importarle cómo la gente les miraba, le siseó al oído.

—Antes se congela el infierno a que yo vuelva contigo, ¡so merluzo!

Dicho esto le soltó una patada en el trasero que hizo que Jeffrey cayera de bruces contra el suelo. Como un resorte, él se levantó avergonzado por lo que ella había hecho. En ese momento aparecieron Julia y Juana, que miraron a su amiga alucinadas.

—Cómo has podido hacerme esto —gruñó muy enfadado.

Montse, con una sonrisa de satisfacción en los labios, le miró, y acercándose para intimidarle, le respondió muy segura de su superioridad en combate.

—Esto solo ha sido un toque, Jeffrey. Te estoy diciendo que me dejes en paz, y te lo estoy diciendo muy relajada. Pero oye... mi paciencia se está acabando, y a partir de ahora cada vez que te sienta cerca te aseguro que terminarás por los suelos, ¿entendido?

El hombre, limpiándose aún la americana con la mano, la miró con gesto de enfado y sin decir nada más se dio la vuelta y se marchó. Juana y Julia se acercaron hasta su amiga, y tras recoger la bolsa de deporte del suelo, se la llevaron a beber algo fresco. Lo necesitaba.

Media hora después, mientras charlaban en un pub inglés sobre lo ocurrido en el combate de kárate y posteriormente con Jeffrey, Juana gritó emocionada:

—Cambiando de tema, ¡me ha tocado un viaje!

Aquello hizo reír a Julia mientras Montse, sorprendida, preguntaba:

—No me digas ¿Adónde?

—¡Escocia! —respondieron la canaria y Julia al unísono.

—¿Escocia? ¿Te ha tocado un viaje a Escocia? —preguntó riendo Montse al recordar la cantidad de veces que habían planeado ir.

—Ay, Montse, te juro que aún no me lo creo.

—Pero ¿dónde te ha tocado? —preguntó aquella aún riendo.

—En el polideportivo. Con la entrada te daban una papeleta. Y tras los combates se ha hecho un sorteo para el público y cuando han dicho el número 246 y he visto que era mi número ¡casi me da un infarto!

—Lo corroboro —dijo Julia riendo—. Si no es porque he gritado yo, esta pánfila aún estaría mirando el número con cara de perdida.

Con gesto grave Juana miró a sus amigas y gimió:

—Lo que pasa, chicas, es que el viaje es solo para dos personas, y somos tres.

Montse y Julia se miraron y sonrieron. Juana era generosa y buena.

—No te preocupes, cariño —dijo Julia—. Lleva a Montse contigo. Ella se merece salir y divertirse.

—¿Y tú qué? —preguntó Montse mirándola—. Tú también necesitas salir y despejarte. Estoy segura de que unos días lejos de tu Pepe os vendrán bien a los dos.

—Yo también estoy segura —rio Julia—. La verdad es que últimamente, aunque nos queremos mucho, no hacemos más que discutir.

—¿Ves cómo te vendría bien a ti también? —comentó riendo Montse consciente de que Pepe y su amiga eran tal para cual y aquella pequeña separación les vendría de lujo.

—Sí, pesada —contraatacó Julia—. Pero tú necesitas espacio y no encontrarte al idiota de Jeffrey por todos los lados. No sé cómo lo hace para saber siempre dónde estás. Es como si tuviera un radar localizador en cuanto a tu persona se refiere.

—Sí. Yo que tú comenzaría a pensar que te ha instalado un GPS —se mofó Juana.

Montse asintió. La insistencia y el encontrarse continuamente con su ex la estaban volviendo paranoica.

—Sí. La verdad es que dejar de verle, oírle o leerle durante unos días no estaría mal. Pero no. Me niego, Julia. Tú también te mereces ir.

—Además están también tus sueños —le recordó esta—. Ir a Escocia significaría visitar el lugar con el que sueñas desde niña, ¿no lo recuerdas?

Al escuchar aquello Montse sonrió. Era cierto. Podría visitar el castillo de Elcho y conocerlo por fin.

—A ver, chicas —susurró Juana tras escucharlas y beber de su copa—. Estoy pensando que este viaje sería algo fantástico para las tres. Sería una manera de estar solas y juntas unos días antes de que Julia vuelva con su Pepe definitivamente a España.

—¡Qué buena idea! Sería toda una aventura —aplaudió Montse.

—Oh... Dios, sería ¡colosal! —susurró Julia emocionada.

Volver a España era un hecho. Y aunque le había costado decidirse ya no había vuelta atrás. La empresa de Pepe regresaba a Madrid, y con ella, ellos dos.

—¿Qué os parece —propuso Juana— si vamos a la agencia de viajes que me han dicho los del sorteo y vemos qué se puede hacer?

Una hora después las tres salían de la agencia con una sonrisa de oreja a oreja. Habían conseguido cambiar fechas y hoteles, y el viaje que en un principio era para dos pasó a ser para tres. Salían rumbo a Escocia en tres semanas.

Capítulo 5

El viaje hasta Edimburgo fue una locura. Les tocó ir en el tren junto a varias familias cargadas de niños, y los mocosos no dejaron de llorar y pisotearlas. Aunque los días posteriores visitando las maravillas que aquella preciosa ciudad les ofrecía les hizo olvidar todo.

En Edimburgo visitaron el impresionante castillo situado en el centro de la ciudad y asistieron a las salvas de cañón que se disparan todos los días tradicionalmente a la una en punto de la tarde desde el año 1861. Como buenas turistas recorrieron sus calles y compraron souvenirs. En High Street visitaron la plaza del Parlamento, con el edificio del antiguo Parlamento de Escocia y la construcción religiosa más importante de Escocia, la catedral de San Gil.

Por la tarde visitaron la residencia más antigua de la ciudad, la casa museo medieval del predicador John Knox que data del año 1490. John Knox fue el fundador de la iglesia presbiteriana protestante en Escocia, y a su vez estuvo enfrentado a María, reina de Escocia.

Cuando salieron a la calle se sorprendieron al encontrarse con el rodaje de una película. Por lo visto la Metro Goldwyn Mayer estaba rodando un filme sobre la vida de María II de Inglaterra y su esposo Guillermo III. Incrédulas observaron el rodaje.

—¡Qué pasada! —susurró Montse observando aquello.

—Ay, Dios... aquel de allí vestido como de cura, ¿no es

Javier Barden? —gritó Julia al ver a un actor español conocido.

Apostadas en un lateral para no molestar, como el resto de la gente, se deleitaron con el rodaje, mientras los extras de la película, vestidos con harapos y ropas de la época, pasaban ante ellas con gestos tristes, caras sucias y espadas impresionantes.

El último día lo dedicaron para pasear por Grassmarket y su plaza. Un lugar que en la antigüedad se utilizaba como mercado de ganado, situado a los pies del imponente castillo. Leyeron que en aquella zona de la ciudad antaño se concentraban las masas para asistir a las ejecuciones en los patíbulos o para comprar en los mercadillos. En la actualidad aquellas mismas calles continuaban llenas de gentes, *pubs* y tabernas y seguían siendo el gran corazón latente de la ciudad.

Divertidas se hicieron fotos en la fuente de piedra West Bow, o «fuente de la cuesta oeste», situada a un lado de la plaza y al inicio de la empinada calle West Bow. La fuente maravilló a las chicas, y más cuando leyeron que fue construida en el año 1618, cuando se instaló la primera red de agua en Edimburgo. Pasearon admirando los edificios de piedra oscura y se imaginaron con horror la calle con los patíbulos a los lados para colgar a los condenados. Bebieron pintas en sus tabernas y comieron en el White Hart Inn, un *pub* construido en el año 1700 y considerado el más antiguo de la ciudad.

—Mirad, una calle de antigüedades. Vamos a verla —dijo Montse emocionada. Si algo le gustaba eran las antigüedades.

—Uis... la que va a caer —silbó Julia mirando el cielo, que de pronto comenzó a ponerse oscuro y amenazante.

Con rapidez las tres se sumergieron en aquella calle y sus especiales comercios. Allí había tiendas que vendían cuadros, tapices, armaduras, lanzas. Todo absolutamente todo que fuera una antigüedad. Mientras Juana y Julia se probaban unas pulseras en uno de los comercios, Montse, atraída como un imán, se dirigió hacia una pequeña tienda. Al entrar le olió a antigüedad y musgo fresco. Eso le gustó. Tras saludar con una sonrisa a la anciana que regentaba el comercio comenzó a admirar las cosas. Allí había pendientes, lámparas, anillos, colchas, cabeceros de cama y pulseras. Aunque lo que realmente le gustó fue un espejo ovalado en cobre y plata. Con delicadeza lo tocó y sin saber por qué sonrió.

—¿Busca algo especial, señorita? —preguntó la mujer caminando hacia ella.

—No. Solo admiro las cosas tan bonitas que vende. Tiene una tienda preciosa —susurró Montse mirando el espejo con curiosidad.

—Gracias —sonrió la anciana—. Veo que le gustan las antigüedades.

—Me encantan —afirmó Montse—. Creo que todos estos objetos tan maravillosos tienen un pasado que perdurará mientras sean usados.

Sin que Montse supiera por qué, la mujer regresó al mostrador, metió las manos en un bolso color cereza y sacó algo envuelto en terciopelo azul. Sin pensarlo caminó de nuevo hacia la muchacha.

—Ábralo —dijo—. Estoy segura de que le gustará.

Sorprendida por aquello, la chica cogió lo que la mujer le entregaba, retiró con cuidado el terciopelo y ante ella apareció un fino colgante. Era la mitad de un corazón tallado en piedra blanca y rodeado por un labrado en fino metal. Al verlo, se maravilló.

—¡Qué preciosidad!

—Sí. Es una pieza única que encontró mi marido hace unos años en el mar. Por su labrado y estas letras gaélicas se ve que perteneció a una antigua familia escocesa.

Al escuchar aquello Montse suspiró. Seguro que costaba un pastón, y ella no se lo podía permitir.

—No me cabe la menor duda. Se ve que es algo diferente y especial. Pero creo que yo no puedo comprarlo. Mi presupuesto no da para gastar en este tipo de caprichos —rio Montse haciendo sonreír a la anciana de ojos claros.

—Pruébeselo —insistió—. Pruébeselo y mire cómo le queda ante el espejo que he visto que tanto le ha gustado. Quizá podamos llegar a un acuerdo.

—Es usted una vendedora muy insistente —dijo Montse.

Con el colgante en la mano, se acercó al espejo y se lo probó. En ese instante un rayo iluminó la tienda y el sonido de un trueno del exterior la asustó y le hizo dar un salto.

—Uf... qué susto me he dado. Cómo ha retumbado todo —rio Montse tocándose el corazón.

La anciana, mirándola a través del espejo con una cariñosa sonrisa, cuchicheó:

—No se asuste, señorita, pero una leyenda escocesa dice que tormentas como esta liberan las almas.

—¿Las almas? —preguntó la joven, y la mujer de pelo canoso la miró y le tocó con familiaridad el rostro retirándole el flequillo de la cara.

—Mi bisabuela contaba una leyenda escocesa según la cual cuando un rayo azulado ilumina el cielo y el trueno retumba a la par es porque algo del pasado está por comenzar —explicó.

—Qué cosas más raras dice usted —susurró Montse mirándola.

En ese momento a Montse le sonó su iPhone. Al mirarlo y ver que era su ex, Jeffrey, suspiró y maldijo en voz baja. Apagó el aparato e intentó olvidarse de él. Era un plasta.

—Mi bisabuela era una estupenda contadora de leyendas —dijo la mujer, consiguiendo que la muchacha se mirara en el espejo—. El colgante le favorece y le queda muy bien. —Y con una sonrisa cómplice murmuró—: Según decía mi abuela, cuando a alguien le regalan un colgante puede pedir un deseo al aire.

Sorprendida, Montse sonrió y pensó divertida: «Si es cierto... deseo que Jeffrey se enamore de otra persona y se olvide de mí ¡para siempre!».

—Si me compra el espejo —susurró la mujer— le regalo el colgante para que el deseo que usted pida se cumpla.

Boquiabierta al escuchar aquello, Montse la miró.

—Pero usted no puede hacer eso. Estas antigüedades cuestan mucho dinero y yo...

Pero no la dejó terminar.

—Si lo hago es porque sé que ambas cosas pertenecieron a la misma familia y no quiero que se separen —respondió.

—¿De veras? —murmuró Montse mirándose en el espejo.

—Se lo prometo.

—¿Sabe de qué siglo son?

—El colgante creo que es del siglo XIV y el espejo del XVI-XVII. Pero no se lo puedo asegurar. Mi vieja cabeza no da para más. Aunque recuerdo haber escuchado a mi bisabuela que el espejo perteneció al duque de Wemyss.

—¿Duque de Wemyss?

En ese momento Juana y Julia entraron en la tienda. Al ver a Montse hablando con aquella mujer al fondo del local se dirigieron hacia allí con rapidez e interrumpieron su conversación.

—Madre mía... mi niña, ¡no veas cómo llueve! —dijo la canaria acercándose a su amiga—. Oh... pero qué colgante más bonito. ¿Te lo vas a comprar?

—No lo sé. La señora me ha dicho que si le compro el espejo me lo regala. Pero aún no me ha dicho el precio del espejo. Y por la antigüedad que tiene me imagino que será escandaloso.

—La verdad es que tanto el espejo como el colgante son una auténtica preciosidad —asintió Julia, y tras cruzar una mirada con Juana preguntó a la anciana que las observaba desde el mostrador—: Señora, ¿cuánto cuesta el espejo?

La mujer asintió con una dulce sonrisa y dijo con seguridad:

—Les hago un precio especial. Las dos cosas por cuatrocientas noventa y seis libras esterlinas. En euros son seiscientos. Incluido el transporte a donde ustedes me digan.

—¡Vendido! —rio la canaria sorprendiendo a Montse—. Será un regalo de Julia y mío para tu nueva casa y tu nueva vida, ¿qué te parece?

Emocionada, Montse no sabía qué decir y, mirando a sus amigas, susurró:

—¿Estáis seguras? Es mucho dinero y...

—Cierra el pico —sentenció Julia—. Siempre te han gustado las antigüedades y queríamos comprarte algo especial. Y creo que lo hemos encontrado.

La anciana asintió con una encantadora sonrisa, y Montse murmuró mirándola:

—Pues ya ha oído, señora, ¡me lo llevo!

Capítulo 6

Por la tarde el tiempo mejoró, y tras dar la dirección de Montse a la anciana, continuaron su visita a la ciudad. Después de patear por la Royal Mile, al salir por un callejón se quedaron maravilladas con la impresionante vista que les ofrecía un edificio con una gran torre gótica en forma de aguja.

—Anda, desde aquí se ve el cachirulo que vemos desde nuestro hotel —dijo Julia señalando la oscura torre.

—¿Cachirulo? —se mofó Montse tocándose el colgante. Desde que se lo había puesto no había podido dejar de hacerlo—. Ese monumento tendrá un nombre, digo yo.

Juana, que iba provista de toda la información, miró el folleto y respondió:

—Se llama The Hub. Uno de los iconos de Edimburgo. Y aquí pone que es la sede administrativa del Festival Internacional de la ciudad.

—Madre mía, los años que debe tener eso —susurró Julia.

—Pues no. No es tan viejo —respondió Juana mirándola—. Aquí pone que no es un edificio medieval. Por lo visto se construyó hace menos de ciento cincuenta años.

—¿Menos de ciento cincuenta años? —se extrañó Montse—. Pues quién lo diría. Parece tan antiguo que... —En ese momento le sonó el iPhone, y al ver quién llamaba blasfemó—: ¡Me cago en la madre que lo parió! Pero ¿cómo puede ser tan plasta? ¿Es que no me va a dejar en paz?

No hizo falta preguntar quién era. Todas sabían que era el pesado de Jeffrey, quien aun en la distancia continuaba atosigándola. Por ello Julia cogió el móvil, lo apagó y guardándoselo en el bolsillo se mofó:

—Adiós, don Tiquismiquis.

Tras unas risas por aquello, se sentaron en una de las tabernas del lugar donde pidieron unas pintas para refrescar sus gargantas.

—Qué bonito es Edimburgo. Sabía que me iba a gustar, pero está superando mis expectativas —suspiró Juana.

—Sí... es mágico y especial —asintió Montse tocando el colgante que sus amigas le habían regalado.

—¿Y qué me decís de sus hombres? —preguntó divertida Julia.

—Uf... pues normalitos. Aún no he visto a un *highlander* que te quite el sentido como los que salen en las novelas que yo compro —rio Montse.

—Mujer... esos hombres existieron hace años —se mofó Julia, gran lectora de novela romántica medieval—. Los de hoy en día no son tan guerreros ni impetuosos como los de antes. Aunque los del *pub* de anoche tenían muy buena pinta.

Tras unas risas hablando de hombres finalmente Montse preguntó:

—¿Mañana a qué hora salimos para Perth?

—Creo que lo mejor es que salgamos prontito. ¿Qué os parece a las cuatro de la madrugada? —dijo Julia.

—Hija, de verdad, te gusta más madrugar que al panadero del pan Bimbo —se mofó Montse.

Julia al escucharla sonrió y respondió:

—Vale... a las cinco, pero no más tarde.

—Está programada la visita al castillo de Elcho, ¿verdad?

—Por supuesto. Ya te has encargado tú de repetirlo más de mil veces.

Montse sonrió. Quería ver de cerca aquel castillo. Necesitaba ver con sus propios ojos el lugar que tantas noches aparecía en sus sueños. Quizá si iba entendería por qué soñaba con él

—Bueno, señora conductora —se mofó Juana—. El itinerario a seguir una vez salgamos de Edimburgo, ¿cuál es?

—De Edimburgo directas al castillo de Elcho y de allí a Perth. En Perth estaremos unos días y podremos visitar la ciudad, el castillo de Hunting Tower y el palacio de Scone. Después volveremos a Edimburgo, donde asistiremos la noche antes de irnos a una fiesta con su correspondiente cena medieval, y después fin del trayecto y a casita. ¿Os parece bien?

Juana y Montse se miraron y asintieron. El viaje tenía muy buena pinta.

Capítulo 7

El corazón de Montse latía a mil por hora cuando llegaron al castillo de Elcho. Estar frente a él y poder tocar con mimo sus piedras hizo que el corazón se le encogiera de emoción. Ante ella estaba la gran fortaleza del siglo XVI con la que soñaba desde niña, y apenas podía hablar. Solo era capaz de admirar. Sus amigas, al verla en aquel estado, sonrieron. Montse les había hablado muchas veces de aquel extraño sueño y entendieron su emoción.

—Bueno, ¿qué te parece verlo en vivo y en directo? —preguntó Julia.

—Alucinante.

—¿Es como esperabas? —dijo Juana.

—Es aún mejor —balbuceó Montse tras salir del coche.

Allí estaba el castillo, el bosque de flores multicolores y los árboles. Aquellos árboles entre los que en su sueño aparecía aquel hombre con su corcel negro.

Después de buscar a los guardeses de la residencia para pagar la visita, los encontraron. Eran dos ancianos que tras ofrecerles agua fresca incomprensiblemente no les dejaron abonar la entrada. Como excusa les indicaron que, al ser la única visita que había, las invitaban a entrar y ver con tranquilidad la fortaleza, sus jardines y alrededores. Eso les extrañó, pero aceptaron encantadas. Con curiosidad recorrieron sus instalaciones, aunque les fue imposible acceder a unas habitaciones en el piso de arriba pues el techo se había caído y estaba pendiente de reconstrucción. Tras bajar de la planta superior entraron en la cocina, donde se asombraron al ver lo grande y espaciosa que era. Recorrieron las habitaciones del servicio y sonrieron cuando Juana, en una de sus payasadas, se tiró encima de uno de los camastros. Una vez regresaron al salón admiraron lo soleado que era. Unos grandes ventanales rectangulares hacían que la luz entrara dándole al interior un color suave y especial.

Tras hacer varias fotos por el castillo, pasaron a un salón que rápidamente identificaron como el salón principal. Allí había muebles de épocas pasadas, una gran chimenea y una pared con varios retratos. Pero a Montse le llamó la atención el que estaba encima del enorme hogar. En él se veía a un hombre de pelo largo y claro, de ojos celestes y desafiantes que parecía traspasarla con la mirada, junto a un impresionante caballo oscuro. Eso le aceleró el corazón y le erizó el vello del cuerpo. No. No podía ser. ¿O sí? Pero tras tragar con dificultad el nudo de emociones que colapsaban su garganta, lo supo. Era él. Aquel era el hombre de sus sueños. El que cabalgaba hacia ella en el corcel oscuro y la miraba con pasión.

—¿Qué te pasa, mi niña? —preguntó Juana al verla respirar con dificultad.

Era la primera vez que Montse se quedaba sin palabras. No podía apartar los ojos de aquel retrato, mientras un extraño silencio a su alrededor la hacía escuchar lenta y pausadamente el latido de su propio corazón.

—Es él —consiguió balbucear—. Es el hombre que aparece en mis sueños.

Con rapidez sus amigas la entendieron y con mofa Julia dijo:

—Montse, hermosa. Si es que hasta en sueños te los buscas cañón.

—Y que lo digas, mi niña —asintió la canaria mirando el retrato.

—Lo tuyo no tiene nombre, *jamía* —continuó Julia—. ¿De verdad me estás diciendo que este pedazo de tío, con más morbo que el mismísimo Clooney, es el que irrumpe en tus sueños desde niña? —Montse aún en *shock* asintió, y sorprendida Julia murmuró—: Si vuelvo a nacer, definitivamente quiero ser tú.

Sin responder, Montse se acercó más al cuadro para admirarlo. Por fin le podía ver con claridad, y un extraño júbilo se apoderó de ella hasta que se fijó que en el cuello de aquel pendía un colgante parecido al de ella.

—¡Ay, Dios! —gritó asustando a sus amigas.

—Pero ¿qué te ocurre ahora?

—Mirad su cuello.

La canaria, sorprendida, se fijó y dijo en tono de broma:

—Vale, no se depila. Se le ven los pelillos por la abertura de la camisa, pero Montse de mi alma, en esa época no había metrosexuales. Se llevaban los hombres de pelo en pecho.

Julia al escucharla aclaró sonriente.

—Es un *machomán* de los de antes. Vamos, un hombre... hombre de los que a mí me gustan.

Montse al escuchar a sus amigas no pudo por menos que sonreír. No se refería a lo que estas decían, y les aclaró señalando el retrato:

—No me refiero a eso. Mirad el colgante que lleva en su cuello. ¿A que es muy parecido al que vosotras me habéis regalado?

Las tres muchachas a pocos centímetros del retrato miraron con curiosidad el colgante.

—Pues sí, linda. Si no es el mismo es muy parecido —dijo la canaria.

Cada vez más confusa, Montse se alejó unos pasos del retrato para volver a mirarlo. Pero seguía sin entender nada. Aún no sabía por qué soñaba con aquel hombre tan varonil y enigmático. Después de un rato en el que no escuchó los comentarios frívolos de sus amigas murmuró:

—Su mirada es impactante. ¡Me encanta!

—¿A quién no le va a encantar este tío? —respondió la canaria—. Pero por Dios, mi niña, ¿tú has visto cómo está el *highlander*? Pero si está cuadrado el *jodío* a pesar de la cara de mala leche que se gasta.

Las tres mujeres, paradas ante aquel retrato, continuaron hablando durante un buen rato hasta que Julia la agarró por la cintura y le dijo:

—Montse, es la primera vez que estoy de acuerdo con tu gusto en cuanto a los hombres. Este hombre es atractivo e interesante. Un auténtico *highlander* como los que salen en las novelas que leemos. ¡Ay, Dios! Tiene toda la pinta de ser un hombre, pero de los de verdad, de los que a mí me gustan. Pero, cariño, siento decirte que el guerrero de ojos impresionantes con cara de bruto y para más señas *highlander* macizorro y resultón, creo que la diñó hace unos cuantos siglos. No creo que tengas nada que hacer.

Aquel comentario la hizo reaccionar y sonreír. ¿Qué locuras estaba pensando? Pero en ese momento la canaria habló:

—Según pone en este cartelito, el ojazos macizorro y resultón se llamaba Declan Carmichael, duque de Wemyss.

A Montse se le paralizó la sangre al escuchar aquel título nobiliario.

—¡¿Duque de Wemyss?! —preguntó con un hilo de voz sintiendo que el corazón se le iba a salir del pecho al recordar a la anciana de la tienda de antigüedades.

—Eso pone aquí.

Con el susto en la mirada, les contó a sus amigas lo que la anciana le había comentado en referencia al espejo, el colgante y el duque de Wemyss. Eso las volvió a dejar boquiabiertas, e hicieron mil especulaciones. Después de divagar ante el retrato, Julia se fijó en una especie de urna que había en un lateral del salón con un papel amarillento dentro. Tras leerlo dijo:

—¡La madre del cordero! Mirad lo que pone en este pergamino —con rapidez las chicas fueron hasta ella y Montse leyó—: «Cuando me mires a los ojos y escuches el latido de tu corazón, sabrás que soy yo». Firmado: Declan Carmichael, duque de Wemyss.

Las tres se miraron confundidas, justo en el momento en que sonó un trueno.

—Vámonos de aquí ¡ya! —susurró Montse sobresaltada.

Sin mirar atrás las tres muchachas salieron del castillo. Se despidieron de los guardeses y se fueron hacia el coche. Montse miró el cielo que se había puesto oscuro y vio cómo comenzaban a caer unos enormes goterones. Inconscientemente miró hacia la derecha. Allí estaba el bosque que ella veía en sus sueños junto al lago Tay. Durante una fracción de segundo deseó ver aparecer el caballo negro con su dueño. Pero no. Eso no podía ser verdad. Finalmente se montaron en el coche de alquiler y se encaminaron hacia Perth.

Capítulo 8

Los días que estuvieron en Perth disfrutaron de la bonita y mágica ciudad, pero Montse no se relajó. Solo podía pensar en lo ocurrido y en lo extraño de la situación. No había vuelto a soñar con aquel hombre, pero inexplicablemente no podía dejar de pensar en él. Visitaron el castillo de Huntingtower y el palacio de Scone, pero no volvieron al castillo de Elcho. Montse se negó. Extrañamente aquel lugar de pronto le asustaba y no entendía por qué.

Días después regresaron a Edimburgo. Cuando estaban en el cómodo y confortable hotel Nuevo Estilo, Juana preguntó desde la ducha:

—¿A qué hora es la cena medieval?

—El bus que nos lleva parte del hotel a las cinco y media. La cena comienza a las siete en un recinto junto al río Leith.

—Todo ello presuponiendo que no se nos lleve el aire y no llueva. Creo que va a caer una buena —dijo Montse mirando por la ventana mientras se tocaba el colgante—. ¿Habéis visto el viento que hace hoy?

En ese momento Juana salió del baño y dijo haciéndolas sonreír:

—Os recuerdo que a Edimburgo se la conoce también como la Ciudad de los Vientos. Venga, poneos vuestras galas medievales y vayamos a pasarlo bien. Con un poco de suerte hoy le subimos la falda a alguno con gaita y vemos si llevan tanguita o no.

Las tres se vistieron con indumentaria comprada para la ocasión, se pusieron sus faldas largas y bajaron a la recepción del hotel, donde un autobús abarrotado las llevó junto a cientos de transeúntes hasta el puerto de Leith. Querían pasarlo bien.

La cena fue curiosa. Todo el mundo iba vestido para la ocasión, y parecía que estaban en plena época medieval. Comieron productos típicos de la tierra mientras unos hombres con armaduras recreaban unos combates medievales. Tras el espectáculo, todos salieron a un pequeño mercadillo, un lugar donde además de poder comprar baratijas, se podía comprar queso, whisky o jabones de olores. A Montse le sonó el iPhone que llevaba en el bolsillo de la falda. Como era de esperar era Jeffrey. Tras suspirar lo cogió.

—Hola, nena, ¿cómo va tu viaje?

—Maravilloso —respondió escuetamente—. ¿Qué quieres?

Tras notar que dudaba se alertó. Le conocía muy bien, y que él dudara no era normal. Por ello le volvió a preguntar:

—Jeffrey, ¿qué quieres?

—Estoy cenando con Martha y Constantino y me he acordado de ti. ¿Vuelves mañana? ¿Quieres que vaya a buscarte al tren?

«No, por Dios... ya volvemos a las andadas», pensó con desesperación.

—Mira, Jeffrey, no sé cuándo voy a volver y... —mintió, pero él la interrumpió.

—Mira, nena, cuando regreses tenemos que hablar. Hay algo que quiero decirte personalmente. Por favor, por favor, cuando estés en Londres, llámame.

El tono de su voz la inquietó. Por ello preguntó:

—¿Qué ocurre, Jeffrey?

—Cuando vuelvas hablamos.

—No... —murmuró ella—. Dime qué pasa ahora. Por tu tono de voz sé que es importante.

Después de un instante en el que Montse escuchó a su ex resoplar, él dijo:

—Montse, estoy saliendo con alguien y me gusta mucho. Solo quería decirte que lo nuestro se ha roto definitivamente y...

—Pero eso es ¡perfecto! —rio al escucharle, aunque el corazón le dio un vuelco al recordar que días atrás al comprar el colgante, la anciana le había dicho que podía pedir un deseo. Y justamente había pedido eso.

—Nena, yo te he querido mucho, pero Hanna ha aparecido en mi vida y...

Al sentir su voz cargada, Montse, feliz por lo que había soltado aquel, repitió:

—No me tienes que dar explicaciones. Creo que haces muy bien saliendo con otras mujeres y enamorándote de ellas. Lo nuestro se había acabado y tú lo sabes, ¿verdad, Jeffrey?

—Sí. Lo sé. Pero quería ser sincero contigo y contártelo en persona.

Tras mantener con él una interesante charla, Montse colgó el teléfono con una sonrisa de oreja a oreja.

—¿Qué ocurre? —preguntó Juana.

—Chicas, ¡Jeffrey se ha enamorado! Me ha llamado para decirme que ha conocido a una tal Hanna y que ¡pasa de mí!

Sus amigas, al escuchar aquello, la miraron sorprendidas y aplaudieron divertidas. Diez minutos después, tras contar lo que él le había dicho, Julia murmuró:

—Pues ea... un capítulo más de tu vida cerrado.

—Ay, mi niña, cómo me alegro —susurró Juana con dulzura a su amiga, que estaba feliz por aquella noticia.

Mientras caminaban y hablaban sobre ello, Juana señaló:

—Mirad dónde está el yate real de la familia de la reina Isabel II. —Todas miraron—. Es impresionante el *Britania*, ¡qué lindo!

—Precioso. Un lujazo. Uno así para mi Pepe sería genial —comentó Julia.

Montse miró el cielo. No se vislumbraba ni una estrella y, por lo rápido que corrían las nubes ante la esplendorosa luna llena, supuso que iba a llover.

—Creo que deberíamos volver al hotel o nos vamos a empapar.

Pero Julia ya había visto algo que le encantaba y gritó emocionada:

—¡Anda... allí hay una gitana que lee el tarot! ¡Vamos!

Sin esperar respuesta corrió hacia la pequeña tienda amarilla y sus amigas la siguieron. Comenzó a llover. La gitana las hizo sentar. Aunque miró a Montse con curiosidad, primero le leyó la mano a Julia y después a Juana. Cuando le tocó el turno a ella, negó con la cabeza.

—No, gracias, señora. Yo no quiero saber nada de esto.

La mujer sonrió. ¡Era ella! Y tomándola de la mano le preguntó:

—¿Aún sigues sin creer en estas cosas, *princesa*?

Montse al escuchar aquello miró por primera vez a la gitana a la cara. Su rostro estaba envejecido y ajado y su era pelo canoso, pero aquellos ojos violetas tan penetrantes le hicieron recordar su nombre y gritó:

—¡Erika la escocesa!

—Sí, cielo... soy yo.

Conmovida por el gesto de felicidad que vio en la joven, la gitana se levantó y la abrazó. Ambas se fundieron en un abrazo lleno de calidez y amor. Un amor que durante años la gitana le ofreció desinteresadamente, a espaldas del padre de la pequeña, cada vez que era su cumpleaños, llegaban las Navidades o se le caía un diente.

—¿Os conocéis? —preguntó Julia sorprendida.

Las dos asintieron y Montse murmuró emocionada:

—Erika fue mi ángel de la guarda cuando yo era pequeña. Ella fue la que me enseñó que cantando a veces se olvidan las penas y los problemas.

La gitana al escucharla se emocionó, pero quitándole importancia a lo que aquella decía rio, y mientras se fijaba en el colgante que portaba, dijo:

—No hagáis caso a mi princesa. Ella es una mujer valiente y especial. Yo solo estuve a su lado para besuquearla.

Feliz por aquel reencuentro, Montse miró a la mujer y respondió aún incrédula.

—Pero... pero ¿tú qué haces por estas tierras?

La mujer, sentándose en su silla, la miró y dijo:

—Ya ves... regresé a mi hogar, Escocia. ¿Y tú? ¿Qué haces aquí? Lo último que sabía de ti era que vivías en Londres.

—Sí... sí, vivo allí. Trabajo para EBC, una tienda de ropa de nuevos diseñadores, y estoy pasando unos días aquí junto a mis amigas.

La gitana, encantada con aquello, la miró y asintiendo susurró:

—Veo que te has convertido en una mujer preciosa como las que salen en las revistas. —Montse sonrió al entenderla—. ¿Has conseguido un trabajo que te guste?

—Sí... pero aún no he conseguido vivir en un castillo —se mofó.

—Bueno, cielo... dos de tres deseos no está mal, ¿verdad? Y quién sabe, el tercero aún se puede cumplir.

Divertida por aquello, Montse la abrazó y la gitana dijo:

—Venid. Pasad a mi caravana.

Durante más de una hora las muchachas permanecieron dentro hablando con ella. Se pusieron rápidamente al día de sus vidas, hasta que el sonido del viento les llamó la atención.

—Ufff... qué viento se está levantando —dijo Juana al ver cómo se movía la caravana.

—No te preocupes —rio la gitana—. Este viento es normal.

La luz hizo amago de irse pero regresó. Solo faltaba eso, que se fuera la luz.

—¡Ay, Dios, Erika! —gritó Montse de pronto—. No me digas que la bola que tienes allí es la misma bola de cristal de cuando yo era niña.

La gitana asintió y Montse, levantándose, fue hacia ella. Allí estaba la bola de cristal transparente que durante años había venerado con auténtico amor. Sin poder evitarlo posó sus manos sobre ella y sonrió. Mientras Juana y Julia cotorreaban sentadas en un pequeño sillón, la gitana se acercó hasta ella y preguntó:

—¿Quieres pedir tres deseos? Siempre te gustó hacerlo.

Montse sonrió y la mujer, cogiendo la bola, la llevó hasta la mesita para que todas la vieran. Una vez se sentaron todas alrededor de ella la gitana volvió a insistir:

—¿Quieres pedir tres deseos, cielo? Piensa que se han cumplido dos de los tres que pediste, y sigo pensando, mi niña, que «Tu felicidad está en el pasado». No te lo niegues.

—... esto querrá decir que tengo que darle otra oportunidad a Jeffrey —se mofó Montse al escucharla.

—¡Ni loca, mi niña! —respondió Juana.

Montse, poniendo sus manos sobre la bola, cuchicheó en tono de guasa:

—Ya sabes, Erika, que yo no creo en estas cosas.

—Lo sé, princesa. Pero estás en Escocia, tierra de leyendas. Y aquí lo imposible puede llegar a ser posible —susurró la mujer mirando el colgante.

—Venga, no seas siesa —le recriminó Julia—. Pide algo que sea una buena aventura para las tres. Algo impensable.

—Con hombres impresionantes, lujuria y desenfreno —apostilló Juana.

—¿Aventura impensable con hombres, lujuria y desenfreno? —repitió riendo Montse, y aquellas asintieron.

Divertida por las cosas que decían sus amigas la joven miró a la gitana y preguntó:

—¿Puedo pedir un deseo colectivo?

—Sí —sonrió aquella—. Nunca se sabe lo que se puede cumplir.

Un trueno hizo retumbar el suelo, y Montse se sorprendió cerrando los ojos y diciendo:

—Deseo conocer al hombre que aparece en mis sueños.

—Mmmmm... ¡Qué romántico! ¿Puedes pedir otro hombre para mí? —preguntó Juana divertida.

—Vale... incluyo un hombre para Juana en el lote —rió al decir aquello.

—¿Tu segundo deseo? —preguntó la gitana de ojos brillantes, mientras la lluvia golpeaba con furia el exterior de la caravana.

—Que esa aventura dure varios meses y esté acompañada por mis dos amigas.

—Oh, sí... ¡qué maravilla! —se mofó Julia al escucharla.

—¿Y tu tercer deseo? —volvió a preguntar la gitana.

Pero cuando Montse fue a responder se oyó un ruido infernal y la luz se apagó. Asustadas, salieron de la caravana. Un rayo había caído cerca y había partido un enorme roble en dos, además de haber ocasionado un apagón general en Edimburgo. Al ver la situación, Montse miró a la gitana y dijo:

—Creo que es mejor que nos vayamos. ¿Estarás mañana por aquí?

—No te preocupes, cielo, me encontrarás.

—¡Perfecto! Mañana antes de ir para el aeropuerto pasaré a darte un beso.

Dicho esto, Montse abrazó a la mujer y se encaminó

junto a sus amigas hacia el autobús que regresaba al hotel. Muertas de risa y sumergidas en la oscuridad se recogieron las complicadas faldas largas y corrieron por la orilla del puerto. De pronto, Montse tropezó con alguien, y tras agarrarse a sus amigas, las tres cayeron a las oscuras aguas del puerto de Leith.

Capítulo 9

—¡La madre que te parió, Montse! Mira que eres patosa —voceó Julia tras lograr salir del agua por una pequeña escalerita de rústica madera—. Pero ¿adónde mirabas?

—... asumo lo de patosa. ¡Lo siento! —se disculpó quitándose el pelo enmarañado de la cara, mientras la gente a su alrededor continuaba corriendo para resguardarse de la lluvia—. He debido de chocar con alguien y... no sé... no sé qué ha pasado.

—Ay, Dios... Estoy congelada. Tengo los pezones como dos botones —murmuró Juana con todo el pelo pegado a la cara.

De pronto las tres se miraron y comenzaron a reír. La situación era de lo más rocambolesca: estaban en el puerto de Edimburgo, caladas, con el maquillaje corrido por la cara y con unas pintas terribles. Una vez se tranquilizaron miraron hacia donde minutos antes estaba el autobús que las llevaría directas al hotel.

—¡Perfecto!... se ha ido. Ahora nos tocará pillar un taxi y cuando escuchen nuestro acento de guiri, nos van a clavar. Ya lo veréis —se mofó Julia.

—Madre mía, qué oscuridad —susurró Montse mirando a su alrededor—. Se ha apagado la ciudad entera. ¡Menudo apagón!

—Uf... no se ve ni un puñetero coche —se quejó la canaria—. Pero si no recuerdo mal podemos subir por allí hasta casi el castillo.

—Pero ¡está diluviando! —se quejó Julia.

Pasó ante ellas una vieja carreta. Debía de ser de los feriantes, y Montse, parándola, preguntó:

—¿Van ustedes hacia el castillo?

El matrimonio, extrañado por su acento, la miró, observó a las tres muchachas y asintió, Montse volvió al ataque:

—¿Podría llevarnos usted hasta allí? Se lo agradeceríamos mucho... mucho... muchísimo.

Cinco minutos después las tres muchachas iban sentadas en la parte trasera de la carreta, empapadas y muertas de frío. Al rato esta paró y la mujer del feriante, bajándose de ella, les dijo:

—Se tienen que apear aquí. Nosotros viajamos hacia Glasgow. Pero si suben por esa ladera llegarán hasta el lateral de la fortaleza.

Congeladas se bajaron de la carreta, y tras dar las gracias a la pareja, comenzaron a andar por donde la mujer les había indicado. Una vez llegaron hasta un lateral del castillo, lo rodearon y desembocaron en una oscura y pestilente calle llena de adoquines.

—¡Qué peste! —se quejó Julia.

—Huele peor que el aliento de una hiena —se mofó Montse.

Las otras dos se taparon la nariz con la mano y asintieron. ¿Dónde estaban para que hubiera aquella peste a podrido? Cinco minutos después, tras dejar atrás el mal olor, comenzaron a subir una cuesta y Juana gritó encantada:

—Vamos por buen camino. ¿Recordáis ese callejón y ese arco? —Sus amigas negaron con la cabeza y ella prosiguió—: Si mal no recuerdo el otro día nos paramos allí para admirar el Hub. O como dijo Julia, «el cachirulo» ese que solo tiene ciento cincuenta años, ¿lo recordáis?

—Ah, sí. Lo recuerdo —asintió Montse mientras le castañeaban los dientes.

—Venga, ánimo, mis niñas. Detrás del Hub está nuestro hotel.

—Ay, Dios —susurró Julia—. Estoy deseando llegar para quitarme esta ropa y darme una duchita calentita.

Una vez llegaron al callejón las tres se pararon. Fue Julia la primera que habló:

—No veo nada, el apagón ha afectado a todo Edimburgo.

Montse y Juana se quitaron el agua que corría por sus caras. Era extraño, pero ante ellas solo había oscuridad. No se veía la cúpula del Hub.

—Qué raro —susurró la canaria intentando ver más allá del diluvio—. Yo juraría que el Hub estaba allí.

—Pues una de dos, o ha encogido por la lluvia o no está —se quejó Julia.

—Quizá te has equivocado de callejón —suspiró Montse sacando su iPhone violeta del bolsillo—. Venga, continuemos andando.

Mientras caminaban en la oscuridad intentó encender el iPhone. Fue inútil. El móvil estaba empapado por el chapuzón en el puerto.

—¡Joder! Pero ¿dónde se meten los puñeteros taxis cuando se les necesita? —gruñó Juana al mirar a su alrededor.

La calle estaba oscura como la boca de un lobo y no había nadie, a excepción de unos hombres y unas mujeres con una pinta desastrosa que caminaban por allí.

—Mi iPhone no se enciende, ¡está en coma! Mirad a ver si vuestros móviles pillan cobertura y podemos llamar a un taxi.

Juana sacó el suyo del bolsillo y tras intentar encenderlo blasfemó:

—¡Mierda! Mi Blackberry está empapada y no *furrula*. Con el pastón que me costó...

—Mí móvil tampoco va —suspiró Julia—. Pero no me

extraña. Con el bañito que nos hemos dado en el puerto, es para eso y más.

De pronto Juana reconoció algo y gritó:

—¡Mirad! Eso es el Grassmarket. Allí está la fuente West Bow.

Felices por encontrar un punto de referencia, las tres corrieron hacia la fuente. Con seguridad un taxi pasaría por allí. Pero se sorprendieron al encontrar la zona sombría y solitaria.

—Uf... verdaderamente Edimburgo por la noche es tenebroso —suspiró Julia mirando a su alrededor—. Se me están poniendo los pelos como escarpias.

—Y que lo digas —asintió Montse.

De pronto se escucharon unos gritos, y ni cortas ni perezosas corrieron hacia donde parecía haber disturbios. Calle arriba cuatro hombres asaltaban a una mujer y una niña. Las tenían acorraladas contra una pared y, por sus gestos, Montse pudo ver que tenían miedo. Un hombre que se bajó de un coche de caballos intentó ayudarlas, pero aquellos le golpearon y este cayó al suelo. Uno de los ladrones se montó en el coche y azuzando a los caballos desapareció con él. Mosqueada por aquello y sin pensárselo, Montse se plantó ante los asaltantes y sorprendiendo a todos gritó:

—¡Eh... vosotros!, ¿qué narices hacéis?

Los hombres la miraron. El que parecía el jefe de la banda se adelantó hacia Montse y esta, al ver su aspecto sucio y desaliñado, murmuró:

—Por Dios, ¡qué pintas de guarro tienes!

Nadie rio a excepción de ella y Juana. Por ello los hombres, alejándose de sus primeras víctimas, se encararon con Montse y las otras dos jóvenes.

—Tres mozas y por lo que veo con ganas de pasarlo bien —dijo otro hombre, acercándose al jefe.

Sorprendidas por sus malas pintas, Juana susurró a sus amigas:

—Pero ¿de dónde salen estos tíos?

—Como mínimo y por su peste, de la cloaca más cercana —respondió Montse atenta a los movimientos de los ladrones. Estaba claro que las iban a atacar.

Uno de ellos se movió por el lateral derecho de Montse y ella, sin darle tiempo, le plantó una patada en el estómago que le dejó inconsciente. Impresionados, los hombres la miraron, pero acto seguido el segundo atacó con un palo en la mano. Sin embargo, Montse, con una maestría increíble, se agachó y quitándole el palo de las manos le dio con él en las piernas y el hombre cayó de bruces contra el suelo. En ese momento Julia, tras una mirada de Montse, corrió a ponerse junto a la anciana.

—Tranquila, señora —le susurró Julia sentándola en un escalón—. Es karateca y de las buenas.

La mujer la miró con gesto extraño y después comprobó que la pequeña que iba con ella estaba bien. Iba a preguntar algo cuando un grito del tercer hombre atrajo su atención. La muchacha que se enfrentaba a ellos le había cogido del cuello y, como si de una pluma se tratara, le tumbó en el suelo y le dio un seco puñetazo en el pecho. Después se quitó al cuarto atacante de encima barriéndole de una patada y no tuvo que hacer más. Juana había cogido el palo que momentos antes Montse había soltado y le dio un golpe en la espalda. El hombre quedó tirado en el suelo junto a sus amigos.

Una vez pasó el peligro, Montse miró a su amiga.

—Vaya leñazo le has atizado al greñas —dijo riéndose.

Juana soltó el palo sonriendo y susurró:

—En cuanto puedas lávate las manos, mi niña. Esos tipos tienen más mierda que el palo de un gallinero.

Tras cruzar una cómica mirada entre ellas, se encaminaron hacia Julia y las demás que las miraban alucinadas.

—¿Estáis todas bien? —preguntó Montse acercándose a ellas, mientras Julia auxiliaba al hombre que junto a estas parecía recuperar la conciencia.

Las desconocidas la miraron incrédulas ante lo que aquella joven había hecho, y fue la mayor, una mujer de pelo canoso, la que habló con voz preocupada:

—Muchacha, ¿estás bien?

—Sí, señora. No se preocupe. Las clases de kárate sirven para algo.

La niña, de unos seis o siete años, rubita y con unos preciosos ojos azules, salió de entre sus faldas y con una sonrisa encantadora dijo:

—Eres fuerte como mi padre.

Aquel comentario hizo sonreír a Montse y le guiñó el ojo. La pequeña sonrió.

—Gracias, cielo. Y porque llevaba esta incómoda ropa —dijo señalándose la vestimenta—. Porque si me pilla con mis vaqueros y las Nike me los cepillo a los cuatro en un santiamén.

Julia ayudó al hombre a levantarse. Tras mirar la herida que tenía en la cabeza, dijo:

—Creo que vas a necesitar un par de puntitos en la frente. Lo mejor sería que te miraras la herida cuanto antes, ¿de acuerdo?

El hombre asintió y la mujer de pelo canoso preguntó:

—Thomas, ¿está bien?

El hombre, tocándose el enorme chichón que aparecía por momentos, susurró:

—Sí, milady... pero... pero... se han llevado el...

Al escuchar «milady» Montse y Juana se miraron y sonrieron. La mujer, acercándose preocupada al hombre, respondió con gesto angustiado:

—Thomas, no te preocupes por nada. Lo importante es que te encuentras bien y que esos canallas se han marchado.

—Pero el equipaje... señora, yo... —murmuró aquel, y la anciana le cortó de nuevo:

—Eso no importa, Thomas. Solo me preocupa saber

que todos estamos bien. Pasa dentro y que Margaret te mire esa fea herida. Después ordena que preparen el otro carruaje. Quiero salir cuanto antes de Edimburgo.

—¿Vienen ustedes también de la cena medieval? —preguntó Julia.

Su indumentaria era parecida a la de ellas, aunque mejor confeccionada y, sobre todo, de mejor calidad. Pero lo que realmente llamó su atención es que estaban secas.

—Marchábamos de viaje cuando esos hombres nos abordaron —contestó la mujer.

—¿Les han robado el equipaje? —preguntó Julia, y aquellos asintieron.

—¡Qué sinvergüenzas! —susurró Juana.

Comenzó a lloviznar, y la anciana, algo nerviosa, preguntó:

—¿Quieren pasar y secarse un poco?

Las chicas se miraron, pero tras entenderse sin hablar, Montse respondió, mientras comenzaban a andar calle arriba:

—Se lo agradecemos, señora, pero no queremos ocasionar más estorbo, y más cuando salen de viaje. Además, si le soy sincera, no veo el momento de llegar a nuestro hotel para darme una ducha calentita, tomarme un café calentito y meterme en la camita.

—No es buena idea deambular por las calles. Corren malos tiempos —les apremió la mujer mirando alrededor.

—No se preocupe. Pobrecito el que se atreva a tosernos —sonrió Montse.

Sin más se despidieron y continuaron su camino, mientras la anciana, apostada en la puerta de su casa, las miraba con preocupación.

Capítulo 10

—¿Quiénes son esta gente? —preguntó Julia mirando a sus amigas, mientras Montse sacaba de nuevo su iPhone e intentaba encenderlo.

Al doblar una esquina habían aparecido ante una pequeña plaza. Allí una veintena de mujeres descansaban en el suelo, atadas con cuerdas y con una pinta desastrosa, mientras unos hombres toscos y ruidosos bebían cerveza no muy lejos de ellas.

—Seguro que son los de la película del otro día. Por la antigüedad de la zona se graban aquí muchas series y películas medievales —respondió Montse tras desistir de encender su iPhone, al mirar a las mujeres de ropas y aspecto sucio que estaban ante ellas.

—¡Madre mía! —rio Juana—. La ambientación es la leche. Cualquiera diría que no es real.

—Ya te digo. Esto es para ganar un Oscar —asintió Julia.

Divertidas por lo que veían, Juana continuó:

—Fíjate en el tío aquel que habla con ese grupo. ¿Has visto la pinta que tiene? Pero si hasta sus cicatrices parecen de verdad...

Sin ningún disimulo, asomadas en la esquina, las tres miraban al hombre que decía Juana. Su aspecto era temible. Se le veía sucio y harapiento. Y al abrir la boca para protestar, se fijaron en que le faltaban varios dientes. Algo común entre todos los que le rodeaban.

—Ese debe de ser el malo malísimo de la peli. Tiene toda la pinta —dijo Montse divertida.

—Totalmente de acuerdo contigo —asintió Julia, y mirando a su alrededor preguntó—: ¿Y quién hará de bueno? Mira que si es Gerard Butler, de aquí no me muevo hasta que no me firme un autógrafo y le dé dos besacos.

Juana, agachándose con disimulo, tocó el brazo de una de las mujeres y le habló:

—Oye, perdona, ¿qué se está grabando?

La muchacha al escuchar una voz tras ella se volvió. A pesar de la oscuridad de la noche su cara se veía sucia, y entre cuchicheos y con un extraño acento escocés dijo:

—No os paréis y continuad andando. ¡Huid!

—¿Cómo? —preguntó Juana sin entender.

—Si John Kilgan repara en vosotras, no podréis escapar. ¡Marchaos!

Sin entender nada Juana miró a sus amigas. Montse, agachándose junto a la muchacha, preguntó:

—¿Quién es John Kilgan?

La joven, volviendo su cara hacia el hombre que ellas habían estado observando antes, dijo sin señalarle:

—Él, y si no queréis problemas tened cuidado de que no os vea.

Montse cada vez entendía menos. Aquello parecía tan real que hasta se le puso la carne de gallina. Entonces Julia metió baza.

—Vale... te hemos entendido. Estáis en mitad de una escena. Pero ¿esto es para una peli o una serie?

La muchacha la miró sin entender lo que le decía, e iba a contestar cuando de pronto aparecieron en la plaza unos hombres a caballo y se organizó un gran revuelo. Otros hombres de aspecto no menos desaliñado que los que estaban bebiendo en la plaza comenzaron a pelear duramente con espadas. Eso las impresionó.

—¡Corred... corred mientras podáis!

Con un gesto divertido Montse y sus dos amigas se alejaron corriendo. En la plaza había comenzado la acción, ¡y qué acción!, y no querían estropear la toma.

—Qué increíble —rio Julia mientras caminaban calle abajo—. No me extraña que luego cuando veamos las películas en la tele todo parezca tan real. ¡Ha sido la leche! ¿Has visto cómo ha luchado ese tipo con la espada? Uf... parecía que le iba la vida en ello.

Pero lo que en un principio comenzó como algo divertido según pasaban los segundos se volvía más real. La gente corría a su lado con gesto de terror y al doblar una esquina la canaria murmuró parándose:

—Ay, mi niña, creo que me va a dar un amago de infarto de un momento a otro.

Ante ella había una gran extensión de terreno plagado de árboles, fogatas y pequeñas y viejas casas de madera y paja, cuando lo que allí debía estar era la ciudad nueva de Edimburgo, con sus luces y sus puentes.

—A ver, ¿ahora qué te pasa? —cuchicheó Montse cansada de andar por aquellas empedradas calles y mirando a una señora que parecía gritar algo en otro idioma.

Juana, plantándose ante sus amigas, que seguían mirando a la gente que pasaba a su lado corriendo, gritó histérica:

—¿Dónde está lo que tenía que haber aquí? Se supone que aquí debía comenzar la New Town. Y... y... y... Pero... pero, Dios mío, ¿dónde están las carreteras, los semáforos y los coches?

—Estamos en la zona vieja de la ciudad. No te pongas histérica. Te habrás equivocado —susurró Montse acercándose a ella.

Pero Juana, sacando del bolsillo de su falda un mapa de la ciudad, lo abrió con cuidado (aún estaba mojado) y gritó fuera de sí:

—No... No me he equivocado. Sé dónde estamos y

aquí debía estar la New Town, no esas casuchas tercermundistas de paja —dijo señalando el empapado mapa—. Allí tenía que estar el McDonalds donde cenamos hace unos días... —vociferó Juana— y allí, la tienda de licores donde Julia le compró a Pepe el whisky escocés. Y... y... nuestro hotel tenía que estar allí... ¡Allí!

—¡Ay, madre!... —murmuró Montse mirando a su alrededor.

—*¡Joer!* —chilló la canaria con horror señalando a su derecha— pero... pero si el Hub, el edificio del cachirulo, tampoco está.

Montse y Julia se miraron asustadas y un viento extraño les puso la carne de gallina.

—Ay, Dios... —susurró Julia al mirar al frente y ver las casuchas.

Montse se dio la vuelta para mirar el sombrío y sólido castillo de Edimburgo en la cima de la colina, y en voz queda se preguntó:

—Pero ¿dónde estamos?

Capítulo 11

Pero no dio tiempo a pensar ni a reflexionar. Un nutrido grupo de gente, entre los que Montse reconoció a varias de las mujeres que habían visto antes, bajaba calle abajo en dirección a ellas, y sin saber por qué comenzaron a correr.

—¿Qué pasa ahora? —preguntó sin aire Julia entre la multitud.

—No lo sé... pero corre —gritó Montse de la mano de Juana.

El griterío de la gente era increíble. Mujeres, hombres y niños corrían de un lado para otro, mientras unos hombres a caballo les perseguían. De pronto la tranquilidad del lugar se tornó locura. Las casuchas comenzaron a arder, la gente caía ensangrentada a su alrededor y ellas no sabían por dónde tirar. Bloqueadas como nunca en su vida, se pararon ante un hombre que blandía una espada frente a otro, cuando Montse escuchó el grito de una mujer. Al volverse se encontró con la chica con la que habían hablado minutos antes, y que intentaba desasirse de dos hombres. Sin pensarlo dos veces se acercó a aquellos y, dando una patada a uno en el estómago, que lo dobló, y un puñetazo al otro que lo dejó k.o., miró a la muchacha y gritó:

—Pero ¿qué ocurre aquí?

La chica, con el horror y el miedo reflejado en el rostro, chilló y salió corriendo en dirección al bosque.

—¡Seguidme si queréis vivir!

Sin pensarlo, Montse dio un empujón a sus bloqueadas amigas y las hizo correr tras la muchacha. En su carrera, las ramas les arañaban la cara y los brazos, pero ellas corrían y corrían sin mirar atrás, mientras escuchaban el crepitar del fuego devorando las cabañas y los gritos de la gente asustada. No sabían cuánto tiempo estuvieron corriendo tras aquella muchacha, pero sus piernas parecían no querer parar. Amanecía, pero por la premura de aquella, intuían que alguien las seguía y debían escapar. La joven de aspecto desaliñado se paró y con la mirada desencajada observó su alrededor. De pronto dio un salto y tras retirar unas ramas de una piedra, gritó:

—Dentro... ¡rápido!

Juana y Julia fueron las primeras en entrar seguidas por Montse y la muchacha, que una vez dentro soltó las ramas. Las telarañas de la pequeña cueva rápidamente se pegaron en sus cabellos y cara, y si Juana no hubiera tapado la boca a Julia, esta hubiera gritado como una loca. Odiaba los bichitos. La joven, poniéndose la mano en los labios, les pidió silencio y, ellas sin entender realmente lo que pasaba, obedecieron. Segundos después oyeron el galopar de varios caballos y a un hombre que gritaba:

—Vosotros id por aquel camino. Nosotros continuaremos por la derecha.

Poco después el ruido de los caballos se alejó y el silencio del bosque inundó el lugar. Julia y Juana, acurrucadas en un pequeño espacio, se miraban con los ojos como platos, mientras la joven a la que habían seguido respiraba con dificultad. Ninguna habló hasta pasados unos minutos, cuando los primeros rayos de sol entraron a través del ramaje. Entonces Montse, atrayendo la mirada de la muchacha, susurró:

—No sé quién eres, ni por qué esos hombres nos perseguían, pero quiero que me expliques ahora mismo lo que te acabo de preguntar.

Tras recuperar el resuello, la joven asintió, se sentó en el suelo y, retirándose su enmarañado y sucio pelo rojo de la cara, murmuró:

—Me llamo Edel Givens y vivo cerca de Perth. Hace unos días mi hermano Colin y yo decidimos posponer nuestro viaje de regreso al castillo para dar las condolencias a un familiar cuando unos malhechores nos atacaron. —Con los ojos plagados de lágrimas murmuró—: Creo... creo que mataron a mi hermano, y a mí, por lo que escuché decir a unos hombres, John Kilgan pretendía venderme al mejor postor. Luego aparecisteis vosotras con vuestras raras preguntas y después unos guerreros atacaron a John Kilgan y pude escapar. El resto... ya lo conocéis.

Las tres amigas se miraron incrédulas. ¿Guerreros? ¿Malhechores? Pero ¿qué estaba contando aquella chica? Al ver que permanecían en silencio, la muchacha se levantó y susurró:

—He de regresar a mi hogar e informar de lo ocurrido. No quiero que nadie se angustie más de lo que ya deben de estar. Oh, Dios... mi señora tenía razón. Debíamos haber regresado al castillo con ella y esperar a que el tema de la Corona se solucionara.

—¿Tema de la corona? —preguntó Montse.

—Sí. Hasta que los clanes se reúnan y decidan la aprobación o rechazo de María y Guillermo de Orange como futuros reyes.

Sorprendida por aquello, Juana preguntó:

—¿Orange? Pero, mi niña, ¿quiénes son esos?

Al escuchar aquella pregunta la muchacha las miró extrañada y respondió:

—Los que quieren destronar a Jacobo II. María, su hija, y Guillermo son...

—Pero ¡qué dices! —interrumpió Julia—. Yo no soy ninguna lumbrera en historia, pero sí sé por la prensa del corazón que la reina es Isabel II. Ya sabéis, la exsuegra de lady Di y Sarah Ferguson.

Ahora la sorprendida era la muchacha, y mirándolas con gesto indescifrable susurró:

—¿Quiénes son Isabel II, lady Di y Sarah Ferguson? —las muchachas se miraron y la joven continuó—: María y Guillermo de Orange quieren alzarse con la soberanía de Escocia, como la tienen de Inglaterra e Irlanda. Pero ¿de qué habláis?

La cara de estupor de la canaria era todo un poema. Montse fue a hablar pero Julia se le adelantó:

—Ay, Dios mío, pero ¿quiénes son esos?

La muchacha, convencida de que sus compañeras de refugio estaban más descentradas que ella, dijo recogiéndose el pelo en una trenza:

—Mirad, no sé de qué soberanos habláis, pero lo que sí sé es que María II es hija de Jacobo II, de la dinastía de los Estuardo, y Guillermo procede de la rama de los Orange. Se desposaron hace unos años y...

—Edel —interrumpió Montse—. Pero ¿en qué año estamos?

—En 1689.

—Ay, Dios, que me da un tabardillo —murmuró Montse dándose aire con la mano.

Al escuchar aquello, Juana se levantó como una flecha y gritó enloquecida:

—¡¿Cómo? pero... pero ¿qué dice esta flipada?... Cómo vamos a estar en 1689... si estamos en 2010.

—¡¿2010?! —murmuró Edel boquiabierta mientras la canaria continuaba.

—Pero, bueno, que España acaba de ganar el Mundial de fútbol. Que se clonan ovejas. Que Obama es presidente y que Hugh Grant cumple cincuenta años. ¿Cómo vamos a estar tropecientos años atrás? —sacándose algo del bolsillo miró a la muchacha y gritó—: Mira... esto es una

Blackberry de última generación, y que yo sepa en la época que tú dices que estamos no existían estos chismes. ¿O me equivoco?

—¡Ay, mi Pepe! ¡Ay, qué irritación le voy a dar! —voceó Julia al pensar en su marido.

La joven miró con curiosidad el objeto que Juana tenía en la mano. Nunca había visto nada igual. Sorprendida, se sentó y las escuchó hablar.

—La gitana... esto es culpa de la *jodía* gitana —siseó Julia, y mirando a su amiga preguntó—: Pero ¿qué narices has deseado?

—¿Yo? —susurró Montse, blanca como la nieve.

—Sí, tú. Y ahora no me pongas cara de tonta, que tú pediste los deseos —gritó Julia.

Montse, perdiendo los nervios ante lo surrealista de la situación, chilló:

—Os recuerdo, ¡guapas!, que tú querías una aventura impensable, y tú, hombres, lujuria y desenfreno.

—¡Madre del amor hermoso! —susurró la canaria al escucharla—. Como encontremos todo eso, ¡apañadas estamos!

—Pero... pero yo estoy casada. ¡Ay, mi Pepe! Pensará que le he abandonado —gimió Julia.

Montse, consciente de que aquello era peor que una película de tercera, miró a sus amigas y, como siempre que se bloqueaba, comenzó a tararear una canción. Eso la tranquilizaba. Pero al ver la mirada asesina de Julia, calló.

—Pediste conocer al hombre que aparecía en tus sueños y que esto durara unos meses, ¡hasta Navidad!... —ironizó la canaria—. Ay, mi niña,... dame un guantazo a ver si me despierto. Me he debido de dar un mal golpe y estoy soñando algo que no es.

—No me tientes... no me tientes —bufó Montse descolocada.

—¡Vamos a morir! —gimió la canaria teatralmente.

—Pedí dos deseos, ¡me queda uno! —chilló Montse, y al percatarse de aquello chilló—: Erika la escocesa, escúchame. Tengo un deseo pendiente de pedir y mi deseo es que regresemos a nuestra época ¡ya! ¿Me has escuchado, maldita sea?

Durante unos segundos las muchachas se miraron, y al ver que no ocurría nada, la canaria murmuró:

—Me parece que no te ha escuchado.

—¡Gitana! —voceó Julia—. Manifiéstate, ¡da la cara!

Montse, consciente por primera vez de que aquello estaba ocurriendo de verdad, murmuró:

—Erika dijo que esto era Escocia, tierra de leyendas, y que lo imposible podía ser posible y...

—¿Y cómo vamos a apañarnos aquí ese tiempo? —gritó descompuesta Julia—. ¿Cómo vamos a sobrevivir? Y sobre todo, ¿qué le explico yo a mi Pepe cuando regrese?

—Por Dios... ¿quieres dejar de mencionar a tu Pepe? —gruñó Montse.

—No... no quiero —gritó Julia.

—¡Ni de coña estoy yo unos meses aquí! —se quejó Juana.

La joven, que hasta el momento había permanecido callada escuchando aquella jerga incomprensible y viéndolas mover las manos y hacer gestos extraños, dijo:

—¿Qué os ocurre? ¿A qué se debe esta algarabía?

Las mujeres al escucharla la miraron, y con gesto desencajado intentaron hacerle entender durante horas lo mismo que ellas no podían comprender.

Capítulo 12

Tras mucho hablar, discutir, llorar, tararear y reír, sin realmente entender qué había pasado, decidieron salir del pequeño escondite. Necesitaban estirarse. Primero salió Edel, después Montse y luego las otras dos.

—¿Y ahora qué hacemos? ¿Dónde puñetas vamos? —preguntó Juana.

—No queríais aventura, pues ¡toma aventura! —musitó Montse encogiéndose de hombros.

—Yo quiero regresar con mi Pepe —clamó Julia consternada.

—Y yo tengo hambre, frío y quiero regresar al hotel.

Incapaz de seguir escuchando las quejas continuas de sus dos amigas, Montse finalmente cerró los ojos, suspiró y dijo entre gruñidos:

—¡Vale! Lo siento. Siento que por mi culpa vosotras estéis metidas en esta movida imposible de creer. Y os juro que el día que vuelva a ver a Erika la escocesa... por mucho cariño que le tenga ¡me la cargo!

—Yo te ayudaré —apostilló la canaria, y Montse continuó:

—¿Acaso creéis que yo no estoy flipando? —chilló quitándose una especie de gusano que le subía por la falda—. Oh, Dios... ¡qué asco! Esto... esto... es algo increíble... y... y ¡dadme tiempo para pensar! Yo estoy tan sorprendida y asustada como vosotras y no sé qué más decir o hacer salvo acompañar a Edel vaya donde vaya. —Una vez dijo esas palabras, un gemido lastimero escapó de su garganta.

En ese momento sus amigas la miraron. Montse nunca lloraba ni se lamentaba. Era una mujer positiva y fuerte. Y tras intercambiar una mirada de lo más significativa, Julia cuchicheó:

—Si tú lloras me asusto. No llores, por favor, y perdónanos.

Con cariño Juana consoló a su amiga e indicó:

—Nosotras te animamos a que pidieras los deseos, mi niña. Y venga, sécate esas lágrimas. Estoy convencida de que si ha ocurrido esto es por algo. Miremos el lado positivo.

Montse la miró. Quiso preguntar «¿Cuál es el lado positivo?» pero un quejido de frustración fue lo único que pudo articular. No había nada positivo.

—Bueno... venga, podía haber sido peor. Además, si mal no recuerdo en tu deseo pediste un chulazo para mí. ¡Para mí! —repitió la canaria haciéndolas sonreír—. Seamos positivas, ya tenemos una amiga, Edel.

Al escuchar su nombre la muchacha las miró, y al ver que las tres sonreían, suspiró deseosa de partir.

—¿Puedo preguntaros algo? —las chicas asintieron—. ¿Cómo os llamáis? Porque vosotras sabéis que yo me llamo Edel Givens, pero yo aún no sé ni cómo os tengo que llamar.

Las tres se miraron y Montse, secándose las lágrimas, mostró una sonrisa que a sus amigas les hizo entender que nada bueno le seguiría.

—Edel, mi nombre es Cindy... ¡Cindy Crawford! —respondió.

La miraron sorprendidas, pero la canaria, aprovechando el momento, dijo:

—Yo soy ¡Paris Hilton!

—Y yo... ¡Norma Duval! —asintió Julia con convicción.

La joven las miró sin entender sus cambios radicales de humor, y suspirando por el viaje que le esperaba, dijo:

—Muy bien. Cindy, Paris y Norma, ¿podemos emprender el viaje?

Capítulo 13

Unas cuantas horas después, con los pies destrozados, hartas de caminar, y agotadas por lo acontecido Julia, sentándose en el suelo, gritó:

—Me rindo. No puedo más. Si tengo que morir, quiero hacerlo ahora. ¡Ya!

Sorprendidas por aquello, las mujeres la miraron y Montse respondió:

—Levanta el culo ahora mismo si no quieres que yo misma te mate.

Julia fue a responder cuando de pronto se escuchó el ruido de los cascos de unos caballos. Rápidamente y aconsejadas por Edel, las muchachas se escondieron en el denso bosque, tras unos inmensos robles. Aparecieron una docena de hombres a caballo y, por su aspecto, parecían fieros y depravados. Al verlos, a Montse se le encogió el corazón. Aquello no pintaba bien. Pero inexplicablemente Edel gritó:

—¡Alaisthar! ¡Alaisthar Sutherland!

El hombre de pelo rojizo que iba en cabeza paró su imponente corcel y se volvió. Tras observar durante un rato a la muchacha que había gritado su nombre, susurró incrédulo:

—¡Edel! ¿Edel Givens?

La muchacha, emocionada por encontrar una cara amiga, asintió y sollozó. Un instante después, tras apearse de su caballo, aquel hombretón corrió a abrazarla.

—Edel, ¿estás bien? —Ella asintió—. Por todos los

santos, muchacha, Colin está preocupadísimo por ti. Él...

—¿Colin está vivo? —gritó al pensar en su hermano.

—Sí... —asintió él con cariño mientras observaba que había más mujeres—. Sus heridas sanan bien. No te preocupes. Declan se ocupa de él.

Emocionada por lo que escuchaba, Edel se tapó la boca y contuvo un gemido. Su hermano, su querido hermano, estaba vivo y a salvo.

Con el susto aún en el cuerpo, Montse se acercó a Juana y en susurros le preguntó:

—¿Estos tíos son *highlanders*?

Su amiga asintió y con gesto de admiración susurró haciendo reír a Montse:

—Ay, mi niña... sí. Y creo que acaba de llegar mi parte del deseo.

Alaisthar, un hombre de imponente envergadura, cabellos rojizos y ojos claros, sonrió al sentir la agitación de aquella, mientras sus hombres observaban a las tres mujeres que les miraban con cara de susto.

—¿Quiénes son ellas? —preguntó Alaisthar.

Edel, retirándose el pelo de la cara, se acercó a las muchachas y dijo:

—Cindy, Paris y Norma. Juntas huimos de la crueldad de John Kilgan y... y... me gustaría llevarlas con nosotros al castillo. Necesitan cobijo.

—¡Hola, mi niño! —saludó Juana levantando la mano a modo de saludo mientras este la miraba con seriedad.

Acercándose a ellas, el pelirrojo las miró de una en una. Por su desgarbado y sucio aspecto aquellas jóvenes debían de haber pasado por un infierno como Edel, y tras clavar su mirada en la pequeña joven que lo había saludado, dijo:

—Qué bajita sois.

Al escuchar aquello Juana sonrió y en un tono melosón aclaró:

—No soy bajita, soy *recogidita*.

Aquella contestación hizo sonreír al *highlander* y atrajo más su atención.

—¿Quién sois? —preguntó repasándola de arriba abajo.

Juana miró a Montse, y al ver que su amiga le indicaba con la cabeza que contestara, suspiró y dijo con una sonrisa:

—Pues... yo... me llamo Paris... Paris Hilton.

—Extraño nombre el vuestro, muchacha.

—Es chulísimo, ¿verdad? —soltó Juana encogiéndose de hombros y sonriendo.

Desconcertado por aquella contestación, el hombre se paró ante ella y torciendo la cabeza preguntó:

—¡¿Chulísimo?! ¿Qué significa «chulísimo»?

—Que es un bonito nombre. ¿No te gusta?

Sin responder a aquello, el hombre, divertido, volvió a preguntar:

—¿Ese acento que poseéis al hablar de dónde es?

Juana, retirándose el flequillo moreno de la cara, le miró directamente a los ojos y con su desparpajo habitual respondió sin ningún miedo.

—Uf... mi acento... ¿cómo te explico yo esto? A ver, mi niño...

—¡¿Tu niño?! —volvió a preguntar el guerrero confundido.

—«Mi niño» es una expresión de mi tierra, cariñosa, afectiva. —Sonrió Juana y prosiguió—. Es que los canarios somos muy melosos. A ver... en referencia a lo que me preguntas, te cuento que actualmente vivo en Londres, pero nací en Canarias,de ahí mi acento zalamero. Y ellas son de...

«Ay, Dios, la que está liando», pensó Montse, y para acabar con aquella locura atrajo la atención del pelirrojo e indicó:

—Somos españolas.

—¿Españolas? —Aquello sí lo entendieron él y todos los presentes, que comenzaron a murmurar.

Al ver el desconcierto en la mirada de aquellos, Julia, acercándose a sus amigas, cuchicheó en español muerta de miedo.

—Creo... creo que estos nos rebanan el cuello en un pispás.

—No digas tonterías, por favor —susurró Montse asustada al ver cómo las observaban los hombres.

—Este gigante no entiende nada de lo que decimos y se ve en su cara —gimió Julia—. Si seguimos así, creo... creo que este tipo nos va a liquidar.

—Mmmmm... hablando de liquidar —se mofó Juana sin miedo mirando al pelirrojo. Pero antes de que pudiera continuar, Montse la calló y preguntó:

—¿Cómo se te ocurre decirle lo que le has contado? ¡Pensará que estamos locas!

Consciente de lo que su amiga le había preguntado, Juana sonrió.

—¿Y qué quieres que le diga? —respondió—. Le he dicho la verdad. Bueno... a medias. —Sonrió al recordar lo del nombre—. Madre mía, Montse, ¡qué pedazo de tío! —y al ver su tartán de cuadros en su montura susurró—: Este *highlander* es el sueño de toda mujer.

—Será el tuyo —gruñó Julia—. Porque a mí los de pelo rojo y cara de bruto no me van. Me gusta más mi Pepe.

—Oh, su Pepe... y luego bien que te quejas de él —se mofó la canaria poniendo los ojos en blanco.

—¡Cerrad el pico! —ordenó Montse.

El pelirrojo, tras escucharlas hablar en un lenguaje extraño para él y entender que debía de ser español, miró a Edel y preguntó:

—¿Estás segura de que estas mujeres son de confianza?

Edel las miró durante un momento, y esbozando una sonrisa asintió y dijo:

—Sí, Alaisthar, estoy convencida.

Capítulo 14

Proseguir el camino a lomos de los caballos fue más cómodo y sobre todo más rápido. Julia se tranquilizó. Aquellos mal peinados embrutecidos parecían civilizados. Alaisthar pidió a sus hombres que portaran a las mujeres en sus caballos, y él, sin dudarlo, eligió a la mujer morena, aquella llamada Paris Hilton. En el trayecto Juana preguntó todo lo que se le vino a la mente y Alaisthar respondió divertido mientras bordeaban una especie de lago para adentrarse en unas montañas.

Al principio no caminar hizo que los pies de todas ellas descansaran. Pero tras varias millas sin apearse del caballo el dolor de cuerpo se hizo general.

—¿Queda mucho, Alaisthar? —preguntó Juana.

—No, señorita —respondió él—. Le prometo que antes de que...

—¿Por qué no me tuteas y me llamas por mi nombre como yo a ti?

Él sonrió y mirando los ojillos oscuros de aquella muchacha, asintió y dijo:

—De acuerdo, Paris. Te prometo que antes de que los últimos rayos de sol desaparezcan habremos llegado.

Y así fue. El camino fue tranquilo, y cuando el sol dejó de calentar, de pronto se escuchó a Montse gritar.

—¡Ay, Dios mío, pero ¿ese no es el castillo de Elcho?!

Sorprendida porque conociera aquella pequeña fortaleza, Edel la miró.

—¿Conoces el castillo? —preguntó.

Montse miró a sus amigas con horror y después a la joven. ¿Cómo explicarle que aquella fortaleza aparecía en sus sueños una y otra vez? Y sobre todo... que habían visitado aquel castillo hacía unos días siglos más adelante. Finalmente asintió con la cabeza y optó por callar. Era lo mejor.

Una vez llegaron, los caballos se detuvieron y las mujeres se apearon. Alaisthar se separó de Juana, que le sonrió encantada, para saludar a unos hombres que les recibieron con efusividad. De pronto se escuchó:

—¡¿Edel?!

Volviéndose, la chica comenzó a correr y abrazó a un joven malherido que casi se arrastraba.

—¡Colin! —gritó—. Oh, hermano, qué preocupada estaba por ti.

Se fundieron en un grato y agradable abrazo mientras todos les observan y las tres intrusas se emocionaban. Minutos después y agarrada de su brazo, Edel le presentó a las mujeres.

—¿Dónde están todos? —preguntó Alaisthar mirando a su alrededor.

Colin, feliz por recuperar a su hermana, dijo mientras caminaba con cuidado hacia el interior del castillo.

—Están en el ala oeste reforzando una de las paredes. Anoche la alcanzó un rayo.

Todos comenzaron a andar menos Montse, que se había quedado petrificada mirando el bosque que había junto al castillo. Su bosque. El bosque con el que siempre había soñado. Aquello la atenazó todavía más. Tenía miedo de continuar y ver con lo que se iba a encontrar. Histérica y preocupada comenzó a tararear una canción, hasta que Julia le interrumpió:

—¿Qué te preocupa ahora?

Aquella manía de cantar era algo que hacía saber a sus amigas que estaba preocupada.

—Esto es Elcho...

—¡No me digas! —se mofó Juana.

—Pero... pero... tengo que irme de aquí. ¿No recordáis mi deseo?

—Sí, hija, sí —murmuró Julia—, cómo para olvidarlo.

—Llevo toda la vida soñando con este lugar y ahora... ahora... estoy aquí.

—Sí, reina, sí... si la gitana nos la ha jugado bien —se burló Julia cada vez más tranquila al comprobar que quienes les observaban parecían civilizados.

Montse comenzó de nuevo a tararear una canción y Juana se mofó al escucharla.

—No me lo puedo creer. ¿Tienes miedo?

Incomprensiblemente Montse asintió y su amiga continuó:

—Pues no es por amargarte aún más, pero déjame recordarte que creo que son tres meses lo que vamos a estar aquí, porque a una gitana, a la que juro que despellejaré viva cuando la vuelva a ver, se le ha ocurrido concederte un absurdo deseo.

—¡No me lo recuerdes! —protestó Montse.

—Mira, guapa. Apáñatelas como puedas, pero aquí de momento la gente parece educada —susurró Julia—. Si tengo que estar en este puñetero siglo un tiempo, prefiero vivir aquí que en Edimburgo entre mierda, ladrones y peste. Por lo tanto apechuga con lo que pediste y déjate de miedos, que no creo que ese tío, el de tus sueños, te vaya a comer.

Sus amigas tenían razón. Habían llegado hasta allí por ella, y no había marcha atrás. Temblorosa pero decidida a no salir corriendo, siguió a todo el mundo y se sorprendió al dar la vuelta a la esquina y ver a más de cien hombres sudorosos portando piedras de gran tamaño subidos en una especie de andamio.

Estos, al percatarse de las extrañas, las miraron y sonrieron. En sus ojos no se leía nada bueno.

—Me siento ahora mismo como una chuchería muy... muy apetecible a la salida de un colegio —susurró Juana.

Montse oyó un crujido. Uno de los andamios, el más cercano a ella, parecía ceder bajo el peso de una enorme piedra. Miró la altura y la dirección de la caída del pedrusco. Sin pensarlo dos veces corrió hacia donde estaba Alaisthar hablando con otro hombre, y sin previo aviso, empujó al pelirrojo y, cuando el ruido de la piedra parecía caer sobre su cabeza, se lanzó contra el otro haciéndole rodar junto a ella por el suelo. El ruido de la enorme piedra al caer fue descomunal. Todo el mundo se asustó. Sin respiración, Montse abrió los ojos, y al encontrarse bajo la enfadada mirada del hombre y reconocerlo, susurró incomprensiblemente para aquel.

—¡Tú!

—¡¿Yo?! ¿Yo qué?

Sobre ella estaba Declan Carmichael, duque de Wemyss, mirándola con el ceño fruncido y cara de pocos amigos. Nada que ver con la mirada del hombre de sus sueños. Los ojos de aquel eran fríos y crueles mientras se levantaba sin ayudarla y con voz ruda rugía para intimidarla, con su imponente estatura.

—Maldita sea, mujer, ¿qué habéis hecho?

Sorprendida por aquello la joven no se amilanó y gritó desde el suelo:

—¿Que qué he hecho yo?

—Sí, ¡vos!

—Pero bueno...—siseó incrédula—. ¿Acaso eres tan corto que no te has percatado de que he evitado que ese cascote te parta la cabeza, ¿¡so grosero!?

Al ver que el hombre la miraba con gesto indescriptible, se levantó del suelo y gruñó quitándose el polvo de la mugrienta falda.

—Ah... y gracias por ayudarme a levantar. Muy amable por tu parte.

Boquiabierto por cómo aquella harapienta y sucia mujer, a la que apenas entendía, le gritaba, la cogió del brazo y le espetó con malos modos:

—Cuando os dirijáis a mí, mujer, os pido respeto. Soy el *laird* de estas tierras y como tal quiero ser tratado. —Sorprendida, Montse le miró, y él con gesto hosco continuó—: No sé quién sois, ni deseo saberlo. Pero salid de mis tierras ¡ya! si no queréis que os azote y rebane vuestra sucia lengua.

Agitada por cómo la miraba y en especial por el desprecio que sintió en sus palabras, Montse se zafó de él con un rápido movimiento. Aquello sorprendió a todos, incluido a Declan, que fue a asirla otra vez, pero ella de un salto atrás se le escapó.

—Ni se te ocurra tocarme con tus manazas, y a mi lengua, olvídala.

Perplejo por el descaro de aquella, el duque de Wemyss se acercó a ella.

—¿Deseáis ser castigada? —siseó.

—¡Será fanfarrón este tío! —voceó mirando a sus amigas, que con gestos horrorizados le pidieron que callara.

—¿Qué habéis dicho, mujer?

Preparada para el ataque, Montse iba a responder cuando una pálida Edel se interpuso entre ellos y mirando al enfadado hombre dijo:

—Mi *laird*, Cindy es...

—¡Cállate, Edel! —pidió Declan echándola hacia un lado para volver a encararse a Montse, que respiraba con dificultad.

Todo el mundo les miraba. Nadie hablaba así al *laird* Declan Carmichael, y menos una mujerzuela sucia y desconocida como aquella. El ruido producido por el derrumbe alertó a todos los que vivían en el castillo, que corrieron hacia allí.

—¿Qué ha pasado, hijo? ¿Estáis todos bien?

Declan, furioso por lo ocurrido, blasfemó, pero al ver la cara de susto de la mujer de pelo canoso respondió escuetamente:

—Tranquila, madre. Todo está bien.

Juana y Julia llegaron hasta su amiga y fue esta última la que cuchicheó en español.

—Cierra el pico, abre el puño y déjate de tonterías, Cindy Crawford, que con este tío el horno no está para bollos. Y, por favor, si no quieres que nos lapiden llámale de usted, haz el pino o lo que quiera, ¡por favor!

Consciente por primera vez de que Julia tenía razón, Montse relajó los brazos. Justo en ese momento se oyó la voz de una niña que gritaba:

—Padre... ellas son las mujeres que nos auxiliaron en Edimburgo y nos salvaron de los hombres malos que nos asaltaron —y acercándose a Montse la niña sonrió y dijo—: Hola, ¿te acuerdas de mí?

«¿¡Padre!?» pensó Montse sorprendida, pero dulcificando su tono de voz respondió:

—Hola, princesa, pues claro que me acuerdo de ti, ¿cómo estás? —Y agachándose para estar a la altura de la niña, le retiró unos pelos de la cara y se los puso tras la oreja.

—Maud... ven aquí —rugió Declan a su hija.

Al escuchar la dureza de su voz, la niña, borró la sonrisa de la cara y bajando la mirada al suelo fue hasta su padre. A Montse aquel gesto le recordó su niñez y le puso la carne de gallina. Sin pestañear se incorporó y le miró con desafío. ¿Por qué hablaba así a la niña?

Alaisthar, que había sido testigo mudo de todo lo ocurrido, se acercó a Declan y en voz baja le dijo algo que a este le sorprendió. Tras hablar algo en gaélico entre ellos, el duque miró a Montse, asió con fuerza la mano de su hija y al pasar por su lado se paró y afirmó:

—Les agradezco lo que hicieron por mi familia en

Edimburgo, pero pasado mañana a más tardar las quiero fuera de mis tierras, ¿entendido? —Montse asintió defraudada. ¿Cómo el hombre de sus sueños la podía recibir así?—. Mientras tanto, espero que no den problemas.

—Por supuesto, *señor* —contestó, pero no contenta añadió—: Pero si tanto le molesto me marcharé ahora mismo. No pretendo dar problemas a nadie.

—Eso sería una excepcional idea —replicó el duque, y se alejó.

Montse fue a contestar, pero tras cruzar una mirada con sus amigas se calló. Por ellas aguantaría en aquella casa. De no haber estado ellas allí, otro gallo hubiera cantado. La anciana, que había sido mudo testigo de aquel enfrentamiento entre su hijo y la joven de cabello oscuro, se acercó a ellas y llevándose las manos al pecho susurró:

—Por todos los santos, muchachas, pero ¿qué os ha pasado?

Capítulo 15

Tras ordenar a todos que volvieran a sus tareas, la anciana se llevó a las jóvenes al interior del castillo, donde les proporcionó algo de intimidad para que se asearan en uno de los cuartos de servicio. Después ordenó a las criadas que prepararan cena para los recién llegados. Por sus caras debían de estar exhaustos. Al entrar en el castillo, Montse se fijó en una puerta entreabierta. Allí estaba el salón donde ella, días antes y en otro siglo, había visto el cuadro de Declan Carmichael.

Tras bajar una escalera de servicio, una agradable joven de pelo rojo llamada Agnes las llevó hasta una habitación donde se quedaron solas.

—Madre mía... madre mía. Te has lucido con el hombre de tus sueños —se mofó Julia mientras se desenredaba el pelo.

—¿Hombre de mis sueños? —protestó Montse malhumorada y estirándose la vieja falda color violeta que estaba destrozada—. Querrás decir el coco de mis pesadillas. Pero ¿habéis visto qué tío más cerril?

—Sí, mi niña —asintió Juana—. Menuda cara de mala leche que se gasta el pollo.

—Por Dios —prosiguió Montse quitándose el colgante para guardarlo en el bolsillo de su ajada falda—. Si solo le ha faltado coger el pedrusco y ponérmelo de sombrero. Pero ¿en qué cabeza cabe que yo voy a tirarle la piedra a él? ¡Será idiota! Pero si me he desollado los codos por su culpa —susurró al ver los raspones.

—Muérdete la lengua un poquito, Montse, o...

—Cindy —recordó aquella cortándola—. Aquí soy Cindy. ¡Recuérdalo!

Tras soltar una risotada Juana dijo de nuevo:

—Muérdete la lengua un poquito, Cindy Crawford, o vas a tener muchos problemas con ese *highlander*. Y llámale de usted, porque me parece a mí que ese es un hueso duro de roer. Nada que ver con los tipos con los que estás acostumbrada a lidiar en nuestro tiempo.

—¡Bah! Desde ya te digo que no quiero conocerlo.

En ese momento sonaron unos golpes en la puerta, y antes de que tuvieran tiempo de contestar, esta se abrió.

—¿Puedo pasar? —preguntó la niña mirándolas.

—Ya estás dentro —se mofó Juana guiñándole un ojo.

—Por supuesto, cielo, pasa —respondió Montse al verla.

La niña, feliz, cerró la puerta, y acercándose a Montse, que estaba sentada en la cama mirándose el codo, preguntó al ver la herida.

—¿Te duele?

—No... no duele. —Montse sonrió mirando a la niña de ojos celestes y cabellos dorados como el trigo—. ¿Cómo te llamas, princesa?

—Maud Carmichael.

—¿Maud? Qué bonito nombre —asintió Julia.

—¿Y vosotras? —preguntó la cría.

—Mi nombre es M... Cindy... Cindy Crawford. —Volvió a sonreír al decir aquello—. Ella es Paris Hilton y la que se peina se llama Norma Duval.

Encantada, la niña saltó hasta ponerse junto a Julia.

—Norma, ¿me peinas un poquito? —dijo.

Encantada por aquella petición, Julia sentó a la niña en la cama y comenzó a peinar su largo y bonito cabello rubio. Instantes después, se oyó la puerta y apareció la mujer de pelo canoso. Al ver allí a la niña murmuró:

—Maud, ¿no te dije que no molestaras a nuestras invitadas?

—No se preocupe, señora. No molesta. —Sonrió Montse al verla.

Al ver la sonrisa de Montse, la anciana aspiró.

—Siento lo que ha ocurrido con mi hijo —dijo acercándose a ella—. Tiene un carácter endemoniado, pero Declan es un buen hombre; estos días están siendo especialmente difíciles para él.

—¿Por qué? ¿Qué le ocurre? —preguntó Julia ganándose una dura mirada de sus amigas por cotilla.

—En breve hará ocho años que murió Isabela, su mujer —y mirando a Montse susurró—: Estoy segura de que cuando se dé cuenta de cómo se ha portado intentará enmendar el trato que te ha dispensado...

—No se preocupe —bromeó Montse mirando a la pequeña que las observaba—. Aunque la verdad, me dieron ganas de coger otra piedra y rompérsela en la cabeza por ¡cabezón! Pero no se lo comente o será él quien me la rompa a mí.

Al escuchar aquello la anciana miró a la pequeña y tapándose las bocas ambas sonrieron. Fiona pensó que aquella era una de las cosas más divertidas que había oído acerca de su hijo.

—En Edimburgo no tuve la oportunidad de agradeceros lo que hicisteis por nosotras aquella noche. Estoy convencida de que si vosotras no hubierais aparecido hubiera ocurrido una fatalidad. Mi pequeña Maud... —con los ojos húmedos por la pena la anciana murmuró—: Os estaré eternamente agradecida, muchachas.

Conmovida por las palabras de la mujer, Montse se acercó a ella y abrazándola para desconcierto de aquella, le susurró:

—Fue un placer ayudarlas, señora. Lo haríamos una y mil veces. Se lo aseguro.

Agradecida por aquel contacto tan directo, algo a lo que la anciana no estaba acostumbrada, sonrió y dijo:

—Llamadme Fiona, por favor.

—Anda, como la mujer de Shrek —soltó la canaria, pero al ver la cara de sus amigas murmuró—: Fiona... qué nombre tan precioso.

Divertida, la anciana, que estaba acostumbrada a estar tiempo sola, a excepción de la compañía de la pequeña Maud, dijo mirándolas:

—Cuando queráis podéis subir al comedor para cenar. Será algo improvisado. No esperábamos tanta gente.

—Oh... no se preocupe. Con el hambre que tenemos cualquier cosa nos viene bien —respondió Julia, y la mujer sonrió.

Diez minutos después las tres jóvenes, la anciana y la niña entraron en un pequeño comedor donde en una mesa encontraron ricos y excelentes manjares.

—Pero ¿no había dicho Fiona que era algo improvisado? —susurró Juana al ver aquella opípara mesa.

Tan sorprendida como ella, Montse se encogió de hombros y sonrió, mientras Julia comenzaba a hablar con la anciana de flores, un tema que la apasionaba. Poco después y como algo excepcional, Fiona invitó a Edel, que llegó con timidez del brazo de su hermano Colin. Se la veía feliz, y eso a Montse le gustó. Aquella humilde muchacha a la que apenas conocían se había fiado de ellas a pesar de que le habían contado algo difícil de creer y les había dado un voto de confianza. Por ella debían comportarse.

Pero su ánimo cambió al ver entrar al pelirrojo de Alaisthar junto a Declan Carmichael. Le observó perpleja. El hombre que durante años había invadido sus sueños, que había anhelado conocer, resultaba ser un idiota altivo con el que no merecía la pena ni hablar. Aunque no pudo negar que era altamente atractivo. Aquella chaqueta azul oscuro y los pantalones oscuros le quedaban como al mejor modelo de Armani.

—Madre, ¿qué hacen ellas aquí? —preguntó molesto al ver a las intrusas.

La anciana, sin mirarle, respondió:

—Son nuestras invitadas, Declan. Sé amable.

Con gesto molesto se sentó de malos modos a la mesa. No le hacía gracia compartir estancia con aquellas mujeres. Por ello Montse, incapaz de callar ante aquello, aún de pie espetó:

—*Señor*, si tanto le molesta nuestra compañía, podemos irnos a comer con los perros. Seguro que ellos no protestan.

El hombre levantó la mirada hacia ella. Aquella descarada no le gustaba, pero cuando iba a contestar, Alaisthar se sentó, y tras darle un leve golpe en el hombro pidiéndole calma, calló. Declan y el pelirrojo se miraron durante unos segundos, y al final Alaisthar sonrió.

—Ay, qué mono es. Es más *salao* que los gayumbos del capitán Frudesa —suspiró la canaria—. No me cabe la menor duda de que durante el tiempo que esté aquí voy a tener un rollito con Alaisthar. ¿Has visto cómo me mira?

Montse miró a su amiga y con gesto jocoso, mientras se sentaba lo más lejos posible del duque, murmuró:

—No... pero he visto cómo le miras tú a él y te conozco.

De primero les sirvieron un caldo de especias que les supo a gloria, y tras aquello una carne en salsa deliciosa. Las muchachas comieron con hambre voraz, y al ver el bizcocho de frambuesas la pequeña Maud aplaudió. Todos sonrieron y Montse se sorprendió al notar cómo el gesto de Declan se suavizaba durante unos instantes al mirar a su hija. Pero solo fueron unos segundos; poco después su entrecejo volvía a estar en tensión y su gesto pasó a ser hosco.

Durante la cena Montse le observó con disimulo. Debía de medir cerca de dos metros, y por la anchura de su espalda y su altura se le veía enorme. Sus celestes ojos claros, ahora tensos, eran espectaculares. Su mentón era cuadrado, su nariz recta y tenía el cabello claro. Un cabello que llevaba recogido en una coleta que para su gusto le daba un aire sexy y actual.

Montse a duras penas escuchaba lo que hablaba con Alaisthar. Debía de ser algo importante, pues más bien cuchicheaban. Aunque se quedó de piedra cuando en una ocasión, él levantó su mirada y a través de sus densas pestañas clavó sus claros y fríos ojos en ella. Rápidamente Montse miró hacia otra dirección.

Acabada la cena, Edel se llevó a Maud a dormir. Después todos pasaron a otro pequeño salón. Una vez allí, Julia se enfrascó en una conversación con Fiona. Juana solo tenía ojos para Alaisthar y Declan y Colin parecían hablar de política. Aburrida, Montse se disculpó sin que nadie la escuchara y se marchó. Necesitaba salir de allí y respirar aire. Poco después de abandonar el salón, se encontró con Edel, que caminaba del brazo de Agnes contándole su experiencia.

—Cindy, ven —llamó Edel—. Esta es Agnes.

—Encantada de conocerte, Agnes —sonrió Montse.

—Lo mismo digo.

—¿Vienes a pasear con nosotras? —preguntó Edel, y Montse asintió encantada.

Durante aquella charla se enteró de que ellas junto con Colin y otras personas eran el personal del castillo de Elcho. También de que Isabela, la madre de la pequeña Maud, había muerto con tan solo veinte años por fiebre puerperal al día siguiente de que la pequeña naciera, y que desde entonces el duque de Wemyss había dejado de sonreír.

—Discúlpenos, señorita Cindy —murmuró Agnes al ver a Montse abrir la boca—. Quizá le estamos aburriendo con nuestra conversación.

—En absoluto, Agnes, y por favor, llámame solo Cindy —sonrió aquella—. Pero llevo un par de días sin pegar ojo y estoy que me caigo a cachos.

—¡¿Te caes a cachos?! —susurró Edel asustada.

Al ver cómo se miraban las chicas, Montse rápidamente se retractó. Aquellos cometarios suyos eran demasiado actuales para que aquellas los entendieran.

—Disculpadme. A veces uso expresiones de mi tierra. Quería decir que estoy cansada porque no he dormido bien las últimas noches.

Más tranquilas al entender aquello, las jóvenes dijeron:

—Entonces lo mejor es que te vayas a descansar.

Con una sonrisa en los labios Montse asintió y regresó al castillo, aunque antes de entrar miró atrás y vio a las dos jóvenes doncellas encaminándose hacia un grupo de guerreros. Una vez entró la oscuridad la despistó. ¿Por dónde tenía que ir? Llegó hasta el salón donde había dejado a todos. Se asomó y comprobó que estaba vacío. Solo el fuego anaranjado del hogar ardía sin descansar. Al ubicarse se dirigió hacia la escalera, y olvidándose de la falda que llevaba fue a bajar los escalones, se la pisó y cayó rodando.

—¡Mierda! Qué leñazo me he dado —susurró al incorporarse y sentir el sabor amargo de la sangre en la boca.

—¿Qué ha ocurrido? —preguntó una voz que bajó tras ella.

«Oh... no y ahora encima... este», pensó al escuchar su voz y reconocerla.

Enfadada con ella misma por su torpeza, con destreza se levantó de un salto del suelo y se volvió a mirarle. Ante ella estaba el hombre que horas antes le había acusado de tirarle el gran cascote de piedra. Consciente de su malestar y no queriendo discutir con él, sin apenas mirarle a los ojos Montse respondió:

—No se preocupe, *señor*, no ha pasado nada.

Y volviéndose se recogió con una mano la falda y siguió bajando escaleras. Pero una mano fuerte la paró, y tras tocarle con delicadeza el labio, dijo:

—Os habéis dañado en la boca, mujer. Debéis curaros con premura.

Soltándose de un tirón, Montse respondió sin mirarle a los ojos.

—He dicho que no se preocupe, ¡*señor*!

Sin más, prosiguió su camino. Entró en la habitación donde sus amigas dormían plácidamente y tras enjuagarse la boca con un poco de agua fresca la hemorragia se cortó. Cuando por fin se echó en la mullida cama, antes de dormir pensó: «Por favor, por favor... por favor, que cuando me despierte todo lo vivido sea un mal sueño».

Capítulo 16

Aquella noche las tres mujeres tuvieron un sueño en común. La gitana de la feria de Edimburgo, Erika la escocesa, entró en sus sueños y les recordó que estaban allí por el deseo que habían pedido, y que volverían al presente la última noche del año.

—No... no... no. ¡Esto no puede ser verdad! —gritó Montse al abrir los ojos y ver la oscura y básica habitación donde estaban.

—Cierra el pico y no me enfades, que me duele la cabeza a rabiar y no tengo un Gelocatil aquí para tomármelo. Menuda noche me ha dado la maldita gitana —se quejó Julia sentada en una pequeña silla junto a la ventana.

—¿Tú también? —se sorprendió Montse.

Julia asintió y voceó enloquecida.

—¡Hasta Navidad!... casi tres meses que voy a estar sin ver a mi Pepe. Ay, Dios... cómo le explico yo que me ha pasado esto. No me creerá y con seguridad me ingresará en la clínica López Ibor de Madrid.

Con los pelos revueltos, Montse se incorporó de la cama, pero al ir a levantarse la larga falda se enredó en sus piernas e inevitablemente cayó de nuevo al suelo.

—Pero ¡me cago en la leche! —gritó descompuesta—. Quiero unos pantalones y un café doble.

Al levantarse, Julia, que estaba frente a ella, chilló horrorizada:

—La madre del cordero... pero ¿qué te ha pasado en el labio?

—Anoche me caí por la escalera —gimió tocándose la boca—. Y también fue por culpa de esta puñetera falda. Pero ¿cómo pueden andar todo el día sin pisársela?

Con rapidez se desató las cintas que la sujetaban y dejándola caer al suelo, gritó:

—No volveré a ponérmela más. Iré desnuda si es necesario, pero no me pongo yo esto ya ¡ni *jarta* vino!

—¡Bonito tanga! —se mofó Julia observándola—. Creo que si sales así de la habitación ese duque con el que tan bien te llevas tendrá algo que decir.

En ese momento se abrió la puerta de la alcoba y Juana entró con gesto reluciente.

—¡Buenos días por la mañana, mis niñas!

—Lo serán para ti —bufó Montse.

—¡Caray! ¿Con quién te pegaste anoche para tener los labios como Carmen de Mairena? —pero para quitarle importancia al ver el gesto de horror de Montse al mirarse en el espejo, la canaria susurró—: Bueno... vale... he exagerado un poquillo. Por cierto, ¿sabéis que he soñado esta noche con la puñetera gitana?

—¿Tú también? —preguntó Montse, y Juana asintió.

—A ver, mi niña, ¿qué te ha pasado?

—Según dice se cayó anoche por la escalera —cuchicheó Julia—, pero conociéndola, no me extrañaría que se hubiera dado de leches con cualquiera.

—Necesito un café doble —susurró Montse tapándose la cara.

—Ay, Dios mío, Cindy Crawford... ¿no te habrás pegado con el duque? —gritó Juana.

Volviéndose hacia sus amigas, Montse se retiró el pelo de la cara y contestó.

—No... pero no por falta de ganas.

La canaria, que se había levantado temprano tras el extraño sueño con la gitana, resopló al notar el estado de humor de su amiga, y sentándose en uno de los camastros dijo con gesto pícaro:

—He estado esta mañana paseando con Alaisthar...

—¿El pelirrojo? —preguntó Julia.

Juana asintió y susurró:

—Oh, Dios... si es que me gusta hasta su nombre... Alaisthar Sutherland.

Al ver que ninguna de sus amigas decía nada preguntó:

—Pero ¿habéis oído lo que he dicho? Se llama como el actor ese que me gusta tanto. ¿Os imagináis cómo se apellidarían nuestros niños? Sutherland Hilton...

Sus amigas la miraron incrédulas. Pero ¿qué decía aquella loca?

—Ay, Dios... lo que tiene una que oír y sin tener a mano un mísero Gelocatil —se mofó Julia.

—Lo dicho, el café ahora lo necesito triple.

La canaria, haciendo oídos sordos a sus amigas, continuó tras suspirar:

—He paseado con él a lomos de su hermoso caballo y me ha llevado hasta un lugar precioso. Allí hemos hablado un buen rato e, increíble, chicas, ¡no ha intentado meterme mano!...

—Vaya... qué considerado —se burló Julia.

—... y me ha dicho que la semana que viene si queremos nos lleva al mercado de Perth para que podamos comprar algo de ropa o lo que necesitemos. ¿Qué os parece el plan?

—¡Alucinante! —gruñó Montse cogiendo su falda del suelo—. ¡Ropa! Y dime, guapa, ¿de dónde sacamos el dinero para comprarla? Porque que yo sepa, no tenemos nada, absolutamente nada para pagar lo que compremos. Y te recuerdo que el tonto del duque nos quiere fuera de aquí, ¿lo has olvidado?

—Por eso no te preocupes que ya lo he solucionado yo —asintió la canaria.

—Ay, Dios mío, creo que mi dolor de cabeza va a empeorar —susurró Julia, y mirándola con gesto desencajado gritó—: ¡¿Que lo has solucionado tú? ¿Qué has hecho?!

—Tranquilízate, Julia, por favor —pidió Montse, que se reía sin saber por qué—. A ver, Paris Hilton y futura señora de un tal Sutherland, ¿cómo lo has solucionado?

—He hablado con Fiona y ella nos dará trabajo como personal de servicio. No ganaremos mucho dinero, pero será suficiente para poder subsistir.

—¡¿Cómo?! —chillaron Montse y Julia al escucharla.

—Lo que habéis oído. Pondremos su casa al día y a cambio ella nos dará eurillos para...

—Sí... sobre todo eurillos. ¡Anda ya! —voceó Montse al escucharla.

—Bueno, mi niña, peniques y libras... ¡Qué borde eres a veces, chica!

—¿Nos contará eso para el paro? —se mofó Julia, y Juana se rió.

Montse, dolorida no solo por los golpes siseó:

—Pero vamos a ver, ¿tú no escuchaste lo que el borde del duque me dijo ayer en referencia a estar aquí? ¿No recuerdas lo mucho que le molestó vernos a su mesa?

—Pues claro que lo recuerdo.

—¡¿Entonces?! —gritó Montse.

Retirándose su oscuro pelo de los ojos, la canaria respondió con calma:

—Fiona necesita ayuda en su hogar. Su casa no es esta. Este castillo es de su hijo y suele venir por temporadas para que él vea a Maud. Su casa por lo visto está a unas millas de aquí. No es un castillo como este, pero por lo que me ha contado tampoco debe de ser una chocita de cincuenta metros.

Al escuchar aquello, Montse asintió y, sorprendiéndolas, aplaudió. Aquella podía ser una buena solución para dejar que el tiempo pasara y, sobre todo, para estar lejos del duque.

Capítulo 17

Estar en un lugar donde uno no sabe qué hacer es incómodo. Y eso le pasó a Montse. Para su desgracia, aquella mañana, tras hablar con sus amigas en la habitación sobre la posibilidad de ir al hogar de la madre del duque, Juana se volvió a marchar dispuesta a conquistar a Alaisthar y Julia, nada más ver a Fiona, se enfrascó a hablar de plantas. Su *hobby* favorito.

Curiosa por todo lo que la rodeaba, Montse deambuló por el interior del castillo. Y sin poder remediarlo entró en el gran salón y fue directa hasta el cuadro del duque. Los fríos y sensuales ojos de Declan Carmichael parecían tener vida observándola. Se metió la mano en el bolsillo de la falda y tocó su iPhone y el colgante. Con manos temblorosas lo sacó y lo miró. Era exactamente igual al que se veía en el retrato.

—Pero ¿qué quiere decir esto? —susurró confusa.

Pero al no recibir contestación y observar el retrato durante un breve espacio de tiempo, decidió abandonar el salón. Una vez fuera salió al jardín, donde se encontró con Maud.

—Hola, princesa —la saludó con afabilidad.

—Hola, Cindy, ¿juegas conmigo?

—¿A qué?

Con su gracioso porte, la niña levantó el mentón y dijo:

—Jugaba a las muñecas.

Sentándose en el suelo con ella, Montse sonrió al ver

las muñequitas y unas pequeñas y delicadas tacitas de porcelana sobre una bandeja. Durante un buen rato jugó con la cría y la hizo sonreír. Maud estaba preciosa cuando sonreía y se parecía mucho a su padre, aunque este fuera un borde. Poco después Juana llegó hasta ellas y preguntó:

—¿Puedo jugar yo también?

Las tres en el suelo disfrutaron de una soleada aunque fresquita mañana de septiembre, hasta que Colin avisó a la pequeña de que su abuela la buscaba. Una vez solas, Montse y la canaria decidieron acercarse a las caballerizas.

—Madre mía, qué bicharracos más bonitos. ¿Has visto aquel blanco? Se le ve elegante y majestuoso. Es una maravilla.

—Sí, mi niña. La pena es que no sabemos montarlos, aunque tampoco creo que sea tan difícil. Será como todo, cogerle el puntillo.

Fue escucharle aquello y Montse comenzó a reír.

—Ni loca me subo yo a un purasangre de estos. Pero ¿tú has visto que altura tienen?

Durante un buen rato estuvieron ojeando los caballos y se sorprendieron al ver a unos burros oscuros. Con una sonrisa en los labios Montse miró a su amiga y dijo:

—Estos son más bajitos. ¿Te animas?

—¡Ni loca!

Montse se acercó a uno de ellos y tras tocarle el hocico le susurró:

—Si no te mueves y me dejas subir prometo traerte algo de comer la próxima vez.

El burro la miró y apenas se movió. Montse, dispuesta a montarse en él, lo intentó primero por el lado derecho. Imposible. Después por el lado izquierdo. Peor. Pidió ayuda a su amiga y esta la ayudó. Pero el impulso que cogió fue tan brusco que lo que hizo fue saltar por encima del burro y caer despatarrada hacia el otro lado. Muertas de risa y con un escándalo descomunal las encontró Agnes, una de las criadas, que al verlas preguntó:

—Pero ¿qué os pasa?

Con la barriga dolorida de tanto reír por la ridícula situación, Montse se levantó y quitándose las pajillas del pelo miró a la joven y respondió:

—Ay, Agnes, qué risa. Intentaba subirme al burro, pero nunca he montado en ninguno y ha sido imposible. Lógicamente con el caballo ni lo he intentado o me mato.

—Esta chica es un pato mareado —se mofó Juana aún riendo.

Agnes las miró sorprendida. ¿Nunca se habían subido a un burro o a un caballo? Pero como llevaba prisa dijo:

—Necesito que vengáis a la cocina para ayudarnos con la comida.

Sacudiendo sus faldas, las dos jóvenes asintieron y entre risas y bromas siguieron a la criada. Una vez llegaron a la cocina Montse preguntó:

—¿Qué haremos hoy de comida?

—Pollo con salsa de hierbas —contestó Edel, que entraba en ese momento con un manojo de hierbas frescas en la mano.

—Hum... ¡qué rico! —se relamió Juana—. A ver si un día cocino yo y os hago una salsita de mi tierra que se llama «mojo picón»

—¿Mojo picón? —preguntó sorprendida Edel.

—Sí —sonrió Juana—. Es una salsa canaria con la que acompañamos muchos platos de la isla, pero sobre todo está muy sabrosona con las papas *arrugás*. Pero si hasta tiene su propia canción...

Y ni cortas ni perezosas Montse y Juana comenzaron a cantar mientras bailaban ante aquellas dos criadas que las miraban como si estuvieran locas.

Mojo picón... mojo picón
la rica salsa canaria se llama
mojo picón...

Diez minutos después, tras hacer bailar a aquellas dos muchachas que se morían de la risa por la locura de las otras dos, Agnes, divertida, preguntó:

—Entonces, ¿os gusta el pollo?

—¡Nos encanta! —asintió Montse—. Venga, ¿en qué podemos ayudar?

—Seguidme.

Con la sonrisa en los rostros las cuatro muchachas se dirigieron al corral con un cesto, y cuando Agnes abrió la puerta del gallinero dijo dejándolas sin palabras:

—Coged tres pollos, matadlos y cuando los tengáis desplumados los lleváis a la cocina.

—¡¿Cómo?! —gritaron las dos al unísono.

—Que cojáis tres pollos y cuando los tengáis preparados los lleváis a la cocina para cocinarlos.

Las muchachas se miraron. ¿Cómo iban ellas a matar a los pobres pollos?

—Ni de coña me cargo yo a un pollo —susurró Montse en español a su amiga.

—Ay, mi niña, yo no soy capaz —respondió Juana observando a los pollos.

Al verlas paralizadas en el gallinero, Agnes y Edel, tras cruzar una mirada, preguntaron:

—¿Qué ocurre?

Montse con cara de descomposición total explicó:

—Yo... yo no puedo matar a un pollo. ¡Pobrecillo! Nunca he matado uno y no me siento con la suficiente capacidad mental ni moral como para hacerlo. Es más, creo que si lo hiciera no podría dormir el resto de mi vida.

—Animalillos. ¿No os da pena? —murmuró la canaria a punto de llorar.

Con la guasa en la boca, Agnes agarró a un pollo con una celeridad que dejó atónitas a las dos españolas y sin darles tiempo a reaccionar le dio un golpe en el cuello y lo mató. El chillido de terror que soltaron aquellas las impresionó.

—Ay, Dios mío... pero que se lo ha cargado —gritó Montse.

—No puedo... ¡no quiero mirar! —exclamó Juana horrorizada.

—Creo... creo que me estoy mareando —susurró Montse apoyándose en la pared del gallinero.

Ver al pobre bicho que segundos antes corría feliz por allí colgando ahora de las manos de la joven le revolvió el estómago. Agnes y Edel no podían creer lo que oían, y la primera, tras meter al pollo en el cesto, preguntó:

—Pero, Cindy, ¿no decías que te gustaba el pollo?

—Sí... me gusta. Pero yo...

—No os entiendo. No habéis montado a caballo, ni en burro, y tampoco matáis pollos. Pero ¿de dónde decís que sois? —preguntó Agnes.

—De España.

—¿Y en España no hay pollos?

—Sí, pero yo nunca los he cogido directamente del corral —susurró Montse.

—¿Y de dónde los coges? —preguntó Edel recordando la extraña conversación que había mantenido con ellas el día que las conoció.

—Del supermercado —respondió Juana.

—¡¿Supermercado?! —repitieron las jóvenes.

—Sí... bueno, es un mercado —aclaró Montse—. Allí compramos todo como vosotras.

Al ver cómo la miraban las chicas y darse cuenta de que no las habían comprendido, Juana aclaró como pudo:

—Sé que suena raro, pero yo el pollo lo cocino cuando ya lo han matado y desplumado. Como mucho lo troceo.

Edel y Agnes cada vez entendían menos. ¿De dónde habían salido aquellas mujeres?

—Ay, Dios —se quejó Montse acercándose a ellas—. Sé que no nos entendéis, pero la verdad es que nosotras nunca hemos matado a un pollo ni a ningún animal. Entiendo que os resulte extraño, pero es la verdad.

—Entonces... ¿sois de la realeza? —expuso Agnes sorprendida.

—¡No! —susurró Montse consciente de lo difícil que era explicar su situación sin hacer creer a todo el mundo que estaban locas.

—No... no, para nada, mi niña —negó la canaria—. Nosotras somos clase obrera como vosotras, pero los pollos o cualquier otro animal llegan a nuestras manos muertos. Vamos, que hay personas que los matan y luego nos los pasan. ¿Lo entendéis ahora?

—Todavía seguís con la locura de que venís del año 2010 —rio Edel.

Montse y la canaria se miraron. ¿Qué decirles? Pero antes de que pudieran hablar las dos criadas se encogieron de hombros y, finalmente, para cambiar de tema, Montse añadió:

—Nosotras limpiamos muy bien. Donde vivimos somos las encargadas de la limpieza. Si queréis, vosotras cocináis y nosotras limpiamos, ¿os parece?

—¡Qué buena idea! —aplaudió Juana.

Pero tras pasar más de dos horas de rodillas limpiando el suelo con un paño y jabón, la buena idea comenzó a dejar de serlo.

—Ay, Dios, ¡no siento las rodillas! —se quejó Montse sentándose en el suelo—. Y encima he perdido tres uñas postizas.

—«Nosotras limpiamos muy bien... nosotras limpiamos muy bien» —protestó la canaria a su lado—. ¿Cómo se te ocurre decir eso? ¡Odio limpiar!

—¿Prefieres matar pollos?

—No.

—Pues entonces no te quejes y sigue fregando.

En ese momento se abrió la puerta de una habitación y de ella salió Declan Carmichael, que al verlas tiradas en el suelo hablando preguntó:

—¿Limpian o chismorrean?

—Éramos pocos y parió la burra —cuchicheó Montse al verle. Pero dándose la vuelta se mordió la lengua. Si le contestaba estaba segura de que no sería nada bueno.

Pero Declan había escuchado algo, y poniéndose junto a la descarada de pelo castaño preguntó, consciente de su superioridad:

—Os he oído relatar. ¿Qué habéis dicho?

Juana la miró de reojo e indicó que se callara, cuando él volvió a decir:

—Les dije que quería verlas fuera de mis tierras, no en mi casa chismorreando y perdiendo el tiempo. ¿Acaso no lo recuerdan?

Su desagradable tono de voz fue lo que colmó la paciencia de Montse, que levantándose del suelo como un resorte, se encaró con él.

—Por supuesto que lo recordamos, *señor*. ¿Cómo olvidarlo?

—¿Seguís con vuestro comportamiento altivo? —preguntó mirándola mientras observaba en su rostro las huellas de la caída de la noche anterior.

—No, *señor*. Solo le estoy respondiendo.

Durante unos segundos Declan y Montse se miraron a los ojos y a ella casi se le paró el corazón. Aquel hombre no era el más guapo que había conocido en su vida, pero era tan atractivo y desprendía tanta personalidad que la dejó k.o. Declan, al sentir su mirada directa, la observó confundido. Aquella mujer de ropas viejas y modales lamentables tenía algo que le atraía. La fuerza de su mirada lo desconcertaba. Clavó sus ojos en su boca y al ver la herida causada por la caída de la noche anterior le habló en un tono de voz más suave:

—¿Le duele?

Montse, acalorada (y no solo por la discusión), se llevó la mano a los labios y negó con la cabeza.

—Tenga más cuidado de ahora en adelante.

—Lo tendré —susurró confundida por aquella aterciopelada voz.

—Ahora vuelvan a sus quehaceres —y retomando su tono áspero indicó—: Y ya que están aquí y les voy a dar cobijo y sustento, háganlo bien.

Como despertando de un sueño corto pero intenso Montse levantó la mirada y gruñó:

—Lo estamos haciendo lo mejor que sabemos. ¿No lo ve?

Él miró el suelo y encogiéndose de hombros murmuró:

—Si se emplearan más lo podrían hacer mejor.

—Pero ¿este tío es tonto o qué? Mira que le mando a freír espárragos, y me importa un pimiento lo que pase —bufó Montse en español.

—¿Qué habéis dicho? —preguntó Declan molesto por no entenderla.

La canaria, consciente de la que se podía liar si no paraba a su amiga, se levantó y dijo:

—Disculpe, señor, Cindy ha dicho que nos emplearemos más en ello.

Declan la escuchó sin creerla. Solo había que ver la cara de enfado de la descarada como para saber que habría dicho cualquier cosa menos aquello. Por ello, y en un tono glacial, la miró y susurró:

—Tenga cuidado con lo que dice o su comportamiento no quedará impune, ¿me ha oído?

—Sí, *señor* —respondió aquella restregando el suelo con fervor.

—Señor, en cuanto a lo de marcharnos —prosiguió la

canaria—, no se preocupe. Lo haremos en breve, cuando su madre regrese a su hogar.

—¿Mi madre? ¿Qué tiene que ver ella en esto?

—Nos ha ofrecido trabajo en su residencia —siseó Montse conteniendo su impulso de pasarle el paño sucio por la cara.

Al escucharlas, Declan asintió y, pasando por encima de lo que estaba mojado, se marchó a grandes zancadas sin decir nada más.

—Es que... es que... le daba cuatro bofetadas y que me quedaba como Dios —protestó Montse levantándose.

Juana, agachándose de nuevo, suspiró. Metió el paño en el agua del cubo y tras escurrirlo miró a su amiga, que aún continuaba de pie en actitud guerrera.

—¿Qué te parece si cantamos un poquito el *Mojo picón*? —dijo.

Al escucharla, Montse la miró y sonrió.

Capítulo 18

Pasada una semana los labios de Montse volvieron a su ser. En ese tiempo apenas consiguió librarse de ver al duque. Parecían tener un imán para chocarse continuamente y eso a ambos les molestaba. En ocasiones él la observaba por las mañanas desde la ventana, cuando ella salía por la puerta de la cocina y comenzaba a hacer unos extraños ejercicios con las manos y los pies. Incluso un día le dejó boquiabierto al ver cómo manejaba un palo. Sus movimientos eran parecidos a los que él en ocasiones hacía con la espada y eso le gustó. La joven parecía saber defenderse.

Una de aquellas mañanas Montse decidió salir a correr. Necesitaba hacer algo más que dar puñetazos y patadas en el aire para despejarse y eliminar estrés. Salió con cuidado de la habitación para no despertar a sus amigas y cuando llegó al exterior del castillo suspiró. Aquel amanecer tostado era el más bonito que había visto en su vida. Caminó hasta llegar a un sendero, pero al ver el bosque frondoso que se cernía ante ella no lo pensó y se adentró en él.

Comenzó a correr, pero rápidamente se dio cuenta de lo incómodo que era hacerlo con aquellas largas faldas. Sin embargo, dispuesta a seguir su plan, se arremangó la falda en la cintura hasta dejarla por las rodillas y con una feliz sonrisa comenzó a correr de nuevo.

El sudor comenzó a empapar la cara y el pelo de

Montse, pero le dio igual. Su mente se había bloqueado y solo pensaba en correr, correr y correr. Así estuvo más de una hora hasta que escuchó el ruido de los cascos de un caballo que se acercaba hasta ella. Cansada se detuvo, y con la lengua por los pies se sorprendió al encontrarse con la cara de preocupación del duque, quien al verla correr de aquella manera se imaginó que le ocurría algo.

—¿Qué os ocurre? ¿Quién os persigue? —preguntó bajándose del caballo con la espada en la mano.

Sin resuello, Montse levantó la mano para pedir un segundo, y una vez tomó aire respondió:

—No me ocurre nada. ¿Por qué ha pensado eso?

—Usted corría, y uno solo corre cuando huye de algo.

Acalorada y sudando como una posesa, la muchacha se retiró el pelo pegado de la cara y con una sonrisa contestó:

—Pues siento decepcionarle, pero corría solo por necesidad.

Aquel que estaba ante ella era Declan Carmichael, que a diferencia de otros días iba vestido con unos pantalones de cuero marrones, unas botas y una camisa de color tostado abierta hasta el pecho. Se le veía guapo y relajado. El pelo suelto y enredado por el viento le daba un aire sexy y varonil.

«Por Dios, Montse, ¿en qué estás pensando?», se regañó a sí misma cuando escuchó:

—¿Necesidad?

—Sí. Necesitaba correr para despejarme un rato. Es algo que suelo hacer muy a menudo, por lo tanto, no se preocupe si me vuelve a ver correr.

Perplejo por aquella contestación, Declan introdujo su espada en el cinto y, acercándose a su caballo, cogió una especie de botella y se la ofreció.

—¿Quiere un poco de agua?

—Uf... La verdad es que me vendría de vicio.

—¡¿Le vendría de vicio?! ¿Qué quiere decir eso?

Montse sonrió. Se pasaba el día entero aclarando a todo el que hablaba con ella qué querían decir exactamente sus palabras. Por ello, y mientras cogía la botella, respondió:

—La expresión «me vendría de vicio» es como decir «me vendría muy bien», ¿lo entiende?

El hombre asintió y ella dio un pequeño trago, después otro y al final un trago más largo, mientras él se fijaba en sus piernas. ¿Por qué llevaba subida la falda? Una vez tapó la botella, Montse se la tendió y, al darse cuenta de dónde miraba él, murmuró:

—Suelo hacer *footing* con...

—¡¿*Footing*?!

Llevándose una mano a la boca para no reír por el gesto de aquel, contestó:

—*Footing* es correr. Suelo correr con pantalones, pero como aquí no tengo, y como nadie podía verme, decidí subirme la falda para no tropezar y caer. Pero no os preocupéis, *señor*, ya me la bajo.

—Nunca había escuchado nada igual —sonrió boquiabierto.

Montse se sorprendió al verlo tan relajado y, en tono de broma dijo:

—Señor, me alegra ver que sabe sonreír.

—¿Por qué decís eso?

—Porque es la primera vez que le veo hacerlo.

Declan no respondió. Simplemente se dio la vuelta y dejó la botella dentro de su bolsa.

—Eh... bueno, pues creo que ya debo regresar —comentó Montse—. Estoy segura de que me espera un apasionante día limpiando los ventanales, el suelo o algo así.

Aquel comentario le volvió a hacer sonreír y en un tono sosegado preguntó:

—¿Quiere regresar conmigo a Elcho?

Sorprendida por su amabilidad y el ofrecimiento le miró, pero en vez de responderle preguntó:

—¿En su caballo?

—¿Cómo si no?

Montse levantó la vista y miró el enorme purasangre que se erguía ante ella nervioso y desafiante.

—Eh... no. Será mejor que no.

—¿Por qué? —preguntó Declan sorprendido al escuchar aquello.

—Pues... pues porque no es buena idea.

—¿Por qué no queréis que os lleve? Desde aquí a Elcho caminando hay un buen trecho y por vuestro aspecto sé que estáis cansada.

La verdad es que estaba muerta. Pero subirse al caballo con él no era buena idea. Sin embargo, dispuesta a ser sincera, le miró a los ojos y balbuceó:

—Aunque no lo crea y me avergüence decir lo que voy a decir, me dan miedo los caballos porque no sé montar.

A Declan escuchar aquello le causó risa. ¿Cómo una mujer como aquella, con aquel carácter y empuje, podía temer a un caballo y, en especial, ¡no saber montar!? Sin decir nada más se dio la vuelta, con un ágil salto se subió a lomos de su oscuro corcel y tendiéndole la mano dijo:

—Deme la mano y suba.

—No.

Aquella negativa tan directa le hizo fruncir el ceño y volvió a repetir:

—No sea niña y deme la mano.

—Mire, no se ofenda, pero prefiero ir andando.

—¿Huye de mí y de mi caballo? —se mofó aquel de pronto.

Volviéndose para mirarle con ojos desafiantes, ella espetó con cara de enfado:

—No, *señor,* yo no huyo. Solo le estoy diciendo que no quiero subir y ya está.

Pero antes de que ella pudiera dar un paso más, él se agachó y como si se tratara de una pluma la izó y la sentó delante de él.

—¡Ay, Dios mío! —gritó al sentirse allí arriba—. ¡Me voy a caer!

—Tranquila. No se va a caer porque yo no lo voy a permitir.

—Pero ¿cómo puede saberlo? Los accidentes ocurren y...

—Tranquilícese —le susurró cerca del oído.

—¡Noooooo puedooooo! —chilló agarrándose a él con desesperación.

—¡Ay! —se quejó este dolorido—. Me está usted destrozando la pierna.

El hombre tenía razón. Agarrotada, había clavado sus manos en la pierna derecha de él y agarrándosela con fuerza se la retorcía. Horrorizada por ello le soltó, y al ver que relajaba su gesto de dolor murmuró:

—Lo siento... ha sido sin querer.

Él no respondió. Se limitó a sujetarla con fuerza entre sus brazos y con un movimiento del pie hizo caminar al caballo.

—Se mueve... se mueve... esto se mueveeeeeeeee.

—Claro, le he ordenado que camine. —Declan sonrió.

—Pero... pero ¿dónde me agarro?

—Yo la sujeto.

—Por su madre, ¡no me suelte! —chilló histérica haciéndole sonreír de nuevo.

Divertido, durante unas millas la observó gesticular. Al final, para intentar entretenerla y que se olvidara de dónde estaba, le preguntó:

—¿Su nombre era?

—Cindy... Cindy Crawford, señor —susurró a punto de sufrir un infarto.

—¿Qué es eso que hace a veces por la mañana?

Con voz nerviosa, mientras el caballo trotaba, ella preguntó:

—¿A qué se refiere?

—Algunas mañanas la veo hacer unos extraños movimientos con las manos y los pies, como si se peleara con alguien.

—Eso es kárate.

—¡¿Kárate?! —repitió sorprendido.

—El kárate es un arte marcial.

Sin entender nada de lo que decía pero viendo que dejaba de temblar, el *highlander* volvió a preguntar:

—¿Y cuando mueve el palo entre sus manos también es kárate?

—¿Habla del *bo*?

—¡¿*Bo*?! —repitió él.

—*Bo* se llama al palo que se suele utilizar para practicar... —pero al notar el trote del caballo ella volvió a susurrar—: Ay, Dios mío, ¡que me voy a caer!

Él sonrió y asiéndola con fuerza indicó:

—¿Qué tal si deja de mirar al suelo y disfruta de las vistas? Todo lo que nos rodea es hermoso, ¿no lo ve?

—No. No veo nada... no veo nada...

El nerviosismo, su voz de desconcierto y la gracia en sus gestos divirtieron a Declan, que intentando modular su voz en un tono suave le murmuró:

—Claro que puede. Solo tiene que relajarse y confiar en mí. Le aseguro que mi caballo y yo somos dos caballeros, aunque de distintas razas.

Aquello atrajo la atención de Montse. Aquel hombre en un mismo día ¿sonreía y sabía bromear? Agarrándose a las crines del caballo se volvió para decir algo, pero entre su ímpetu y el trote del caballo, le dio un cabezazo. Declan, al sentirlo, la soltó de una mano y se tocó la nariz.

—Ah... ¡Que me caigo! —gritó ella, y rápidamente él la agarró. Una vez se sintió segura, se volvió hacia él con cuidado y gimió—: Ay, Dios mío de mi alma y de mi existir, qué leñazo le he dado. ¿Le he hecho daño?

—No se preocupe, ha sido un golpe sin importancia.

Pero Montse, convencida de que le tenía que haber dañado, levantando sus manos se las posó en el rostro, y haciendo que la mirara dijo:

—Espera... digo... espere un momento, por favor. Déjeme verle un instante.

Sin moverse, Declan permitió que aquella extraña con la que no tenía nada en común le tocase el rostro. Llevaba años sin tener aquel tipo de cercanía con nadie, a excepción de las prostitutas con las que de vez en cuando se desahogaba. Aunque aquellas nada tenían que ver con esta mujer que le revisaba el rostro con cara de preocupación y le tocaba con unas manos suaves, muy... muy suaves.

—Vale... no le he hecho nada en la tocha —suspiró aliviada.

—¡¿Tocha?! —asintió divertido y gustoso por aquella cercanía.

—La nariz, señor, la nariz.

Estuvieron callados unos segundos, hasta que ella con curiosidad preguntó:

—¿Cómo se llama su caballo?

—*Kross*.

—¿Cuántos años tiene?

—En primavera cumplirá cinco.

Durante el resto del camino Declan le habló de sus caballos, y aunque Montse no se enteraba de nada de lo que le decía, disfrutó de la conversación y de su cercanía. Parecía mentira que aquel que ahora reía y bromeaba con ella fuera el mismo hombre que luego en su castillo la miraba con continua desaprobación. Por ello cuando el castillo de Elcho apareció ante ellos Montse se desilusionó. Sabía que aquel fortuito encuentro había sido algo excepcional y que difícilmente se volvería a repetir. Una vez llegaron a los establos, Declan bajó con cuidado de su caballo. Después tendió los brazos para bajarla.

—Tranquila, señorita Crawford, siga confiando en mí.

Una vez en el suelo y feliz por no haberse dejado los dientes en el camino, ella palmeó el lomo del animal.

—Debería aprender a cabalgar —dijo él.

—¡¿Yo!? No... no. No lo necesito.

—¿No lo necesita? —preguntó sorprendido.

—No.

—Yo podría enseñarla si usted quiere.

—Se lo agradezco pero no. Estoy segura de que cuando me marche de aquí, el caballo volverá a ser algo prescindible para mí —dijo al pensar en las comodidades que le daba el siglo XXI. Pero al ver cómo la miraba finalizó—: De verdad, señor Carmichael, se lo agradezco pero no. De todas formas muchas gracias por el paseo. Ha sido muy agradable cabalgar con usted.

Él no respondió. Solo se limitó a asentir con la cabeza y después ella se marchó.

Capítulo 19

Pero la tregua entre ellos después de ese fortuito encuentro en el bosque se desvaneció. Aquella tarde Montse encontró un cachorro de perro mestizo al ir a colgar la colada. Conmovida al ver que el animalillo la seguía pensó en regalárselo a la pequeña Maud. Estaba demasiado sola, y un amiguito como aquel le vendría de vicio. Al verlo, la niña se emocionó y saltó de alegría. Rápidamente lo llamó *Fitz*. Pero la alegría se desvaneció cuando su padre entró en el salón y la vio jugando con aquel pequeño ser. ¿De dónde había salido aquel animal? Con cajas destempladas y sin ningún tacto le gritó a la pequeña que el perro debía salir del castillo. Entre pucheros, la niña le imploró que le dejara quedarse con él, pero inflexible él se negó. Montse, al pasar por el pasillo y escuchar las voces de aquel y en especial el llanto de la pequeña, entró en la estancia sin pensarlo, como siempre, y se encaró con él.

—Venga, hombre, no sea así. ¿No ve el disgusto que le está haciendo pasar a Maud? No sea cruel, por Dios... ¡que es su hija!

—Haga el favor de comportarse o profetizo que habrá muchos problemas entre usted y yo —espetó Declan mirándola ceñudo.

—Pues lo que yo profetizo —se burló esta— es que como siga hablando de esa manera a su hija, el día de mañana, cuando sea mayor, va a estar usted más solo que la una. Pero ¿cómo puede gritarle así? ¿No ve que es una niña y que necesita cariño?

El duque clavó su helada mirada en la pequeña Maud, que se escondía tras las faldas de aquella loca mujer que se le encaraba, y murmuró:

—Usted no es nadie para decirme cómo debo o no hablar a mi hija. ¿Quién se ha creído?

—A diferencia de usted que es ¡*el señor*! no me creo nadie. Y si le digo esto es porque sé de lo que hablo. Mi padre fue... fue... —pero, consciente de que no quería hablar de aquello, musitó—: Maud es una niña encantadora que solo busca cariño, comprensión y amor, y usted le está negando todo eso cuando le habla de esa forma.

—Sin más dilación saca a ese animal de aquí, Maud —voceó el hombre.

La pequeña, con el cachorro aún en brazos y con la cara llena de surcos por las lágrimas, al ver que aquellos callaban susurró:

—Padre, por favor, permíteme que me quede con *Fitz.* Estoy solita y con él me divierto y tengo con quien jugar. Además, comienza a hacer frío y es muy pequeño para estar solito en el exterior.

—He dicho que no, Maud. No quiero animales en el interior del castillo. —Al ver cómo su hija hacía un puchero aclaró—: Fuera se puede quedar, pero no lo quiero ver por aquí, ¿me entiendes?

—Pero... llueve y no puedo jugar con él.

—Juega con tus muñecas, que para eso las tienes —le recriminó sin un ápice de piedad.

—Desde luego tiene usted menos tacto que un calamar —gruñó Montse incrédula por aquello—. Pero ¿no ve que su hija necesita compañía? ¿Está ciego? Pero si hasta le llama ¡padre! En vez de papá o papi... Oh, Dios... ¿puede haber algo más impersonal para un niño tan pequeño...?

—No se meta donde no la llaman —bramó harto.

—Pero alguien tiene que defender los derechos de su hija. Alguien tiene que decirle que haga el favor de darse cuenta de que Maud es una niña encantadora que solo busca su cariño y compañía y que usted es su maldito padre.

Declan, cada vez más furioso e incrédulo por la lengua tan larga que tenía aquella mujer, se acercó hasta ella en actitud intimidatoria y le siseó a la cara.

—¡Salga de mi vista o le juro que...

—O me jura ¿qué?

Dispuesto a darle un buen escarmiento, Declan, ante la mirada horrorizada de la pequeña Maud, cogió con brusquedad a Montse del brazo, pero en ese momento se escuchó:

—Suéltala, Declan, por el amor de Dios.

Fiona, la madre del duque, alertada por las voces había acudido al salón, y al ver a la pequeña Maud llorosa con el animal entre sus brazos gruñó:

—Hijo, pero ¿qué pretendías hacer?

Furioso por los acontecimientos, soltó de mala gana a Montse, que sin perder un ápice de su seguridad se volvió hacia la niña y cogiéndola en brazos susurró:

—Me llevaré a Maud a la cocina. Estoy segura de que unas ricas galletas lograrán hacerla sonreír de nuevo.

Una vez salió del salón, Declan, alterado por lo ocurrido, miró a su madre y gritó:

—¡Exijo que esa maldita y entrometida mujer se marche de mis tierras o no respondo de mis actos!

—Esa maldita mujer, como tú dices, lo único que ha hecho es mirar por el bienestar de tu hija.

—Nadie se lo ha pedido.

—Lo sé, pero es la primera persona que ha sido capaz de desafiarte ante una injusticia en lo que se refiere a la pequeña. —Él la miró—. Durante años todos hemos sido testigos de cómo tu carácter se agriaba y que apenas mirabas a la niña. ¿Te parece normal que Maud viva más tiempo conmigo en mi hogar que aquí contigo, que eres su padre? Nunca te has parado a pensar por qué ella se asusta de ti. ¿Le has dicho alguna vez que la quieres? ¿Que es bonita? ¿O simplemente le otorgas un capricho?

—Madre, no creo que...

Pero Fiona, dispuesta a decirle cuatro verdades a su hijo, se plantó, y aun sabiendo que aquello le enfadaría más, dijo:

—Por desgracia Isabela murió. Eso sé que está clavado aún en tu corazón, pero ¿te has parado a pensar lo diferente que sería la vida de Maud si su madre todavía viviera? ¿Crees que a Isabela le gustaría ver lo que haces con la niña? —Él no respondió—. Eres joven, Declan, solo tienes treinta y un años y debes rehacer tu vida.

—¿Para qué? —siseó él—. Para que cuando comience a ser dichoso la maldita maldición de los Carmichael aparezca de nuevo en mi vida y me la destroce. No, madre, no. No quiero sentirme culpable de la muerte de ninguna mujer más.

—Pero, Declan, hay muj...

—Si vas a hablarme de Rose O'Callahan olvídalo. Esa tediosa y caprichosa mujer sería más un problema que un motivo de felicidad.

—No te has parado a pensar que si no la amas, quizá el maleficio no se cumpla.

—Por todos los santos, madre, ¿qué estás intentando decir?

Consciente de ello, Fiona se sentó en una silla junto al hogar y sacándole una pequeña sonrisa a su hijo murmuró:

—Tienes razón, hijo... Rose es insufrible. Pero seamos positivos, te podría dar hijos, más herederos y...

—Ya basta, madre. No quiero seguir hablando de eso.

Dicho aquello, el duque de Wemyss salió del salón dejando a su madre dolorida por el amargo y solitario futuro que le esperaba a su hijo.

Capítulo 20

Aquella tarde, tras conseguir hacer sonreír de nuevo a Maud, Montse se pasó el día con la niña. Le enseñó a jugar al tres en raya, pintó cuadros en el suelo y le enseñó a jugar a la pata coja, y cuando llegó la noche y la pequeña se tenía que ir a dormir, Montse le prometió que *Fitz* no dormiría solo a la intemperie, sino que dormiría con ella. Cuando se marchó la pequeña y se quedó a solas con el cachorro, este, agotado por el ajetreado día, se durmió en sus brazos. Amorosamente, ella lo miró y le besó en la cabecita. Fue a entrar en las cocinas, pero al llegar escuchó la voz del duque hablando con Agnes y, horrorizada, se alejó. No tenía ni una sola duda de que si entraba en la cocina él le buscaría las cosquillas para discutir y no le apetecía. Por ello se dirigió hacia las caballerizas; un ratito de paz allí a solas con los animales le vendría muy bien.

Durante un buen rato estuvo observando a los pequeños burros y su cara de nobleza. Finalmente se sentó. Entonces escuchó la voz de Juana.

—¿Qué haces aquí sola?

—Burroterapia.

—Vaya, ¡qué buena idea! La patentaré cuando regresemos al siglo XXI —rio la canaria mirando los burros.

Tras un rato de guasa entre las dos, finalmente Juana murmuró:

—Tengo un problema.

—¿Qué pasa?

Resoplando, la canaria la miró y dijo:

—Me ha venido la regla. ¡Menudo papelón!

—¿Por qué papelón?

—Pues porque le he pedido a Edel algo para ponerme y...

Al ver el gesto de su amiga, Montse sonrió y murmuró:

—Hombre... las mujeres en este siglo algo se pondrían. Vamos... digo yo.

—Pues sí. Algo se ponen. Edel me ha dado un pañito doblado y...

Muerta de risa, Montse con guasa dijo:

—No me digas que no tienen compresas con alas ni támpax.

Soltando una carcajada la canaria le dio un codazo y cuchicheó:

—Pues no, cachonda... no. Me he puesto un pañito y, ay, mi niña, voy tan *espatarrá* que parezco John Wayne andando. —Al escuchar aquello Montse se carcajeó mientras Juana continuaba—: Pero ¿cómo pueden ponerse esto tan grande? ¡Qué incomodidad, por Dios!

Durante un rato estuvieron riendo por cientos de tonterías que se les ocurrían hasta que la canaria, mirando a su amiga, preguntó:

—¿Ya se te ha pasado el mosqueo que tenías?

—Sí... estoy más tranquila. Pero te juro que yo con ese hombre no puedo, me saca de mis casillas. No lo soporto. Ojalá no tuviera que volver a cruzarme con él, pero me temo que o le mato o eso no va a suceder. No veo el momento de dejar de verle, ¡te lo juro!

—Ay, mi niña, a veces eres más selectiva que la cosecha del Saimaza.

—¿Selectiva?

—Sí... cuando se te mete alguien entre ceja y ceja no hay manera de hacerte cambiar de opinión.

—Perdona, bonita —gruñó al escuchar aquello—.

Pero te recuerdo que aquí el desagradable, borde y antipático es él, no yo.

—Bueno... eso es lo que tú piensas, quizá él piense lo contrario. Al fin y al cabo eres tú la que se está metiendo en su vida, no él en la tuya.

Sorprendida por aquello, Montse la miró y murmuró:

—Pero ¿de qué estás hablando? Ese borde estaba hablando a Maud de una manera que la pequeña no se merecía y...

—Y tú sin preguntar le has regalado a la niña una mascota sin saber si a él le gustaría eso o no. Discúlpame, mi niña, pero creo que aquí has sido tú la que ha metido la zarpa hasta el fondo. Esta es su casa, no tu casa. Y si introduces algún cambio lo primero que deberías hacer es preguntar, no actuar a tu libre albedrío y luego, cuando no te den la razón, enfadarte y montar el pollo que has montado.

—No me lo puedo creer. ¿Estás de parte de ese... ese avinagrado?

—Esta vez sí. No me gustan muchas cosas de él, pero en esta ocasión tengo que decirte que él tiene razón. Repito, es su casa, su hija y su decisión, y tú has decidido algo sin contar con él.

Molesta con aquellas palabras, Montse fue a decir algo pero se calló. En el fondo, le gustara o no, sabía que su amiga tenía razón; por ello, tras resoplar dijo:

—Vale. De acuerdo... tienes razón. Pero no creo que hiciera falta ponerse como se ha puesto, además yo...

En ese momento se escuchó un silbido y la canaria se levantó y, tras darle un rápido beso en la mejilla, dijo:

—No me odies por dejarte sola y en medio de esta conversación, pero Alaisthar, ya sabes, ese que está más macizo que el microondas de los Picapiedra, me acaba de llamar, y yo estoy como loca por reunirme con él.

—Anda corre... ve y pásalo bien —dijo Montse mirándola divertida.

Cinco minutos después, de nuevo sola con el cachorro y los burros, se levantó y dándole al animalillo calor con su cuerpo, dijo mientras regresaba al interior del castillo:

—*Fitz,* como se te ocurra mearte en mi cama, mañana te envuelvo en un pañito higiénico aunque no tenga alas.

Capítulo 21

A partir de aquella desagradable discusión Montse no volvió a comer, ni desayunar ni cenar en el salón principal. Se negó. No quería ver el desagrado que causaba en el duque cada vez que la miraba, sin saber que él la seguía con la mirada con un inconsciente deleite. Pasada una semana Montse habló con Fiona.

—Lo siento de verdad, siento lo del perrillo, pero le juro que cuando le vi pensé en Maud y en lo feliz que la podría hacer —se disculpó sentada en el salón principal.

—No te preocupes, muchacha —asintió la mujer—. Mi hijo es un hombre con mucho carácter y a veces ese carácter le hace ser descortés.

—Si solo fuera descortés —gruñó ella haciendo sonreír a la mujer—. Le prometo, Fiona, que retengo mucho mi lengua, porque si no...

Divertida, la mujer miró a la joven que estaba sentada ante ella. Su atrevimiento al hablar y su manera de gesticular la hacían divertida, y eso le agradaba. Es más, cada vez que la pequeña Maud estaba con ella, la escuchaba reír como en su vida, más incluso que con los criados. Sin duda aquella muchacha con su alocado comportamiento estaba alegrando la vida de su nieta y del castillo, aunque no la de su hijo.

—Reitero lo que he dicho, no te preocupes, Cindy, y ya que estamos aquí las dos déjame agradecerte lo feliz que haces a mi nieta.

Al pensar en la pequeña, la joven sonrió, y retirándose el pelo de la cara con gracia, dijo:

—Maud es una niña impresionante. Me encanta su vivacidad cuando aprende algo o algo la sorprende. Ver esos ojitos azules sonreír... ¡Me encanta! Aunque no pueda decir lo mismo de los de su hijo. Que entre usted y yo, Fiona, a veces parece que desee estrangularme y echarme de comida a los pollos.

—Ay, Cindy, ¡qué cosas más graciosas dices! Es imposible no sonreír contigo —se carcajeó la mujer al escucharla.

Levantándose de su silla, Fiona se acercó hasta el enorme hogar y, tras calentar sus manos, explicó mirando el retrato de su hijo que había sobre la chimenea:

—Declan no lo ha pasado bien en la vida. Perdió a su padre demasiado pronto y a su mujer también. Inevitablemente todo eso ha hecho que su carácter sea tosco y rudo. Y aunque yo sé que tiene un corazón enorme, creo que lo ha acorazado para que no se lo vuelvan a romper.

Al escucharla, Montse se levantó de su silla y, acercándose hacia la mujer, miró el impresionante retrato y preguntó:

—¿Cree que su hijo es así por la muerte de su mujer?

—En cierto modo sí. Declan nunca quiso conocer a Isabela ni a ninguna otra. Desde pequeño me dejó muy claro que no quería cargar con la muerte de nadie y...

Aquello sorprendió a la joven y, tomando las manos de la mujer, preguntó:

—¿Cargar con la muerte de alguien? Pero ¿a qué se refiere?

Con gesto contrariado la mujer asintió, y mirándola directamente le contó lo siguiente:

—En nuestra familia pesa desde hace siglos una terrible maldición. Llegado el momento de mayor felicidad de todo Carmichael con su pareja, esta morirá. Así lleva ocurriendo desde hace más de trescientos años y él... lo sabía y...

—Un momento, Fiona —dijo Montse—. ¿Me está diciendo que cuando un Carmichael se enamora y llega al punto más alto de ese amor, la pareja muere?

—Sí, muchacha. Mi padre murió al día siguiente de nacer yo. Mi marido murió al día siguiente de nacer Declan, e Isabela murió al día siguiente de nacer Maud.

—Pero ¡qué horror, por Dios! —susurró Montse sentándose de nuevo junto a la mujer—. Pero... pero eso ¿cómo puede ser?

—Según una leyenda que ha pasado de padres a hijos, el día de los esponsales de los Roberts en Aberdeen se celebró un torneo con flechas. Y lo que comenzó siendo un bonito día acabó muy mal cuando Brendan, el hijo de Keeva, la hechicera, murió por un disparo errado. La hechicera montó en cólera y vengó la muerte de su hijo llevándose por delante al marido de Alannah Carmichael, y para asegurarse de que la felicidad nunca sería completa entre nosotros, le robó a Alannah de su cuello la mitad de la joya de los Carmichael y nos maldijo con el desamor eterno hasta que esa joya en forma de corazón se volviera a unir. Después se despeñó por el acantilado de Aberdeen y nadie más volvió a saber de ella ni de la joya.

—¿La joya de los Carmichael?

—Sí —y señalando el cuadro donde se veía a Declan murmuró—: ¿Ves lo que cuelga en el cuello de mi hijo?

Con la tensión a mil por hora, Montse levantó la vista, y al ver a lo que se refería, con la boca seca susurró:

—Sí.

—Esa es la mitad de la joya de los Carmichael. Una piedra celta labrada por nuestros antepasados. En la antigüedad, cuando el primogénito de los Carmichael se desposaba, como prueba de ese amor la mitad colgaba del cuello de él y la otra mitad, del de su pareja. Pero la mitad de esa joya es la que se llevó Keeva, y desde entonces la maldición nos ha marcado y generación tras generación la hemos ido sufriendo con inmenso dolor.

«No puede ser... no puede ser... no puede ser cierto lo que estoy pensando», se dijo Montse al escuchar aquella terrible historia y sentir que la sangre se le ralentizaba.

Con las piernas temblorosas, se levantó de la silla y se acercó de nuevo al cuadro. Con las pulsaciones a mil fijó su mirada en el colgante que pendía del cuello de Declan y tuvo que sujetarse para no caer.

—¿Qué te ocurre, hija? —preguntó preocupada Fiona acudiendo en su ayuda.

Cuando se sentó de nuevo, la mujer le sirvió un vasito de agua que Montse aceptó con manos temblorosas.

—¿Estás mejor?

—Sí... no... sí... bueno... no sé.

Asustada por la palidez de su rostro, la mujer fue a levantarse para llamar a alguien del servicio, pero Montse le sujetó las manos y la hizo sentar.

—Fiona... yo...

—No te preocupes, muchacha. Llamaré a alguien para que te acompañe hasta tu cuarto. Creo que necesitas descansar y...

—No...

—¿No? —se sorprendió la mujer.

—Estoy bien... solo que me ha sorprendido algo.

—Lo sé, hija... la historia de los Carmichael siempre asusta.

Montse, dispuesta a acabar con aquello, miró a la mujer, metió la mano en el bolsillo de la falda, tocó el objeto del que esta hablaba y agarrándolo dijo:

—Fiona, no sé cómo explicar esto, pero, por favor, pon la palma de tu mano hacia arriba y cierra los ojos. —Al ver cómo la mujer la miraba extrañada, con una sonrisa susurró—: Confía en mí, por favor.

Sin necesidad de volver a repetirlo, Fiona cerró los ojos y puso su palma derecha hacia arriba. Montse sacó la mano del bolsillo, y tras mirar el colgante que parecía quemarle, lo dejó sobre la palma de esta y murmuró:

—Ya puedes abrir los ojos.

Con una sonrisa en los labios la mujer abrió los ojos, y al encontrar en su mano la joya susurró:

—Por todos los santos...

Ante ella, en su mano, estaba la joya de los Carmichael. Aquello por lo que muchos habían muerto y que con su aparición haría desaparecer la maldición de Keeva.

—Yo... Fiona...

Tapándose los ojos con las manos, la mujer rompió a llorar, y rápidamente Montse reaccionó.

—Ay, Dios mío, Fiona, dime que estás bien. Yo... yo no quería que tú...

—Bendito sea Dios, hija. Acabas de traer la felicidad a nuestro clan —boqueó la mujer cogiendo de las manos a Montse, que asustada la miró.

—No... yo no sabía nada y...

Emocionada como nunca en su vida, Fiona se levantó con aquella joya en la mano y tras darle un efusivo beso y abrazo, salió del salón llamando a su hijo a gritos. Conmocionada por aquello, Montse la siguió y vio cómo Declan, asustado por los gritos de su madre, llegaba rápidamente hasta ella. No escuchó lo que hablaban, pero sí vio el gesto de incredulidad de él al ver el colgante y cómo se abrazaban.

Segundos después Declan clavó sus fríos ojos en ella y, aterrorizada, Montse buscó con la mirada un escape, pero fue imposible: el duque la agarró del brazo y desconcertándola murmuró con la voz cargada de emoción:

—Te estaré eternamente agradecido por devolvernos algo tan querido para nosotros. Muchas gracias, Cindy Crawford... muchas gracias.

—Ay, hija, ¡eres nuestra luz! —lloró Fiona besándole las manos mientras los criados, revolucionados por la noticia, aplaudían felices a su alrededor.

Montse, con la garganta seca y a punto del infarto al verse rodeada por Declan, su madre y la gente de servicio, se encogió de hombros y murmuró:

—Gracias... pero... pero yo no he hecho nada.

Declan Carmichael, sonriendo como nunca, la abrazó delante de todos y le susurró al oído:

—Te equivocas, Cindy Crawford, acabas de traer la prosperidad a los Carmichael. Y a la primera de todos, a la pequeña Maud.

Capítulo 22

La noche de la aparición de la joya de los Carmichael, en el castillo de Elcho se celebró una gran fiesta. Todos bailaron. Todos rieron. Incluso el duque pareció divertirse, algo que a todos les hizo feliz.

—Me ha comentado Fiona que su hijo ha dicho que nos traslademos a las habitaciones superiores —cuchicheó emocionada Julia.

—¡Ni loca! —sentenció Montse—. No quiero estar cerca de ese cavernícola. Sé que este momento de euforia pasará y comenzará a hacerme la vida imposible en cuanto pueda. No... definitivamente yo paso. Seguiré donde estoy y punto pelota.

Sus amigas la miraron con gesto adusto y la canaria murmuró:

—Ay, mi niña, pero ¿no has visto cómo te mira el duque ahora?

—Sí... y no me gusta, precisamente —susurró Montse aterrada.

Si de algo era consciente era de las miradas que Declan le propinaba, pero lo peor de todo era que a ella en cierto modo le gustaba. Había algo en aquella mirada azul que la ponía cardíaca. Pero ¿cómo no ponerse cardíaca ante un hombre así? De modo que volviéndose hacia sus amigas dijo alto y claro:

—A ver, chicas, si he de elegir prefiero que siga mirándome con cara de perro.

—Yo creo que le gustas y él te gusta. Confiésalo —rio Julia.

—Déjate de chuminadas que luego pasa lo que pasa —protestó Montse.

Instantes después, Colin, el hermano de Edel, la sacó a bailar, y olvidándose de todo Montse sonrió y disfrutó de la noche mientras Declan Carmichael la observaba y se mantenía a distancia.

A la mañana siguiente, tras una velada en la que todos trasnocharon, Montse se levantó y dejó muy claro a sus amigas que iba a seguir comiendo y durmiendo en las cocinas y en su cuarto. Juana y Julia no compartieron su decisión, pero la respetaron y para no dejarla sola siguieron durmiendo en el mismo cuarto, aunque a la hora de las comidas subían al salón. Fiona, tras hablar con ella y ver que era imposible convencer a la joven de que cambiara de opinión, lo aceptó. No quería forzarla. Pero como era de esperar, cuando Declan Carmichael se enteró se molestó, y tras un encontronazo entre ellos, volvieron a discutir.

—Qué tío más insoportable —gruñó Montse en el cuarto que compartía con sus amigas y con *Fitz*, el perro—. Es un déspota, un mandón, un creído, un negrero. Pero si solo falta que le llamemos ¡buana!

—No exageres —rio Julia recogiéndose el pelo.

—Ay, mi niña —se mofó Juana—, a veces eres más fantástica que la lencería de Disney.

—¿Fantástica? ¿Exagerar yo? Pero ¿habéis visto cómo me ha hablado y mirado hace unos instantes? ¡Si solo le faltaba cogerme del cuello!

—Normal, no haces más que llevarle la contraria —le reprochó la canaria.

—Bueno... vale, lo asumo. A veces soy un poco mosca cojonera, pero no le soporto, y me joroba ver cómo pasa de su hija sin pararse a pensar en sus sentimientos.

—Creo que estás volviendo a revivir con ellos lo que te pasó con tu padre. Ver como él no le hace caso te hace sentirte identificada con Maud, ¿no es así? —preguntó Juana con *Fitz* en brazos.

—Sí. Y por ello te juro que me gustaría cogerle de las orejas y decirle: «Tú capullo... espabila o tu hija nunca te querrá», pero claro... si hago eso...

—Si haces eso, por mucho que te adore todo el mundo por haber devuelto su joya, creo que directamente nos pone de patitas en la calle —indicó Julia—. Por lo tanto, ándate con ojo, que no tenemos dónde ir, y por desgracia para todas aún nos quedan unos días por aquí.

Al escuchar aquello, Montse se tumbó en su camastro y susurró:

—Oh, Dios... no veo el momento de que este mal sueño se acabe, llegar a mi apartamento y darme un bañito con mis sales relajantes.

—Y yo de ver a mi Pepe...

Sin escucharla Montse continuó:

—Después del baño, me haré un bol de palomitas al punto de sal y me sentaré en el sofá de mi pequeño y humilde salón a ver una peli.

—Oh, sí... una comedia divertida donde triunfe el amor —asintió Julia—, de la manita de mi Pepe, mientras compartimos unos pistachos y una Coca-Cola.

—Uf... cuánto deseo volver a mi realidad y dejar esta puñetera pesadilla —repitió Montse dando un golpe en su cama—. Eso sí. No me volváis a permitir pedir deseos ni chorradas de esas a no ser que pida ser rica, ¡muy... muy rica!

—Pues aun sabiendo que me vais a poner verde, yo discrepo de lo que vosotras queréis —dijo Juana—. Yo estoy encantada de estar aquí y de haber conocido a Alaisthar.

—Tú estás tonta —se quejó Julia.

—Si, mi niña... pero tonta por él —rio aquella haciendo reír a Montse—. ¿Os habéis dado cuenta de lo caballeroso que es en todo momento conmigo?

—Sí, claro, hija, hasta que arrime la cebolleta y consiga lo que todos quieren —recriminó Julia haciéndolas reír—. Mira, reina, hazme caso y ándate con ojito, que un hombre es un hombre sea del siglo que sea.

Divertidas, las tres salieron de su cuartucho dispuestas a ayudar a Agnes y Edel.

Después de un duro día de trabajo, como cada tarde al caer el sol, los guerreros Carmichael hacían el cambio de guardia. Siempre había gente del clan por los alrededores de Elcho. No corrían buenos tiempos y no querían ser pillados desprevenidos.

Acabada la faena, Montse se sentó cerca de las caballerizas con Agnes y Edel, quienes observaban a sus enamorados Percy Braser y Ned Cullman, dos *highlanders* embrutecidos y curtidos por el sol.

—Oh... Cindy —susurró Agnes acalorada—. Cuando le veo tan cerca me siento desfallecer.

—¡¿Cerca?! —se mofó Montse al escucharla—. Pero Agnes, por Dios... si apenas le distingo los ojos de lo lejos que está. ¿Cómo puedes desfallecer si ni siquiera sabes si te ha mirado?

Pero aquella no contestó. Se limitó a mirar con cuidado hacia donde estaba su hombre y a sonreír como una boba.

—Qué guapo está Ned hoy —susurró Edel al ver a su enamorado asear a su caballo.

Contenta por los comentarios de aquellas, Montse se levantó y, mirándolas, dijo:

—Vamos a ver, ¿vosotras les habéis dado a entender algo? ¿Ellos saben que estáis colgadas de ellos?

Edel y Agnes se miraron y, llevándose la mano a la boca, la primera preguntó:

—¡¿Colgadas?! ¿Quién está colgada?

—A ver si me explico —sonrió Montse—. Lo que quería decir es si ellos saben que vosotras sentís algo por ellos.

—Sí.

—¿Y? —preguntó Montse.

—A veces hemos paseado... incluso en el enlace de Roger y Martha bailamos...

—Pero eso es fantástico —aplaudió Montse, aunque al ver su gesto susurró—: Vale... ¿Que no es fantástico?

Con un mohín de enojo Agnes explicó:

—Cada vez que aparecen las doncellas de la señorita Rose O'Callahan ni nos miran. Es más, la última vez que ellas estuvieron aquí coincidió que se celebraba el bautizo del hijo de Tom y Gola y ellos ni se acercaron. Solo tenían ojos para ellas.

—¿Quién es Rose O'Callahan? —preguntó Montse.

Tras cruzar una más que significativa mirada, las criadas respondieron:

—La hija de Roger O'Callahan.

—Una antipática y engreída dama que se cree la dueña de este hogar cada vez que viene —cuchicheó Agnes—. El señor y ella se ven de vez en cuando y se rumorea que pronto será la mujer de nuestro *laird*, aunque él no confirma nada. Ay... ay... que vienen los hombres.

Tras acicalar a sus caballos, los *highlanders* caminaron hacia donde estaban ellas. Sin apartar ojo, Montse comprobó cómo aquellos las miraban y saludaban con la cabeza, mientras ellas sonreían y pestañeaban como dos tontas. Cuando se quedaron las tres de nuevo a solas, dándoles un codazo a cada una, Montse protestó:

—Pero si es que se lo estáis poniendo en bandeja. ¡Por Dios! ¿No os dais cuenta de que ellos saben que babeáis por donde pisan? Si lo que decís sobre las doncellas de esa tal Rose es verdad, lo que tenéis que hacer es haceros valer. No sonreírles como dos bobaliconas cada vez que ellos se dignen a miraros. Esos engreídos se merecen que vosotras les paguéis con la misma moneda.

—¿Misma moneda? —repitió Edel.

—Exacto. Si vosotras hicierais lo que ellos, se darían cuenta de que con vosotras no se puede bromear. Pero claro, si vosotras soportáis todo lo que ellos hacen, ¿cómo les vais a enamorar?

Las muchachas se miraron y se encogieron de hombros. Quizá tuviera razón.

—¿Y cómo podemos hacer eso? —preguntó Agnes.

En ese momento llegó la pequeña Maud corriendo hasta ellas. Al ver su gesto acalorado y las lágrimas corriendo por su rostro, Montse, agachándose, preguntó:

—¿Qué pasa, princesa?

—A *Fitz* le ha pasado algo —sollozó la cría al pensar en su perro—. Está por allí, entre los arbustos.

Al ver la angustia en aquel rostro angelical, Montse, agarrando la mano de la niña, dijo:

—Vamos. Indícame dónde está *Fitz*.

Acompañada por las tres jóvenes, la niña las guió entre los robles hasta un pequeño claro. Allí, en un lateral, el pequeño perro gimoteaba con algo clavado en una de sus patas.

—Ay, mi niña. No miréis —susurró Edel tapándole los ojos a la pequeña.

—Esperad aquí. Iré a ver qué le ocurre —indicó Montse.

Con cuidado se arremangó la vieja falda y poco a poco se fue acercando al animalillo. Este al verla la miró y gimió. Luego movió el rabo buscando su ayuda. Conmovida por sus lamentos, Montse se acercó hasta él y, agachándose, comprobó que una especie de trampa le atravesaba una pata y, lo peor de todo, que había perdido mucha sangre.

—Hola, *Fitz*... tranquilo, intentaré ayudarte —susurró tocándole la cabeza.

Tras comprobar la trampa y averiguar cómo quitarla, intentó abrirla, pero le fue imposible. Aquello estaba encajado. Solo había una forma: llevarlo hasta el castillo. Allí buscaría qué hacer. Con seguridad se quitó el chal que llevaba puesto, lo depositó en el suelo, posó al animal en él y después, con cuidado, lo cogió. Aquel movimiento hizo que el perro aullara de dolor. El gemido removió a Montse, que mirándole le susurró:

—Tranquilo, pequeño, tendré cuidado, te lo prometo.

Con los brazos ocupados llegó hasta donde la niña lloraba junto a las criadas. Para calmarla, se agachó y le dijo a la pequeña:

—¿Lo ves, Maud? *Fitz* está bien. —La niña asintió.

—¿Puedo tocarlo? —preguntó.

—Por supuesto, cariño. Pero con cuidadito que está dolorido.

—¿Qué le ha pasado, Cindy? —preguntó la niña con los ojos plagados de lágrimas.

—Se ha clavado algo en la pata que le voy a quitar con lo primero que encuentre en el castillo.

La niña asintió más aliviada y, de la mano de las criadas, regresó al castillo. Entraron directamente por la cocina. Una vez allí, Edel despejó la mesa y Montse depositó al animal, que perdía mucha sangre. Miró a su alrededor en busca de algo con lo que abrir la trampa, pero al no encontrarlo se encaminó hacia la puerta.

—Enseguida vuelvo. No lo mováis —ordenó.

Dicho esto se recogió la falda y corrió hacia las caballerizas, sin percatarse de que desde una de las ventanas de su despacho Declan Carmichael la observaba. Llegó hasta las caballerizas y tras mirar a su alrededor cogió unos pinchos de forja y regresó de vuelta a la casa. Una vez llegó donde estaba el animal le dijo a Edel:

—Voy a meter los dos pinchos dentro de esto —explicó enseñándole lo que el animal tenía clavado—. Cuando yo te diga coges uno de estos pinchos y tiras con todas tus fuerzas hacia la derecha, yo tiro hacia la izquierda y tú, Agnes, cuando veas que esto se abre sacas la pata de ahí, ¿entendido?

Luego, mirando a la pequeña que las observaba con los ojos como platos, le susurró:

—Cielo... tú ponte allí. No quiero que te manches.

La niña asintió, aunque a los dos segundos volvía a estar junto a ellas. Con decisión, Montse clavó primero un pincho y después el otro, y una vez le hizo una seña a Edel ambas comenzaron a forzar la trampa. Al dejar libre las heridas del animal, la sangre saltó manchándolas, y con rapidez Agnes sacó la pata para que ellas pudieran soltar los hierros.

Una vez liberado el perrillo todas sonrieron por lo que habían conseguido. Aunque cuando Montse miró a la pequeña preguntó sorprendida al verla con gotas de sangre en la mejilla y el vestido:

—Pero, cielo, ¿no te había dicho que te pusiera allí? Mira cómo te has puesto.

—¿*Fitz* está bien? —preguntó la niña.

Pero no dio tiempo a que la pequeña respondiera. Declan Carmichael estaba ante ellas con su gesto impasible. El duque, al ver las manchas de sangre en su hija no reparó en nada más, y acercándose hasta ella preguntó alarmado:

—Por todos los santos, Maud, ¿qué te ha ocurrido?

«Buenooooo... ya la tenemos liada», pensó Montse al ver cómo Declan limpiaba con manos temblorosas la mejilla y el pelo de su hija.

Cuando finalmente comprobó que su pequeña estaba bien, se levantó del suelo, las miró con una intimidatoria mirada y dando un rugido preguntó:

—¿Por qué estaba mi hija cubierta de sangre?

Las criadas palidecieron tan de repente que Montse pensó que se iban a caer redondas del susto. Por ello, dando un paso al frente, respondió con toda la educación que fue posible.

—Por Maud no se preocupe, la sangre que ve no es de ella, pero sus alaridos la están asustando —cuchicheó señalando a la niña que se encogía a su lado.

Al escuchar aquello Declan miró a su hija y, cogiéndola del hombro, la puso a su lado; sin embargo cuando iba a decir algo la joven española se le adelantó y añadió con celeridad:

—Estoy segura, *señor*, de que usted está deseando hablar conmigo para decirme algunas cosas que seguramente serán ofensivas y altamente desagradables, pero ahora, si no le importa, deberíamos atender a *Fitz* que se está desangrando. —Sin darle tiempo a contestar, le dio un toque a Edel en el brazo y ordenó—: Busca a Norma con urgencia. La necesito. Estoy segura de que ella sabrá cómo curarle.

La criada, con ojos asustados, miró a su *laird*, que tras ver al animal sobre la mesa de la cocina asintió. Edel salió disparada en busca de Norma, mientras Montse, sin importarle la dura mirada de aquel, se agachó para susurrarle algo al animal que apenas se movía ya.

—No te preocupes, *Fitz*, te vamos a curar, confía en mí.

Mojó su mano en agua y con delicadeza se la pasó por el hocico y la lengua para que el animal sintiera su frescor. Agotado, el perro le lamió la mano, y dando un gemido de dolor hizo a la pequeña llorar. Declan, paralizado por el llanto de su hija, no supo qué hacer. No era muy dado a las demostraciones de afecto, por lo que Montse, tras mirarle y ver su pasividad, se volvió hacia la niña y acercándose a ella dijo:

—Ah, no... eso sí que no, princesa. No es momento de llorar, ahora es momento de buscar soluciones. Si *Fitz* te oye llorar se va a poner triste y se va a preocupar, y ahora él necesita estar tranquilo para recuperarse.

Sorprendentemente, aquella actitud positiva gustó a Declan. Con una aterciopelada voz la joven había dicho las palabras necesarias para que su hija dejara de llorar y se limpiara las lágrimas.

—Se va a poner bueno, ¿verdad, Cindy?

Con una sonrisa arrebatadora, Montse asintió y afirmó:

—Pues claro que sí, cielo, y cuando se ponga bueno te prometo que lo vamos a pasar muy bien con él, ¿vale?

En ese momento entró en la cocina Julia, seguida por Edel. Con rapidez la primera se acercó al animal y en español cuchicheó a su amiga:

—Tengo que recordarte que yo soy médico de cabecera y no veterinaria.

—Cierra el pico y haz algo —respondió Montse bajo la atenta mirada de Declan—. Seguro que sabes hacer algo más que lo que sé hacer yo.

Entendiendo lo que aquella quería decir, suspiró y comenzó a mirar la pata del animal.

—Necesito whisky y agua caliente, unos trapos limpios, aguja e hilo —pidió segundos después mientras miraba la herida de cerca.

Con rapidez las dos criadas volvieron a mirar a su señor, que de nuevo y sin abrir la boca asintió. Ambas comenzaron a revolotear por la cocina.

—Princesa, —dijo Montse, aunque miraba a su padre— creo que deberías marcharte con tu papá y cambiarte de ropa. Estoy segura de que cuando se encuentre mejor, *Fitz* estará deseando verte.

Sin abrir la boca Declan asintió y, tomando fuertemente de la mano a su hija, desapareció. Una vez quedaron solas en la cocina, Montse murmuró acercándose a su amiga:

—Haz lo que puedas por *Fitz*. Es el único amigo de Maud.

Horas después, tras haber improvisado aquella pequeña operación en la cocina del castillo, Julia, satisfecha con los resultados, se sentó, mientras Edel y Agnes se marchaban a descansar.

—Bueno... creo que mi paciente vivirá, aunque estoy segura de que le quedará una cojera de por vida.

—A Maud eso no le importará —sonrió Montse mirando al animal.

Echando un vistazo a su alrededor, vio la botella de whisky que habían utilizado y, cogiéndola, leyó su artesanal etiqueta y preguntó:

—¿Cuánto crees que valdría esta botella en el siglo XXI?

—Uf... una barbaridad. Lo que daría yo porque mi Pepe se tomara una copita de este whisky.

Cogiendo dos pequeños vasos, Montse sonrió, y mientras los llenaba, dijo:

—Tu Pepe no sé, pero tú y yo nos vamos a tomar ahora mismo un chupito porque nos lo merecemos.

Divertidas por aquello cogieron las copas y, alzándolas ante ellas, brindaron. Después se las tomaron de un trago.

—¡*Aug*! —carraspeó Montse al tragar aquel líquido dorado.

—¡Uf! ¿Cómo le puede gustar esto a mi Pepe? —se mofó Julia al tragar.

—Tendrá paladar para degustar estas cosas.

Tras reír por aquello Montse preguntó:

—Por cierto, ¿dónde está la futura madre de los Sutherland Hilton?

—Paseando con el futuro padre —contestó Julia, y ambas sonrieron.

Una vez repuestas de la quemazón que el whisky les había provocado en la garganta, Montse, señalando la botella, murmuró:

—La verdad es que esto levanta a un muerto.

—Hablando de muertos, ¡estoy muerta! —bostezó Julia y, levantándose, preguntó—: ¿Te vienes a la camita?

Montse miró al animal y estirándose suspiró y dijo:

—Ve tú, ahora iré yo.

Levantándose, Julia sonrió e instantes después desapareció por la puerta. Montse se incorporó y miró por la ventana. El aire movía la copa de los árboles; se acercó a la puerta de la cocina y la abrió para que el aire refrescara su cara. Durante unos segundos cerró los ojos y pensó en todo lo que les estaba ocurriendo y en lo bien que lo estaban llevando. Cuando comenzó a sentir frío se dio la vuelta y cerró. Con cuidado se acercó al perro y lo miró; el animal dormía plácidamente. Se sentó de nuevo en la mesa y agarrando la botella de whisky se sirvió otro chupito. Levantó el vaso y, mirando al perro, cuchicheó:

—Por ti, *Fitz*. —Dicho esto levantó el vaso y se lo bebió de un solo trago.

Tras gesticular al tragar aquello, dejó el vaso sobre la mesa y apoyándose en ella cerró los ojos. Estaba cansada. Muy cansada. El fuego de la cocina unido al calor de la bebida la adormilaron. No sabía cuánto tiempo llevaba así cuando escuchó:

—Señorita Crawford... señorita Crawford...

Al oír aquel susurro cerca de su oído se asustó, y abriendo los ojos vio la mirada glacial de Declan Carmichael frente a ella. Durante unos segundos ambos se miraron con vehemencia, hasta que ella se levantó y retirándose el cabello que le caía sobre la cara murmuró:

—¡Caray! Me he quedado dormida y...

—Así es... ya me he percatado —respondió él mirándola con su habitual gesto serio—. Me gustaría conversar con usted, por favor, tome asiento.

Sin rechistar, Montse se sentó en la misma silla donde segundos antes estaba sentada y mirándole preguntó:

—¿De qué desea hablar?

Declan Carmichael, apoyándose en el quicio de la puerta, contestó:

—Aquí, señorita Crawford, las preguntas las hago yo.

Al escucharle sonrió, pero gesticulando con cansancio susurró:

—De acuerdo, pero que sea rapidito, que estoy cansada.

—¿Alguien le ha dicho alguna vez que es usted una insolente?

—Sí... usted ahora mismo. ¿Le vale la contestación o prefiere que ingenie otra? Porque le aseguro que mi léxico al hablar es fantástico.

—¡Osáis cuestionarme!

En tono de mofa la muchacha le miró y susurró sacándole de sus casillas:

—¡¿Yo?!...

Molesto por cómo contestaba, dio un paso al frente y siseó:

—Comedid vuestras palabras.

Soltando un suspiro de resignación Montse calló. Parecía increíble que aquel tipo fuera el mismo con el que había disfrutado del paseo a caballo días antes.

—Quiero saber quién sois y de dónde venís. ¿Por qué tenía usted la joya de los Carmichael? Y quiero la verdad, ¿me ha entendido?

«Ay, madre... como le cuente la verdad este me asesina aquí mismo. No me va a creer, pero se la voy a contar. Total, va a reírse de mí le diga lo que le diga», pensó al ver cómo la observaba. Y ni corta ni perezosa dijo:

—Mi nombre ya lo conocéis —él asintió— y en referencia a de dónde venimos, mire señor, estoy segura que no se va a creer lo que le voy a contar, pero usted me ha pedido la verdad, por lo tanto ahí va. Tanto mis amigas como yo venimos del futuro, del siglo XXI. Vivimos en Londres por motivos laborales, y en una rifa tras una competición de kárate a Paris Hilton le tocó un viaje a Escocia...

Declan, aturdido, no entendía la mitad de las palabras que decía, pero la dejó continuar:

—Allí, en una tienda de antigüedades, fue donde encontré la joya de los Carmichael. La señora de la tienda se empeñó en que me la tenía que comprar junto a un espejo, y mis amigas, que deseaban regalarme algo, me lo regalaron. Sobre estas ropas de tan mala calidad que llevo puestas, las compramos para asistir a una cena medieval en el puerto de Leigh, en Edimburgo. ¡Se lo juro! —siseó al ver la cara de incredulidad de él—. Por una de esas casualidades de la vida, allí me encontré con Erika la escocesa, que para que usted me entienda es como una maga o una bruja en este siglo. Erika fue como una madre para mí cuando yo era pequeña, y medio en broma me preguntó si quería pedir tres deseos como cuando era una niña. Y yo, ¡oh Dios!, tonta de mí, animada por las locas de mis amigas, los pedí. —Omitió parte de la verdad. No pensaba decirle que estaba allí por él—. El primer deseo fue tener una aventura imposible por estos lugares, el segundo que Paris encontrara el amor y...

—¿Y el tercero? —se mofó al escucharla.

—Ese no me dio tiempo a pedirlo. Un rayo cayó del cielo, partió un árbol en dos y se fue la luz. Asustadas, quisimos regresar a nuestro hotel, pero tropecé en el puerto y... y las tres caímos a las aguas del puerto de Leigh, y cuando nos quisimos dar cuenta, estábamos... estábamos aquí. ¡Oh, Dios mío!, pero si es que yo misma mientras lo cuento ¡no me lo creo! Después conocimos a Edel y, juntas, escapamos de unos hombres con pintas desastrosas, que si le soy sincera no sé quiénes eran y por supuesto no lo quiero saber. En el camino nos encontró Alaisthar y nos trajo aquí. A Elcho. Y esa, señor Carmichael, es la verdad sobre quiénes somos y de dónde venimos, por muy alocada, increíble e inexplicable que le parezca la idea.

Durante un buen rato Declan se quedó callado. Aquella historia llena de palabras ininteligibles para él era la cosa más disparatada que había escuchado nunca. ¿Cómo tomar en serio una cosa así aunque le hubiera devuelto el colgante de los Carmichael? Por ello, dando por hecho que aquella joven estaba realmente loca, señaló la botella de whisky y el vaso vacio y murmuró:

—Por lo que veo le gusta el whisky, ¿verdad?

—¿Piensa que estoy perjudicada? —contestó Montse al intuir lo que este decía.

—¡¿Perjudicada?! —repitió él sin comprender.

—Sí, borracha —aclaró molesta—. Pero, bueno, ¿qué está queriendo dar a entender, tío listo?

El hombre apartó la mirada esbozando una leve sonrisa mientras colocaba la botella en una repisa. Sin mirarla respondió:

—Nada. Yo no doy a entender nada. Solo escucho y observo la evidencia.

—Oh, sí, seguro —bufó ella, y encarándosele murmuró—: Mire, las conclusiones que está sacando no son nada acertadas. Le he contado la verdad. Lo que usted me ha pedido. ¿Por qué no me puede creer?

—¿Quizá porque yo no he bebido whisky? —se burló él—. Discúlpeme, pero lo que usted ha relatado es la fantasía de una mujer que está rematadamente loca o de un buen juglar con mucha imaginación tras una noche de borrachera.

—¿Sabe una cosa? —Él la miró con la ceja levantada y ella contestó—: ¡Me da exactamente igual lo que usted piense de mí! Me da igual si me cree o no. ¿Y sabe por qué? Pues porque dentro de pocos días con suerte habré regresado a mi siglo y no tendré que volver a verle la jeta nunca más. Es usted el ser más mal educado, ruin y embrutecido que he tenido la desgracia de conocer en toda mi vida, y yo... yo solo quiero olvidarme de que he estado aquí —levantándose gritó sin importarle cómo la miraba

Declan—. Espero no volver a soñar con usted ni con nada que tenga que ver con este maldito lugar en toda mi puñetera vida.

—Su exaltación me hace creer que está usted realmente mal, señorita Crawford.

—Oh, Dios... dame paciencia —gimió Montse poniendo los ojos en blanco.

A Declan aquel gesto tan gracioso y desesperado a la vez le hizo curvar los labios. No creía nada de lo que aquella mujer decía, pero su vehemencia al contarlo y su vivacidad al discutir con él llamaban su atención. Pero no dispuesto a agradarla clavó sus ojos en su desaliñado aspecto y murmuró:

—¿No cree que debería asearse un poco? Su aspecto es deplorable.

Boquiabierta, Montse se miró la falda y la camisa llena de sangre del perro y respondió:

—¿Usted es siempre tan desagradable con todo el mundo o es que tiene algo en particular conmigo?

—Particularmente con usted... ¡Dios me libre de tener nada! —rio Declan de tal manera que a Montse le dieron ganas de soltarle un patadón. Sin embargo, se contuvo. Si le hería todo se complicaría más.

—Es usted un... un...

Pero antes de que ella pudiera soltar un insulto, él la miró y con la arrogancia de un hombre que está acostumbrado a mandar y a que le obedezcan siseó:

—Cuide su lengua, señorita Crawford. Si me siento ofendido, usted y sus dos amigas saldrán de mis tierras en menos que canta un gallo, y le aseguro que los caminos hoy en día no son lugar para que deambulen mujeres solas, aunque sean del siglo XXI. —Se burló al decir aquella última frase.

—Mire... me callaré todo lo que me ronda por la cabeza por...

—Sí, mejor cállese —asintió él.
—Después de que se calle usted.
—Le gusta decir siempre la última palabra —se quejó aquel.
—Por supuesto, no lo dude.
Como un toro de Miura a punto de salir del corral, Montse le miró. Le quería ahogar. No... mejor asesinar, pero optó por marcharse tras decir la última palabra. Una vez se quedó solo en la cocina, Declan sonrió, y mirando al perro susurró tocándole con afecto en la cabeza:
—Me alegro de que estés bien, *Fitz*, pero cuanto antes se aleje esa loca de Maud, de ti y de todos nosotros, mejor.

Capítulo 23

Con el paso de los días el enfado de Montse pareció aplacarse. Aún recordaba la noche en que le contó la verdad a Declan Carmichael y este, en tono de mofa, la creyó borracha y loca. La marcha a la casa de Fiona estaba programada para la semana siguiente. Eso la alegraba. Alejarse de aquel castillo y especialmente del duque era lo que más deseaba. No soportaba su gesto huraño y engreído cada vez que se cruzaba con ella.

—Vamos a ver, Paris Hilton —susurró Montse en la orilla de un pequeño lago mientras lavaba por partes su andrajosa ropa—. ¿Mañana iremos al mercado de Perth?

—Sí, mi niña. Alaisthar me lo ha prometido.

—Lo que daría yo por una Coca-Cola fresquita en este instante —murmuró Julia restregando su camisa con agua y jabón.

—Pues yo por una lavadora... —se sinceró Montse—. Nunca pensé que lavar a mano fuera un trabajo tan costoso. Tengo las manos destrozadas por esta agua congelada y, mirad, ¡no me queda ni una uña!

—Sí, la verdad es que un poquito de crema con áloe no nos vendría mal —asintió Julia mirándose las palmas.

—*¡Joer!*... me estoy cargando el único tanga que tengo de tanto restregar.

—Pues Cindy, cuídalo, que todavía nos quedan días aquí y nunca se sabe quién te lo puede ver —animó la canaria feliz.

—¡Será cochinona! —se escandalizó Julia al escucharla.

En ese momento llegaron hasta ellas Edel y Agnes con unos enormes cestos de ropa.

—¡Buenos días por la mañana, lindas! —saludó Juana con su particular sentido del humor.

Las muchachas, divertidas, se acercaron hasta ellas, y tras dejar los grandes cestos, Edel miró a Julia e indicó:

—Norma... la señora Fiona te busca. Dice que desea que la acompañes a visitar a lady Camila para ver sus flores.

—Anda, es cierto. Se me había olvidado —y levantándose dijo a sus amigas mientras se alejaba con las dos criadas—: Me voy, chicas. Volveré más tarde. Hasta luego.

Montse se fijó en los dos grandes cestos de ropa que las muchachas habían dejado junto a ellas y gritó:

—Eh... olvidáis esto.

—No, Cindy... eso es para que lo lavéis —respondió Agnes dándose la vuelta—. Ya sabes, nosotras cocinamos, vosotras limpiáis.

—La madre que las parió —gruñó Montse.

—Serán del siglo XVII, pero de tontas no tienen un pelo —apostilló Juana.

Se miraron incrédulas. ¿Cómo iban a lavar toda aquella ropa ellas solas? Pero después de protestar y maldecir se pusieron a ello.

—Odio hacer esto —se quejó Montse un rato después con las manos congeladas mientras cogía el paño sucio en tonos dorados que utilizaban en la mesa del salón y que Fiona le había contado que era de su abuela—. Pero si se me está cortando hasta la circulación.

—¿Sabes con qué soñé anoche?

—A ver... sorpréndeme.

—Con un rico café en el Starbucks acompañado por un masaje de chocolaterapia.

—Oh, Dios... lo que daría yo por un buen masaje descontracturante —murmuró Montse mientras restregaba el paño con el tosco jabón para quitarle las manchas—. Con todo lo que estoy pasando aquí, estoy segura de que debo estar plagadita de nudos en mi interior.

—Sí... no estaría mal —dijo Juana sonriendo—. Pero ¿sabes qué?

—¿Qué?

—Que no disfruté del sueño porque allí no estaba Alaisthar.

—Venga ya, mujer, ¿me tengo que creer que ese pelirrojo te gusta tanto?

—Sí.

—¿En serio?

—Te lo juro —asintió con un gesto que atrajo la atención de su amiga—. Nunca nadie me había tratado con la delicadeza y el encanto con que él lo hace. Pero ¿sabes?... Me gustaría que se lanzara y...

—Vaya... vaya... alguien está más caliente que mi horno, ¿no? —se mofó Montse.

—Sí. Lo admito. Pero es que nunca me había pretendido un tío como Alaisthar. ¿Cómo no pensar en algo más que un simple paseo?

Sorprendida por aquello Montse se carcajeó, pero al hacerlo soltó el paño y este comenzó a alejarse en el lago.

—Mecachis en la mar... ¿y ahora qué?

—Habrá que meterse a por él, ¿no? ¿O vas a dejarlo ahí? —rio la canaria.

El paño se alejaba ondulando en el agua del lago.

—Pero ¡si hace un frío que pela! —se quejó Montse.

—Tú verás. Pero ese tapete o lo que sea es una reliquia de la familia de Fiona.

Malhumorada, Montse finalmente se metió a por el paño, nadó hasta él y dos segundos después estaba de nuevo junto a su amiga tiritando de frío.

—Regresa al castillo y cámbiate de ropa.

—Pero ¿qué me pongo si no tengo nada? —se quejó Montse mirándola.

—Dile a Edel que te deje algo. Estoy segura de que lo hará encantada. Venga... ve y yo termino esto. Si sigues aquí vas a pillar una pulmonía.

Consciente de que su amiga tenía razón, Montse cogió el cesto de ropa que ya habían lavado y se marchó hacia el castillo. Al entrar en la cocina Agnes la vio y gritó:

—Pero ¿qué ha pasado?

—Me caí al lago —respondió Montse sin querer dar más explicaciones—. Agnes, necesitaría algo de ropa seca. ¿Edel está por aquí para que me deje algo?

—Voy a avisarla —contestó esta con rapidez, y mirándola dijo—: Ponte al lado del fuego y entrarás en calor. No es bueno caer en las aguas con este tiempo.

Dicho esto la muchacha salió de la cocina dejándola sola, empapada y tiritando. Sin pensarlo dos veces se desabrochó la falda, que pesaba una barbaridad, y esta cayó al suelo. Cogió un paño limpio y se lo anudó alrededor de la cintura.

«Vaya... qué minifalda más mona me he agenciado», pensó divertida.

Minutos después llegaron las dos criadas, y al verla de aquella guisa Agnes rápidamente murmuró:

—Pero, Cindy, por el amor de Dios, ¿qué haces en paños menores?

—¿Paños menores? Pero si a esto en mi pueblo se le llama minifalda.

—Mini ¡¿qué?! —susurraron aquellas; en ese momento entró Juana con el otro cesto y, al ver a su amiga, señaló divertida:

—Pero ¡qué mini más ideal! ¿De dónde has sacado la tela?

Montse fue a contestar, pero en vez de ello estornudó. Sin perder tiempo, Edel le entregó un montículo de ropa doblada y dijo:

—Ve a cambiarte o enfermarás.

Sin decir nada más, Montse se dio la vuelta para marcharse cuando se encontró de bruces con Declan, que bajaba a la cocina. Al ver cómo el duque le miraba las piernas y subía para arriba se sonrojó, y sin decir nada se encaminó hacia su cuarto donde finalmente se cambió.

Capítulo 24

El problema de caer a las aguas de cualquier lago a finales de octubre es que te aseguras un buen resfriado. Y eso fue justamente lo que se cogió Montse. A la mañana siguiente se encontraba fatal y la fiebre le subió como nunca.

—Ay, Dios, ¡lo que daría yo ahora por un ibuprofeno y un café de Colombia cargadito! —susurró con desesperación.

—Pues lo siento, reina. Aquí solo te puedes curar con calditos calientes, sudar en la camita y poco más —respondió Julia tocándole la frente—. Por lo tanto, vas a ser una buena paciente y te vas a quedar aquí en la camita durante todo el día de hoy.

—Si al menos tuviera televisión o el portátil para entretenerme sería agradable. Podría hablar con los amigos de Facebook y pasar un rato divertido.

—Cierra el pico, quejicosa —dijo Juana sonriendo.

—Pero ¿qué hago todo el santo día mirando el techo justo cuando todos vais a ir al mercadillo de Perth? —se volvió a quejar.

—Dormir, descansar. ¿Te parece poco? —le reprendió la canaria.

—Para una cosa curiosa y emocionante que puedo visitar, voy y me pongo enferma, ¡manda narices! —se quejó, y Julia, acercándose a ella, le dijo:

—No te preocupes, el mercadillo es cada quince días, y según me ha comentado Fiona, siempre van. Podrás visitarlo la próxima vez.

—Ah, y tranquila —sonrió Juana—. Conozco tu talla y lo que te gusta. Prometo comprarte algo que te quede bien y te guste. Y recuerda, Agnes no va al mercadillo. Si quieres algo solo tienes que pedírselo a ella, ¿vale?

Diez minutos después, sus amigas se marcharon y la dejaron sola en la habitación. Las primeras horas de la mañana las pasó durmiendo y sudando. Pero a media mañana ya no conseguía dormir y se comenzó a desesperar. Se tocó la frente y ardía. Pero necesitaba hacer algo, entretenerse con alguna cosa o se iba a volver loca. Se levantó, y echándose por encima la humilde pero limpia batita azul que Edel le había dejado, miró por la ventana y se sorprendió al no ver a nadie en los alrededores.

«Estoy sola. Todo el mundo se ha ido a Perth», pensó malhumorada.

Durante un buen rato miró por la ventana, hasta que de pronto se le iluminó el rostro. ¡La biblioteca! Si iba allí con seguridad podría escoger un libro y por lo menos entretenerse. Anudándose la bata a la cintura y recogiendo su pelo en una coleta alta, abrió la puerta de su habitación y salió al oscuro pasillo descalza. Llegó a la cocina con la esperanza de ver a Agnes, pero allí solo encontró el caldero hirviendo con caldo.

Decidida a ir a la biblioteca, Montse comenzó a subir por la escalera que la llevaban a la planta superior. Una vez allí sacó la cabeza por la esquina y miró a ambos lados. No había nadie. Con seguridad todo el mundo, incluido el duque, se había ido a Perth. Por ello, y con tranquilidad, deambuló hasta llegar a la puerta de la biblioteca, la abrió y entró.

—Uf... qué gustito —susurró al pisar una enorme alfombra que le calentó los pies.

Se quedó boquiabierta por las grandes estanterías de libros que veía ante ella, no se fijó que en el lateral derecho, junto al enorme hogar y sentado en un sillón oscuro de cuero, Declan Carmichael levantaba la cabeza para ver quién entraba. Se quedó tan sorprendido al verla allí de aquella guisa que decidió callar y observar.

Durante un rato Montse curioseó por la gran librería hasta que se paró ante una de las estanterías. Con mimo leyó y tocó varios libros hasta que uno captó su atención y, sin dudarlo, lo cogió. Se llamaba *El ala rota*.

«¿Esta extraña mujer sabrá leer?»

La joven asió otro llamado *El decoro de amar*. Sin saber que era observada se sentó en el suelo, sobre la mullida alfombra, y apoyándose en la librería comenzó a hojearlo.

Durante más de veinte minutos el duque la estuvo observando en silencio. Creía que se había marchado con el resto a Perth. ¿Qué hacía allí? Sentada y abstraída pudo admirar su gentil perfil y su bonito pelo castaño. Incluso sonrió al verla gesticular ante lo que debía estar leyendo. Le gustara o no aquella muchacha, era la única mujer que había tenido el valor de encarársele. Ninguna lo había hecho hasta el momento. Su difunta esposa Isabela fue una joven tierna y dulce que durante los tres años que estuvieron desposados jamás le levantó la voz. Pero aquella mujer que ante él parecía frágil y delicada era en el fondo terca y valerosa. Algo que siempre había admirado de las mujeres, pero que nunca quiso para él.

Un estornudo de Montse le hizo volver a la realidad. ¿Estaría enferma? Pero no quería espantarla ni que se marchara de allí. Tenerla allí sentada, callada y abstraída por la lectura le resultaba agradable al tiempo que desconcertante. Sabía que en cuanto ella se percatara de su presencia, su dulce rostro se crisparía y en segundos ambos estarían con las lanzas en alto. Pero cuando ella volvió a estornudar y una fea tos salió de su garganta lo confirmó. Estaba enferma y para su gusto poco abrigada. Por ello, y para no asustarla, intentó modular su voz.

—¿Qué hacéis andando descalza por el castillo con la tos que tenéis? —preguntó.

Al escuchar aquella voz Montse se paralizó.

«Mierda. Pero ¿por qué me tengo que cruzar ahora con este?», pensó horrorizada.

Cerró el libro con un sonoro golpe y se levantó. Al hacerlo se mareó. Se había levantado demasiado rápido. Declan, alarmado al ver que ella se tambaleaba hacia atrás y se frenaba con la estantería, en dos zancadas se puso junto a ella y la agarró por el brazo.

—¿Qué os ocurre? —preguntó.

Sin poder evitarlo, Montse estornudó sobre la chaqueta oscura de este. Avergonzada, susurró tapándose la boca mientras limpiaba la chaqueta con el pañuelo que llevaba en la mano:

—Ay, Dios mío de mi vida y de mi existir, ¡lo siento!

Inexplicablemente para ambos él sonrió, y en un tono de voz que Montse nunca había escuchado murmuró:

—No se preocupe. No creo que uno estornude cuando quiere, si no cuando el estornudo necesita salir.

«Anda... hoy don Mala leche está chisposo», pensó ella mirándole.

Sin dejar que contestara la guio hacia donde él estaba sentado, le indicó que tomara asiento en el sillón que estaba frente al suyo y dijo:

—Acomódese aquí. Creo que estará más cómoda que en el suelo.

—Gracias por su amabilidad, pero creo que es mejor que me vaya. Yo solo vine a tomar prestado un libro y...

—¿Ya quiere huir de mí? —preguntó con una extraña sonrisa en la boca que hizo que a Montse le subiera más la fiebre.

—Yo no huyo de nadie —respondió confundida—. Si me voy es por no molestar.

—¿Y quién ha dicho que esté usted molestando?

—dijo sorprendido al sentir que no quería que se marchara.

—Nadie —contestó ella con sinceridad. Eso a él le gustó.

Después de unos segundos en que solo se escuchó el crepitar del fuego, Declan, mirándole a los ojos, preguntó:

—¿Por qué no ha ido usted a Perth con todos?

Montse, tras soltar un nuevo estornudo que esta vez paró llevándose el pañuelo a la boca, respondió con una voz bastante tomada.

—Tengo un trancazo del quince y eso me ha impedido ir.

—¡¿Trancazo del quince?! —preguntó Declan sorprendido—. ¿Qué enfermedad es esa?

Escuchar aquello consiguió que una risotada despreocupada saliera de la garganta de Montse. Al ver cómo la miraba, aclaró con una amplia sonrisa:

—Estoy resfriada y tengo algo de fiebre, por eso no he podido ir.

—Pero ¿qué es eso del trancazo del quince? —preguntó él divertido.

—¡Bah! Es una expresión que utilizamos allá donde yo vivo.

Declan asintió y observándola sonrió y dijo:

—No me extraña que tenga usted ese *trancazo* si viste como cuando la vi ayer en la cocina. ¿Dónde iba usted tan indecente?

Al recordar aquel desastroso momento, Montse se llevó la mano a la frente, movió la cabeza a los lados y sonrió. Aquella sonrisa tan sensual, tan relajada, hizo que a Declan se le secara la boca.

—Acababa de llegar del lago. Tuve que meterme en él para coger algo y cuando llegué a la cocina la falda pesaba tanto y tenía tanto frío que no dudé en quitármela. —La escuchó sorprendido mientras ella con un curioso gesto bromeaba—: Si llega usted a entrar unos segundos antes, le aseguro que mi aspecto sin esa pequeña falda que me puse le hubiera resultado más indecente aún.

Declan soltó una carcajada que le sorprendió hasta a él mismo, y más cuando la muchacha añadió:

—Y aunque no me crea y piense que estoy loca o le pego al whisky, de donde yo vengo, el siglo XXI, las faldas son así, incluso más cortas.

Incapaz de enfadarse con ella y sus absurdas ideas él le siguió la broma.

—Siento mucho no conocer ese siglo para ver con mis propios ojos lo que usted dice. Parece interesante.

Con una relajada sonrisa Montse le miró y respondió:

—Si le soy sincera, no creo que le gustara.

—¿Por qué? —preguntó él con curiosidad.

—Porque el mundo es tan diferente de lo que usted conoce que se sentiría hasta mal. En cambio para mí su mundo, aunque añoro muchas cosas, es fácil de entender, incluso de vivir. —Y para hacerle sonreír dijo—: Ah... por cierto, y esto se lo digo como curiosidad, la mujer en mi época ha tomado una relevancia que aquí aún no tiene.

—Explíqueme eso —pidió él acomodándose.

Subiendo los pies al sillón y sentándose como un indio para meter sus desnudos pies bajo la bata, ella comenzó a contarle todo lo que él le preguntaba. Con seguridad no creería nada, pero el poder charlar un rato al lado del hogar le gustó.

—En mi siglo yo le llamaría Declan y usted a mí Cindy. —Él sonrió—. Las mujeres llevamos falda larga, corta, pantalones, bermudas, todo lo que se nos antoje. Somos libres de decir, hacer y proponer lo que deseemos. Ah... y no está mal visto quedarse soltera. No, por Dios... eso es una maravilla. —Rio sorprendiéndole—. Incluso, aunque no lo crea, damos el primer paso si un hombre nos gusta y queremos tener relaciones sexuales con él.

Aquello sorprendió a Declan, que susurró:

—¿Y qué me decís del decoro y la dignidad?

—El decoro y la dignidad siguen existiendo en los valores de la persona, pero los tiempos avanzan, y ante todo los hombres y mujeres estamos aprendiendo que somos personas. No le voy a negar que aún existe cierto machismo en ciertas cosas o puestos, pero poco a poco las mujeres vamos consiguiendo posicionarnos donde debemos estar. Donde nos merecemos.

Divertido por las locuras que contaba, el duque preguntó:

—¿Quiere llamarme Declan y tutearme, señorita Crawford?

Con una sonrisa de sorpresa ella respondió:

—Me encantaría, porque esto de hablarle de usted se me hace cansado y tremendamente difícil. Pero siempre y cuando a usted no le moleste y me tutee también, y, por supuesto, siempre que mañana cuando se enfade por a saber Dios qué, no decida que debo volver a llamarle *señor*.

Inexplicablemente para Declan, la conversación con aquella mujer le estaba gustando, y aunque no creía ni una palabra de lo que decía, sintió que disfrutaba de su compañía y, en especial, de su genialidad. Incorporándose para acercarse a ella, extendió su mano y susurró:

—Así sea, Cindy.

Echándose hacia delante en el sillón, Montse se la cogió y sonrió.

—Trato hecho, Declan.

Aquella intimidad entre ellos, la quietud del momento, la tranquilidad y el crepitar anaranjado del fuego, hizo que ambos se miraran a los ojos. Allí estaba la mirada con la que ella había soñado durante años. Allí estaban los ojos que en sueños la habían perseguido. Allí estaba él.

Declan, hechizado por el ingenio y la belleza de la joven, incapaz de soltarle y menos de retirarse, deseoso de ella, le susurró:

—Cindy, en esa época de la que hablas, en un momento como este, ¿qué harías?

«Te besaría... eso está más claro que el agua», pensó.

Y sin pensarlo se estiró, acercó sus labios a los de él y le besó. Fue un beso corto, nada profundo ni desgarrador. Pero lo suficientemente pasional como para que ambos sintieran mariposas y elefantes corriendo en su interior. Declan, confundido e impresionado por aquello, separándose de ella unos milímetros, murmuró justo en el momento en que ella estornudaba.

—Estás ardiendo, Cindy. Creo que tu calentura está subiendo.

«No lo sabes tú bien...», pensó descolocada.

Pero llevándose las manos a la frente y bajando los pies del sillón balbuceó acalorada:

—Uf... ¡qué calor! Creo... creo que debo regresar a mi cuarto.

—Sí... será lo mejor —asintió él sin saber si quería realmente que se fuera—. Le diré a Agnes que te lleve un caldo y paños de agua fría para bajarte la calentura.

Al verle tan aturdido y escuchar lo que decía, sin querer sonrió, pero mirándole dijo:

—Declan, ¿me puedo llevar estos dos libros a mi habitación para leerlos? —Al ver cómo la miraba susurró con una sonrisa tonta—: Prometo cuidarlos y dejarlos en su sitio cuando los termine.

A cada segundo que pasaba aquella mujer le desconcertaba más. De pronto quería conocer a Cindy y saber más de ella. Deseaba cogerla en brazos y llevarla hasta la cama para que no pisara el frío suelo. Pero recomponiendo su fachada respondió con afabilidad.

—Por supuesto, Cindy. Léelos y ya me dirás qué te parecen.

—Gracias.

Sin hablar nada más y como en una nube, Montse llegó hasta la puerta de la biblioteca, y tras abrirla, se volvió y con una bobalicona sonrisa que no pudo reprimir murmuró:

—Me ha encantado hablar contigo, Declan.

Y sin más, se marchó. Como si le hubieran metido un petardo en el culo, Montse corrió hacia su habitación, donde al meterse en la cama susurró:

—Maldita sea, Cindy Crawford, ¿por qué le has besado?

Capítulo 25

En el mercado de Perth, el nutrido grupo recién llegado del castillo de Elcho se dispersó. Por un lado fueron los hombres y criados en busca de suministros y por otro Fiona, las muchachas, Alaisthar y la pequeña Maud.

En uno de aquellos puestos esta se encaprichó de una pulsera a juego con unos pendientes en tono claro. Sin pensarlo y a escondidas, Alaisthar, por orden de Declan, lo compró. Aquello sería un perfecto regalo de cumpleaños. Fiona le compró un corte de tela para hacerle un bonito vestido y Edel, como regalo de todos los que trabajaban en Elcho, le compró unos bonitos zapatos.

Alaisthar, feliz por haber realizado el mandado que su amigo y *laird* le había ordenado, se centró completamente en la joven Paris Hilton. Aquella minúscula y morenita joven de expresiones extrañas que desde el primer momento le había robado el corazón.

—Decidme, Paris, ¿os agrada algo de lo que veis? —preguntó el *highlander* apartando a unos hombres para que no se chocaran con ella.

—Uf... mi niño. Agradarme... agradarme, me agradan muchas más cosas de las que crees —rio aquella guiñando un ojo a Julia, que al escucharla miró hacia otro lado.

El *highlander*, que nunca había estado así de atento con ninguna mujer, asiéndola del codo la alejó del grupo y la llevó hasta el puesto de un conocido. Allí había alhajas en plata para las mujeres. Agachándose le susurró al oído:

—Escoged un regalo.

—¿Yo?

—Sí, vos.

—Ay, Alaisthar... te he dicho mil veces que me llames de tú.

—Lo sé, mi niña —dijo haciéndola reír—. Pero se me olvida. Venga, Paris, escoge un regalo.

Nerviosa como nunca en su vida lo miró. Todavía no entendía que un hombre como aquel, tan apuesto, estuviera siempre tan pendiente de ella.

—Pero ¿por qué?

—Os lo merecéis. —Al ver su gesto, con una encantadora sonrisa se corrigió—: Te lo mereces por ser tan encantadora y bonita.

Conmovida por aquellas palabras, Juana se sonrojó y susurró:

—Gracias, Alaisthar, pero yo no soy precisamente bonita. Puedo ser simpática e incluso algo alocada en ocasiones, pero bonita... lo que se dice bonita, sé que no lo soy.

—Estás muy equivocada, Paris —sonrió él.

—Vamos a ver —dijo Juana separándose unos metros—. ¿Me ves?

Paseando su azulada mirada por el cuerpo de ella, él asintió y ella prosiguió:

—Alaisthar, soy bajita, no alta ni estilizada como las mujeres que suelen gustar a los hombres —y señalándole continuó—: Mírate tú. Tú eres un *highlander* imponente y lindo, con un precioso y sexy pelo rojo y unos ojos claros que, uf... quitan el sentido. Eres la clase de hombre que nunca se suele fijar en una mujer como yo. ¿Acaso no lo ves?

Al escuchar aquello el hombre se sorprendió. ¿Cómo podía pensar Paris aquello cuando para él era la mujer más preciosa de cuantas había conocido? Por eso, acercándose a ella se agachó y levantándole el mentón le susurró:

—No sé lo que les gusta a otros hombres, pero sí sé lo que me gusta a mí. Y yo, Alaisthar Sutherland, afirmo que eres la mujer más preciosa, linda, lista y divertida con la que he tenido el honor de cruzarme en la vida. Y por ello, y por muchas cosas más, me harías muy feliz si me dejaras obsequiarte con algo del puesto de mi amigo Ralf.

—Madre del amor hermoso... esto es lo más romántico que me ha pasado nunca en la vida —susurró la canaria, y sin importarle la gente de su alrededor se tiró a sus brazos y le besó.

Sorprendido por aquella efusividad, Alaisthar la agarró y por fin devoró aquellos labios que llevaba deseando desde el día que la conoció. Si bien aquella mujer era menuda, en su cabeza y en especial en su corazón en pocos días había ocupado todo su espacio.

Como la protagonista de *Pretty Woman*, así se sintió Juana cuando él acabó aquel tierno beso, sonrió y la soltó en el suelo.

—Ahora que sabes lo que siento por ti. —Ella asintió atolondrada y él insistió—: ¿Podrías elegir un regalo para que podamos marcharnos de aquí?

Divertida por el apuro que veía en los ojos de Alaisthar debido a las miradas de todos lo que estaban a su alrededor, la joven miró el puesto y tras señalar una pulsera de brillantes piedrecitas grisáceas con una A en el centro, la cogió y susurró:

—Alaisthar Sutherland, gracias a ti mi estancia en estos lugares va a ser tremendamente interesante.

Como la mayoría de las veces él no entendió el significado de aquella frase, pero sacando unas monedas del bolsillo de su pantalón se las entregó a su amigo Ralf y se marcharon. Poco después se volvieron a unir al grupo de las mujeres, y Maud al ver a Alaisthar corrió para que él la cogiera. Estaba cansada.

—Mira lo que tengooooo —le cuchicheó Juana a su amiga.

Julia, al ver que esta le enseñaba una bonita pulsera, preguntó sorprendida:

—¿Con qué dinero te la has comprado?

—Me la ha regalado *mi* Alaisthar —dijo con una inquieta sonrisa.

Julia, al escucharla, la cogió del brazo y susurró:

—Creo que ese pelirrojo es un buen hombre.

—Sí... demasiado —musitó Juana mirando cómo jugaba con Maud.

—No me digas que te estás colgando de él. —La canaria asintió y Julia escandalizada por aquello, se paró y gruñó—. ¿Tú estás tonta o qué? Te recuerdo que esto es algo circunstancial, o eso quiero pensar yo, y que no vas a vivir aquí para siempre. ¿Por qué enamorarte de un hombre que sabes que no puedes tener?

Consciente de que lo que su amiga decía era verdad, la canaria quiso contestar, pero por primera vez en su vida no supo qué decir. Aquello era como un sueño surrealista que tarde o temprano terminaría, y con aquel sueño Alaisthar desaparecería de su vida.

—Ay, Dios... tienes razón, pero es que me dice cosas tan... tan románticas que sinceramente a mí es que se me caen las bragas al suelo. Hoy mismo me ha dicho que soy bonita, divertida y que le gusto. Pero, por Dios, si a mí lo más agradable que me ha dicho un tío es «eres mona». ¿Mona?... vamos, decir eso a una mujer como yo es como decirle «mira, chata... eres un callo malayo» —cuchicheó poniendo los ojos en blanco y divirtiendo a su amiga—. Los hombres que se suelen fijar en mí a mí no me gustan, y oye, una también tiene sus deseos, sus aspiraciones, y Alistar... es... es... tan diferente que... ¡Hoy me ha besado!

Bueno... le he besado yo y él me ha respondido. Y, ay, mi niña... no sabes lo bien que besa y el morbazo que he sentido en ese momento. Porque yo he...

—¡Cállate, por Dios! que soy una mujer casada y en período de abstinencia total. —Julia se tapó la boca para no reír—. ¿Sabes lo que te digo?

—¿Qué?

—Disfruta el momento pero mentalízate de que esto tarde o temprano acabará.

Juana, volviendo su mirada hacia Alaisthar, que jugaba con Maud, sonrió encantada. No pensaba desaprovechar ni un solo segundo con él. En ese momento él la miró y le guiñó el ojo. Sin pensarlo ella le tiró un beso.

—Por todos los santos, Paris —le regañó Fiona al pasar por su lado—. No seas tan descarada con los hombres. Ya bastante encendido tienes a Alaisthar como para que encima le caldees más.

—Vaya, Fiona... veo que no se te escapa una.

Volviéndose hacia ella la mujer de pelo canoso le guiñó el ojo y, bajando la voz, murmuró haciéndolas reír:

—Nunca olvides que yo también soy mujer y fui joven.

Capítulo 26

Al día siguiente de lo ocurrido en la biblioteca Montse se encontraba peor. La fiebre le subió más y no tenía fuerzas ni para hablar. Declan, informado en todo momento por cualquiera de la casa de cómo se encontraba la muchacha, retuvo sus impulsos de bajar a la zona de servicio a verla. Aquello daría mucho que hablar. Pero pasados dos días sin saber nada de ella, su impaciencia creció. Quería verla aunque fuera para discutir con ella. Por ello, y aunque no bajó, ordenó, para sorpresa de todos, que le llevaran una buena manta y un bonito ramo de flores.

—Buenos días —saludó la criada al entrar en la habitación de las mujeres.

Montse, feliz por encontrarse mejor, tarareaba distraídamente una canción: «Esperaré a que sientas lo mismo que yo, a que a la luna la mires del mismo color...».

—Buenos días, Edel —respondió Julia mirándola con curiosidad.

—Traigo estas flores para Cindy —indicó aquella mientras escuchaba cómo la joven cantaba distraída.

Al escuchar aquello, la aludida dejó de cantar y sorprendida preguntó:

—¿Para mí?

—Ejem... ejem... Creo que alguien ha ligado —se burló Juana.

—Sí, tú con el padre de tus futuros hijos —contestó

Montse mirándola—. Por cierto, la pulsera que te ha regalado es una preciosidad.

—¡A que sí! —chilló encantada Juana mientras tocaba la joya—. Es más monooooooooo.

Montse, que ya se encontraba mejor y que no había contado nada de lo ocurrido a sus amigas, miró las flores con gesto desconcertado y preguntó mientras se vestía y sentía que su corazón latía desbocado:

—Edel, ¿de verdad que son para mí? —La criada asintió y Montse cogió encantada el jarrón de cristal oscuro donde venían. Como era de esperar no encontró ninguna nota.

—¿Quién envía las flores, Edel? —cotilleó Julia.

—El *laird* Carmichael —respondió la criada—. Sus palabras textuales fueron: «Llevadle el cubrecama y estas flores a Cindy y transmitidle mis mejores deseos para que se recupere cuanto antes».

—¡Ay, qué lindooooooooooo! —suspiró Juana dando un codazo a su patidifusa amiga, que al escuchar aquello sintió un extraño calor recorriéndole todo el cuerpo. Apenas había podido dejar de pensar en lo ocurrido en la biblioteca y, sobre todo, en su voz ronca y sus ojos pasionales cuando ella le besó.

—Oye, pues es un detalle —dijo Julia ajena a todo—. Quizá con esto él se esté disculpando por todo lo borde que ha sido contigo y por fin fuméis la pipa de la paz.

—Para que eso ocurra, siento deciros que ese Carmichael tiene que echar más horas de trabajo que el maquillador de Marujita Díaz —respondió Montse dejando las flores sobre una mesa de madera.

Pero un extraño regocijo le recorrió el cuerpo al aspirar el perfume de una flor. Aquel detalle le llegó directamente al corazón y, con una media sonrisa, se marchó a la cocina, donde ayudó a Edel a cocinar. Ese día se libraba de limpiar.

Días después, una tarde en que Montse terminó sus quehaceres fue a la habitación de Maud con el pequeño *Fitz* escondido para jugar con ella. El día era lluvioso y no invitaba a salir. Durante horas la joven, la niña y el perro se divirtieron de lo lindo jugando. Montse le había enseñado unos trucos al animal en su tiempo libre y estos conseguían que la niña, maravillada, soltara enormes risotadas.

Precisamente fue aquello lo que llamó la atención de Declan. ¡Su hija riendo! Por eso al pasar junto a la habitación de la pequeña abrió con cuidado la puerta para observarla, y se sorprendió al ver a su hija junto a Cindy y el perro, que se revolcaba por los suelos mientras estas reían. Durante un rato observó a la pequeña; verla tan feliz y tan sonriente era algo a lo que no estaba acostumbrado y eso, de pronto, le emocionó. Sabía que no había sido justo con ella, pero cuando Isabela murió, ver a la niña le partía el corazón. Por ello la dejó a cargo de su madre mientras luchaba por su patria. Pero algo había cambiado y, le gustara o no, se lo debía a Cindy.

De pronto el animal se paró y miró hacia la puerta. Al ver al duque observándolas, Montse se alertó.

«Madre mía... la que me va a liar este por traer el perro aquí. Prepárate, Montse, que este te va a decir de todo menos bonita», pensó tras suspirar.

Al verse descubierto, Declan, sorprendiéndolas, preguntó:

—¿Puedo pasar?

Maud, acobardada, miró primero a la joven y luego al animal, y cogiéndole entre sus manos asintió. Montse, al ser consciente de ello tomó fuerzas, y en un tono jovial y alegre respondió dispuesta a cargar con una nueva bronca.

—Por supuesto, señor, está en su casa.

Para asombro de Montse y Maud, una vez dentro de la

habitación Declan se sentó junto a ellas en el suelo y preguntó:

—¿De qué os reís? Vuestras carcajadas se escuchan en todo el castillo.

La pequeña Maud miró atónita a su padre y susurró bajando la mirada al suelo:

—Discúlpanos, padre. No queríamos molestar.

Horrorizado por primera vez en su vida al ver cómo la alegría de su hija desaparecía al aparecer él, Declan la cogió de la barbilla, le hizo levantar el rostro hacia él y en un tono aterciopelado que a Montse le puso la carne de gallina dijo:

—Maud... me encanta escucharte reír porque tienes una risa preciosa. Y quien ha de disculparse soy yo contigo por no haber estado más pendiente de lo que necesitabas. Pero te prometo que a partir de ahora todo cambiará.

La niña miró a la joven sorprendida. Su padre nunca había sido tan amable con ella. Montse, al ver el desconcierto de la pequeña, para animar el momento aplaudió y exclamó:

—Pero ¡eso es estupendo! Tu papi y tú volvéis a ser un equipo.

—¡¿Equipo?! —preguntaron al unísono la niña y el padre.

Aquello sin querer les hizo sonreír a los tres y la pequeña dijo:

—Cindy, a veces dices cosas muy extrañas. ¿Qué es un equipo?

Aturdida por la mirada juguetona del duque sobre ella, tras suspirar e intentar mantener el control respondió:

—Tienes razón, Maud... a veces digo cosas muy raras. Pero ¡es que yo soy rara! —Todos volvieron a reír y Montse aclaró—: Donde yo vivo, un equipo es cuando dos o más personas luchan por conseguir algo en común.

En vuestro caso tu papi y tú lucharéis toda la vida para quereros y entenderos, ¿verdad?

—Sí —asintieron ambos tras mirarse.

—¿Y tú eres de nuestro equipo, Cindy? —quiso saber la pequeña.

Aquella pregunta dejó tan descuadrada a Montse que no supo qué contestar. No debía hacer que la niña se ilusionara. Ella tarde o temprano se marcharía. Declan, al ver que la niña miraba a la joven y que esta no contestaba, respondió:

—Por supuesto que es de nuestro equipo. ¿Acaso lo dudas, Maud? —La cría sonrió—. Y para que el equipo crezca he pensado que *Fitz* se podría unir también a él. ¿Qué te parece, pequeña?

—¿En serio? —preguntó la niña con los ojos muy abiertos.

—Sí, Maud... sí. Puedes tenerlo contigo siempre que quieras... siempre —contestó aquel.

Montse, al ver el esfuerzo que él hacía por acercarse a su hija murmuró:

—*Señor...* eso es lo más alucinante que le he escuchado decir desde que estoy aquí. Estoy segura de que nunca se arrepentirá de ello.

Al escuchar aquello Declan deseó besarla. La miró con tal intensidad que a Montse, para romper aquella tensión entre ellos, solo se le ocurrió decir:

—Princesa, enséñale a tu papi el juego que te he enseñado. ¡Seguro que le ganas!

La cría, tras soltar una risa, miró hacia el hombre con ojos chispeantes y dijo:

—Cindy me ha enseñado un juego.

—¿En serio?

—Oh, sí... y es muy buena en él —apostilló Montse con gesto divertido.

—Ven, papi, te lo enseñaré.

—¡¿Papi?! —preguntó sorprendido, pero al ver el gesto de su hija dijo haciéndola sonreír—: Me encanta que me llames papi, Maud... me encanta.

«¿Papi?», pensó Declan. Le encantaba escuchar aquel término tan íntimo y afectivo. Por ello, y ante la vivacidad de la pequeña, se acomodó a su lado mientras su hija le decía:

—Los dos tenemos que poner las palmas de las manos hacia arriba, y sin dejar de mirarnos a los ojos, tienes que chocar tu palma con la mía o yo con la tuya. Pero ojo, papi, el juego es conseguir quitar las manos antes de que tu contrincante te dé en ellas.

Durante unos minutos la niña y su padre jugaron y rieron. Montse se mantuvo al margen, y apoyando su espalda en la cama, observó a aquellos dos disfrutar el momento. Era increíble la facilidad de adaptación de un niño para amoldarse a cualquier situación, y en especial para olvidar el pasado. Maud le estaba dando una lección a su padre y Montse esperaba que Declan se diera cuenta y no lo olvidara. En ese momento parecía como si el muro invisible que había existido entre ellos nunca hubiera estado allí.

—¡He vuelto a ganar, papi!

—Me rindo, Maud —rio aquel encantado—. Creo que Cindy te ha enseñado demasiado bien a jugar a esto.

—Señor... su hija es muy rápida aprendiendo —contestó divertida.

—¡*¿Señor?*! —preguntó él levantando una ceja, y ella sonrió.

—Voy a por galletas a la cocina para todos —dijo de pronto la niña saliendo de la habitación seguida por *Fitz* y dejándolos solos y sentados en el suelo.

Nerviosa por aquella intimidad, Montse se rascó la cabeza y se alejó unos centímetros. Él, al ver su incomodidad, volvió a preguntar:

—¡¿*Señor*?! Ya no me tuteas.

—Vale... vale... —rio ella.

—¿Te encuentras mejor de tu indisposición?

—Sí. La verdad es que ya me vuelvo a encontrar bien, pero reconozco que el otro día estaba chunga, pero chunga.

—¡¿*Chunga*?!

Y entonces ella volvió a hacer lo que a Declan le paraba el corazón. Volvió a sonreír llevándose la mano a la cabeza. Aquella sonrisa cargada de sensualidad le volvía loco. Pero ajena a lo que pensaba esta aclaró:

—«Chunga» significa «mala». En mi caso lo he utilizado para decir que estaba bastante mal. Estaba chunga.

Clavando sus inquietos ojos en ella él asintió. Miró aquellos labios y, aun sin besarlos, los sintió. El ansia por saborearlos hizo que acercara su cara a la de ella y a escasos metros le susurró:

—Sería *chungo* que yo te besara en este momento.

Atontada por aquello ella negó con la cabeza y Declan la besó. Devoró sus labios como llevaba días ansiando y no le importó nada. Solo ella. Cuando notó que Montse abría la boca y tocó su sedosa y húmeda lengua algo en él explotó. Deseó cogerla en brazos y llevarla a su habitación, desnudarla y hacerla suya. Pero no. No debía hacerlo.

Montse, excitada por aquello, ni corta ni perezosa y ansiando más de él, se le sentó con descaro a horcajadas para poder besarle con más vehemencia. Declan, sorprendido por aquel movimiento tan pasional, soltó un bufido varonil de aceptación. Durante unos minutos se besaron sin pensar en nada más, hasta que escucharon los pasos de la pequeña Maud que se acercaba corriendo. En ese momento Montse volvió a su sitio, y cuando la niña abrió la puerta Declan se levantó y dijo alterado:

—Disculpadme las dos. Hay algo urgente que requiere mi atención.

Dicho esto salió de allí sin mirar a Montse, que lo observó incrédula. Una vez quedaron a solas la niña preguntó:

—¿Hice algo mal con mi papi?

Perturbada por lo que acababa de ocurrir y consciente de cómo la miraba Maud, Montse sonrió, y sentándola a su lado le murmuró:

—En absoluto, princesa, es solo que tu papi tenía cosas que hacer.

Segundos después retomaron los juegos con *Fitz*, aunque la mente de Montse ya no volvió a estar despejada. ¿Qué estaba haciendo?

Aquella noche, tras cenar en la cocina con Colin, Edel y Agnes, Montse estaba inquieta. Desde lo ocurrido por la tarde con Declan en el dormitorio de Maud, solo podía pensar en él. Revivir aquel beso con aquella vehemencia le ponía la carne de gallina y le hacía desear más... mucho más.

«Quieres sexo, Montse... lo sabes. Ese tío con ese beso te ha demostrado lo que te puede dar y estás como loca por probarlo. No lo niegues, no lo niegues... pero olvídalo a la de ¡ya! Eso solo sumaría más problemas a los que ya tienes», se regañó a sí misma mientras observaba la luz que emergía por la ventana de la habitación de él.

—¡Se acabó! Me piro a dormir a ver si dejo de pensar en tonterías.

Pero cuando entró en la cocina, se paró. Ella era una mujer del siglo XXI, independiente, soltera y con libertad para gozar plenamente de su vida sexual. Cerró los ojos un segundo para pensar, y cuando los abrió lo tenía claro: deseaba a Declan Carmichael como llevaba tiempo sin desear a un hombre. ¿Por qué negárselo?

Decidida subió la escalera hasta llegar al salón. Una vez comprobó que estaba vacío se encaminó hacia el siguiente tramo de escaleras. Con cuidado y evitando hacer ruido pasó por delante de las habitaciones de Fiona y Maud hasta que llegó a la de él.

«¿Qué estoy haciendo? ¿Me estoy volviendo loca?», pensó.

Pero el deseo carnal pudo con ella, y sin llamar posó su mano en el tirador de la puerta y abrió. Declan se encontraba apoyado en la chimenea con gesto serio, vestido con una camisa de lino blanco desabotonada y un pantalón claro. Sorprendido por aquella inesperada visita, soltó el vaso de cristal que tenía en la mano y la miró.

No hicieron falta palabras. Sus respiraciones agitadas junto a sus enardecidas miradas hablaron por ellos. Conscientes de su deseo, ambos caminaron en busca del otro y tras abrazarse se besaron con auténtica pasión. En los ojos de ella ardía un desafío, un reto que a Declan le apasionó.

Montse se arqueó al saberse entre sus brazos, mientras sentía bajo sus manos la tersa y cálida piel de él. Exaltada, le quitó la camisa dejándole desnudo de cintura para arriba. La fantasía que llevaba horas fraguando en su cabeza estaba allí entre sus brazos. Caliente y receptivo para todo lo que ella deseara, Declan, arrebatado por la fogosidad de aquella, agudizó todos sus sentidos, y cogiéndola con posesión entre sus fuertes brazos, la llevó hasta su lecho, donde tras morderle el labio inferior con deleite la soltó. Acalorada, Montse se soltó el pelo con un sensual movimiento y sonrió.

—Me enloquece tu sonrisa —susurró él antes de besarla otra vez.

Complacida por aquello y saboreando su boca, Montse se dejó desnudar. Con unos acertados movimientos, Declan le quitó primero el corpiño y después la camisola blanca, que tiró sin preocupación junto al hogar. Desnudos de cintura para arriba, Declan jugueteó con mimo con sus pechos. Le tocó los pezones, se los lamió y cuando la sintió suspirar, con una malévola sonrisa se los mordisqueó, mientras con sus grandes y exigentes manos le desataba la falda y la tiraba hacia un lado.

«Madre mía, cómo me está poniendo este hombre», pensó Montse disfrutando de aquello.

Con una mirada salvaje y altamente irresistible, Declan admiró la entrega de ella. Rodó por la cama para ponerla sobre él, y cuando posó las manos en sus nalgas, se extrañó al encontrar una fina cadenita de eslabones negros.

—¿Qué es esto? —preguntó sorprendido.

Ella sonrió. Declan se refería al tanga en tono violeta y negro que llevaba. Consciente de que él en su vida había visto uno igual, se levantó, y para abrir aún más su hambre por ella, con sensualidad se metió los pulgares por los laterales del tanga, agarró las finas cadenitas e indicó:

—Un tanga.

—¡¿Tanga?! —repitió sonriente observándola.

—Sí. En mi época a esto se le llama lencería femenina. Y es lo que llevamos la mayoría de las mujeres.

Y cuando creía que ya no le volvería a sorprender, Montse vio que él se volvía a fijar en otra cosa y ella se carcajeó al escuchar:

—Por todos los santos, ¿qué te ha pasado en el ombligo? Algo reluciente te cuelga de él.

Alborozada por cómo la miraba, se tocó la luna con un brillantito que resaltaba en su ombligo, y tras acercarse para darle un dulce beso en los labios, le indicó:

—Esto se llama *piercing*. Es un pendiente en el ombligo.

Sorprendido por las cosas que descubría en ella la miró confundido y dijo:

—Pero ¿los pendientes no son para las orejas?

—Sí. Pero como ya te expliqué, en mi tiempo han cambiado mucho las cosas y los pendientes se ponen en cualquier parte del cuerpo. En las orejas, en el ombligo, en la ceja, en la lengua...

—¡¿En la lengua?! —exclamó incapaz de creerlo.

—Sí, en la lengua y en otros sitios que estoy segura que no creerías —rio Montse.

Durante un rato Declan la observó turbado por lo que veía y por lo que oía, hasta que ella, sacándole de sus pensamientos, hizo que la volviera a mirar y preguntó:

—¿Te gustan mi tanga y mi *piercing*?

Excitado, la miró con la boca seca por el deseo, y con una sonrisa indómita asintió y dijo:

—Sí... me agradan. Aunque me gustaría más que volvieras de nuevo aquí, junto a mí. Así podría verte más de cerca el... bueno, lo del ombligo, y podría quitarte el tanga.

Mimosa y deseosa de pasarlo bien con él, con una sensualidad que lo dejó embobado, se acercó a él, y agarrándose a uno de los postes de la cama, se subió con agilidad y le susurró una vez arriba:

—Aquí estoy, Carmichael, ¡quítamelo!

Excitado por aquello, Declan, aún sentado sobre la cama, subió sus manos y agarrando con cuidado las dos cadenitas de aquello que decían que se llamaba tanga, tiró de él. Pero de nuevo se volvió a asombrar al mirar aquel perfecto y minúsculo triángulo con bello castaño que había en el centro de lo que más deseaba. Montse, consciente de que todo aquello era nuevo para él, tras sonreír se sentó sobre las piernas de este y susurró besándole en la oreja:

—Lo que has mirado maravillado lo llamamos depilación brasileña.

Boquiabierto por las cosas que Montse le estaba mostrando, asintió, y cogiéndola entre sus brazos la volteó en la cama, le separó las piernas con las suyas, le introdujo su pene en el interior y tras dar un empellón que la hizo gemir, le susurró al oído:

—A esto yo lo llamo posesión.

Un calor húmedo y salvaje se apoderó de ella mientras alzaba las caderas para recibirle una y mil veces más. Deseaba sentir aquella posesión. Le volvía loca su boca, su olor varonil y su voz cargada de poder cuando le hacía el amor.

Consumido por el momento la tomó con abandono. Desde el primer instante quedó claro que la joven no era virgen, y eso intensificó su ardor mientras ella recibía una y otra vez sus acometidas de pasión. Cuando la sintió temblar bajo él y abandonarse en un gemido placentero, él la siguió, dejando caer su exhausto cuerpo sobre el de ella, tras soltar un gruñido tenso y varonil.

Con los cuerpos ardiendo por la fogosidad, Declan se retiró hacia un lado de la cama para no aplastarla y ella, sudorosa y satisfecha, sonrió.

—Si sonríes así volveré a tomarte de nuevo.

Al escuchar aquello, y con un descaro que le hizo sonreír, Montse le miró y se carcajeó, aunque de pronto su cara cambió, se puso tensa y se sentó en la cama.

—Ay, Dios. ¡Ay, Dios mío! —gritó llevándose las manos a la cabeza.

Alarmado por aquella reacción, Declan se incorporó a su lado y tocándole la espalda agachó su cabeza para mirarla y preguntó:

—¿Qué ocurre? ¿Qué pasa?

—Acabamos de practicar sexo no seguro ¡sin preservativo! Y aquí no existe aún la píldora del día después. ¡Ay, Dios!

—¿Preservativo? ¿Píldora del día después? Pero ¿de qué hablas?

Retirándose el pelo de la cara, Montse le miró y dijo gesticulando:

—La píldora del día después es una pastilla que tomada unas horas después de tener relaciones sexuales sin protección puede evitar un embarazo no deseado. Y el preservativo es una especie de capucha que los hombres se ponen en el pene para no dejar embarazadas a las mujeres, además de proteger de enfermedades de transmisión sexual.

—¿Una capucha? —repitió sobresaltado—. Pero ¿qué monstruosidad es esa?

Incapaz de no reír por la cara con que Declan la miraba, Montse se carcajeó olvidándose de preservativos y demás. Se tumbó de nuevo en la cama y haciéndole recostarse rodó hasta él. Durante un buen rato hablaron de cosas imposibles de creer para Declan, pero que ella, como siempre, defendía con vehemencia. De madrugada y después de hacer en varias ocasiones el amor, Montse se levantó y comenzó a vestirse.

«Anda... el espejo», pensó al ver el espejo que días antes sus amigas le habían comprado en la tienda de antigüedades de Edimburgo.

—¿Adónde vas? —preguntó él sacándola de sus pensamientos.

—A mi cuarto. Estoy que me muero —respondió ella con cara de sueño.

—¡¿Que te mueres?! —Al ver que ella ser reía a carcajadas se tranquilizó, y ella aclaró.

—He querido decir que me caigo del sueño que tengo.

Sobrecogido por su sonrisa, Declan se levantó, e interrumpiéndola en su labor de vestirse, la besó y susurró:

—Puedes quedarte aquí si quieres. Yo estaré encantado de compartir mi cama contigo.

—Gracias. Pero yo me muevo mucho y te molestaría —se mofó separándose mientras él sonreía.

Declan, con una euforia que llevaba tiempo sin sentir, se sentó desnudo sobre la cama y al recordar algo preguntó:

—Cindy, ¿puedo preguntarte algo?

—Claro.

—... recuerdo que una vez mientras discutíamos mencionaste a tu padre. ¿Qué ocurrió con él y tu madre?

—Mi madre murió cuando yo nací y mi padre hace años —contestó escuetamente, pero al ver que él esperaba algo más, suspirando continuó—: El día que recuerdas que discutimos y mencioné a mi padre fue porque... porque no quería que a Maud le pasara como me pasó a mí. Mi padre nunca me quiso, nunca me prestó atención y siempre sentí que solo era una carga para él. No quería que Maud se sintiera no querida y tan sola como me sentí yo. Es una niña fantástica y no se lo merece.

—Pero yo a Maud la adoro. La quiero muchísimo. Nunca la abandonaría.

—Lo sé, Declan. Pero ella no lo sabía. Yo solo he intentado que te dieras cuenta de que ella necesitaba saberlo. Ahora Maud sonríe, no te teme, te besa y se acerca a ti. Incluso te llama papi. ¿A que antes nunca lo hacía?

—No —respondió el *highlander* con sinceridad.

Con una sonrisa que le llegó directa al corazón ella sonrió y dijo:

—Pues alégrate, guaperas. He conseguido que tu hija sepa que su padre la quiere.

Al ver que él asentía y clavaba su mirada ferozmente en ella, Montse le regañó:

—¿¡Quieres dejar de mirarme así!?

—¿Por qué?

—Pues porque me pones nerviosa con esa mirada tuya tan arrebatadora. —Al ver que él se levantaba e iba hacia ella, le paró y, dando un salto hacia atrás, dijo—: Ni se te ocurra darme un beso más. Se acabaron los besos por hoy.

—¿Se acabaron?

—Sí... se acabaron.

Pero trastocada por su sensual mirada, se colgó de su cuello y le besó. A empujones le llevó hasta la cama, donde le tumbó, y tras devorarle los labios con enardecimiento se levantó de un salto, corrió hasta la puerta y dejándole excitado y con la boca abierta dijo antes de salir:

—Ha sido una experiencia estupenda, Declan Carmichael.

Después salió por la puerta y se marchó. Declan, avivado por aquel arranque de pasión, se tumbó sobre su lecho con una sonrisa lobuna en la boca y murmuró antes de reír:

—Muy, muy estupenda, Cindy Crawford.

Capítulo 27

Pasaron varios días con sus correspondientes noches y los amantes volvieron a encontrarse furtivamente en la habitación de él. Durante el día, cuando se cruzaban, apenas se miraban, y si lo hacían era para discutir, aunque más de la mitad de las discusiones eran fingidas. Discusiones llenas de pasión y de fervor que lo único que conseguían eran acrecentar sus ganas de estar solos en la intimidad. Fiona, con madurez y curiosidad, los observaba. Aquella mirada de su hijo viva y encendida cuando discutía con la joven Cindy le dio a entender muchas cosas y sonrió. La relación entre Maud y su padre fue mejorando día a día. Ahora reían, jugaban y paseaban a caballo, algo que la hacia feliz. Aunque lo que hizo que terminara de entenderlo todo fue percatarse de aquella mirada... Pero con madurez y sabiduría calló.

Cuando la noche llegaba un extraño nerviosismo atenazaba a los amantes, y aunque Montse se juró y perjuró que no volvería a ir a su habitación, en cuanto podía escapaba de su cuarto para subir al de él. Algo de lo que Julia estaba al tanto, pero como otros, silenció.

En esos días no hablaron de amor ni de futuro. Ambos disfrutaban el momento y nada más, aunque un fuego abrasador les quemaba las entrañas cuando estaban más de una hora sin verse.

Llegó el día que la pequeña Maud esperaba con tanto anhelo: ¡su cumpleaños! En secreto, la gente de Elcho organizó una fiesta que Montse se encargó personalmente de diseñar. Por primera vez Fiona veía a su hijo sonreír con alegría junto a su pequeña y eso le llenó el corazón. Por fin su hijo había olvidado la amargura vivida durante años al recordar a su fallecida esposa.

—¡Viene la tarta! —gritó Julia encantada.

Cuando posaron el pastel ante la cumpleañera todos aplaudieron, y cuando Edel iba a trocearla, Montse la detuvo y preguntó:

—Pero ¿no le cantáis el cumpleaños feliz?

Todos se miraron extrañados. ¿Qué era aquello?

—Mira, princesa —dijo Montse mientras Julia buscaba velas—. De donde yo vengo, cuando uno cumple años se enciende una vela por cada año cumplido. Después se le canta una canción, y por último el que cumple los años apaga las velas soplándolas mientras pide un deseo. ¿Quieres que lo hagamos?

La niña miró a su padre, que asintió encantado, Julia llegó con las pequeñas velas, y tras encenderlas y ponerlas sobre el pastel, las tres jóvenes, dejándoles a todos pasmados, comenzaron a cantar:

Cumpleaños feliz
Cumpleaños feliz
Te deseamos, Maud
Cumpleaños feliz...

Y después aplaudieron haciendo una seña para que la pequeña Maud soplara. Tras una tarde llena de juegos, regalos y sorpresas, cuando llegó la noche toda la gente de Elcho se reunió alrededor de una fogata y comenzó a cantar y a bailar.

Era la primera vez que se celebraba el cumpleaños de la cría. Otros años el duque no estaba de humor para tanta fiesta. Pero esa ocasión era diferente y especial. Padre e hija estaban felices y Declan disfrutaba viendo reír a su pequeña. Los más viejos del lugar amenizaron el evento con sus gaitas, hasta que un hombre se lanzó y comenzó a cantar una balada que hablaba sobre las tierras altas escocesas. Cuando el hombre acabó todos los presentes aplaudieron.

—¿Por qué no cantáis algo de vuestra tierra? —dijo Colin mirando a las tres muchachas.

—¿En serio? —rioJuana.

La gente de Elcho las miró y asintieron haciéndolas reír, por lo que Julia, de excelente humor, cuchicheó a sus amigas:

—Si queréis les cantamos la *Macarena* o el *Que viva España* y les dejamos a todos sin habla.

Al escuchar aquello, las tres se partieron de risa. De pronto Edel se acercó a las jóvenes y dijo:

—Cindy, ¿por qué no cantas la canción que tarareabas hace unos días?

—¿Cuál? —preguntó sorprendida.

Edel, tras cruzar una miradita con su Ned, le indicó.

—Esa que hablaba sobre que esperar a la luna del mismo color.

Al escucharla Montse sonrió y negó con la cabeza. Sabía a qué canción se refería Edel, pero cantar delante de todos los habitantes del castillo de Elcho la hacía morir de vergüenza.

—Venga... Cindy, cántala —pidió Maud en brazos de su padre.

Montse miró a Declan y negó con la cabeza. Él sonrió al notarla tan vergonzosa. Esa faceta de ella no la conocía, y poniéndola en un aprieto comentó delante de todos:

—No puedes negarte. Maud es la que manda hoy y te lo exige.

—Sí, por favor, Cindy... sí —apremió la pequeña.

Montse calcinó al padre de la criatura con la mirada y

este sonrió. Aquella bravura en ella le enloqueció. Julia, que estaba junto a Fiona, preguntó:

—Pero ¿de qué canción habláis?

—De la de Manzanero, esa que se llama *Esperaré* —susurró Montse.

—Ay, mi niña, ¡qué romántica! —susurró Juana guiñándole un ojo a su Alaisthar.

—Oh... es preciosa, Cindy, me la tienes que enseñar —animó Edel mirándola.

Juana, que no se había separado de Alaisthar en todo el día, en tono de mofa miró a una colorada Montse y bromeó haciéndola reír.

—Edel... estoy segura de que al señor Manzanero le encantará saber que Cindy te enseña su canción.

La gente de Elcho comenzó a aplaudir y apremiar a Montse para que la cantara. Convencida de que no la dejarían en paz en toda la noche, les miró y dijo resignada:

—Vale... vale... os la cantaré. Pero si luego llueve o truena, no quiero que nadie se queje, ¿entendido?

Todos rieron al escucharla. En el tiempo que llevaban en Elcho, Cindy y sus amigas se habían convertido en unas mujeres muy apreciadas. Levantándose, tomó aire y cerrando los ojos cantó:

Esperaré / a que sientas lo mismo que yo, / a que a la luna la mires del mismo color. / Esperaré / que adivines mis versos de amor, / a que en mis brazos encuentres calor.

Esperaré / a que vayas por donde yo voy, / a que tu alma me des como yo te la doy. / Esperaré / a que aprendas de noche a soñar, / a que de pronto me quieras besar.

Abriendo los ojos sin importarle nadie, clavó su mirada en un atractivo Declan, que la observaba hechizado, y continuó:

Esperaré / que las manos me quieras tomar, / que en tu recuerdo me quieras por siempre llevar / que mi presencia sea el mundo que quieras sentir, / que un día no puedas sin mi amor vivir.

Atontada por como él le hacía el amor con la mirada, tras alargar la última palabra de la canción, finalizó en susurros.

Esperaré / a que sientas nostalgia por mí, / a que me pidas que no me separe de ti. / Tal vez jamás seas tú de mí,/ mas yo, mi amor... esperaré.

Todos los presentes se quedaron mudos escuchándola y a nadie se le escapó el detalle de cómo se miraban el duque y aquella joven. Cuando acabó y ella sonrió, todos prorrumpieron en aplausos. Montse sonrió encantada y lo agradeció, mientras Declan aún continuaba boquiabierto por lo que su corazón y su alma le habían gritado al escuchar aquella canción.

Aquella noche tras la fiesta y cuando el castillo dormía, Montse llegó hasta la habitación de Declan, que la esperaba como un lobo enjaulado. Al verla, fue hasta ella impaciente y, atrayéndola, la besó. Aquella noche hicieron el amor con dulzura. No hubo palabras, solo momentos y pasión, mientras en la mente de ambos aquella sentida y romántica canción, *Esperaré*, continuaba sonando.

Capítulo 28

Dos días después, tras una noche llena de tórridos momentos frente a la chimenea de la habitación de Declan, cuando Montse se levantó de su cama y fue a la cocina seguida por sus amigas, escuchó el trote de varios caballos. Con rapidez se asomó a la ventana y vio a Declan alejarse con Alaisthar y algunos hombres a toda prisa.

—¿Adónde van? —preguntó inquieta, y fue Edel quien respondió:

—Hemos recibido una misiva de Rose O'Callahan. Por lo visto han sido atacados en sus tierras. Por ello nuestro señor ha decidido ir al castillo de Huntingtower por si necesitan ayuda.

Escuchar el nombre de aquella mujer la molestó por primera vez. Y eso no le gustó.

—¿Quién es Rose O'Callahan? —quiso saber Juana.

—Se puede decir que la pretendienta de nuestro *laird* —se quejó Agnes—. Bebe los vientos por él desde que él enviudó y no desaprovecha ninguna oportunidad para venir a verle siempre que su padre nos visita.

—¿Y él bebe los vientos por ella? —preguntó Julia con malicia.

—De verdad, hija, que lo tuyo es el puro cotilleo. Lo que se está perdiendo el *Sálvame de Luxe* al no contratarte —protestó Montse antes de que Edel dijera:

—No sabría qué contestar a eso. A veces me da la sensación de que sí, pero en otros momentos, cuando ella se pone caprichosa, creo que no. Pero lo que sí es cierto es que nuestro señor sabe que se rumorea esto sobre ellos y no hace nada por desmentirlo. En el fondo, él sabe que un enlace con Rose sería algo bueno para ambos clanes.

Montse sintió deseos de salir corriendo, pero no, no lo haría. Debía asumir que aquella vida era la de Declan y no la suya, y simplemente se apoderaría de los circunstanciales encuentros nocturnos entre ellos y nada más.

—Vamos a ver, lindas. ¿Por qué estáis las dos con ese gesto de enfado? —preguntó Juana mirando a las sirvientas—. Si Declan Carmichael está solo es normal que busque compañía, y si ese clan ha sufrido un percance es lógico que se les ayude, ¿o no?

—Por supuesto. El duque es un hombre joven y atractivo que tarde o temprano tendrá que volver a rehacer su vida y casarse —asintió Julia mirando de reojo a su amiga. Montse ni se inmutó.

—Y lo de ayudarse entre clanes también es normal, ¿no? —volvió a repetir Juana.

—Sí, Paris... sí —asintió Agnes echando un tronco al fuego—. Ayudarnos entre nosotros es algo normal. Pero lo realmente malo es que si las noticias son tan terribles como parecen, esa caprichosa y sus doncellas vendrán aquí a hacernos la vida imposible.

—¿Tú crees? —preguntó Montse levantando una ceja.

—Oh, sí. Lo creo —afirmó Edel con rotundidad—. En el momento en que esas aparezcan por aquí, la paz y el sosiego que respiramos en Elcho se acabarán. Primero, porque exigirán, exigirán y exigirán, y nuestro *laird* no hará nada para que se comporten, y segundo, porque como es de esperar, nuestros hombres babearán por ellas como perros.

—Mi niña... no creo que sea para tanto —sonrió Juana quitándole importancia a aquello.

—Tú misma lo sufrirás —siseó Agnes señalándola—.

He visto cómo Alaisthar Sutherland y tú os miráis, paseáis juntos y os divertís. Pues bien, si viene Erin, veremos si continuáis así.

La alerta se disparó en Juana al escuchar aquel nombre, y poniéndose en jarras preguntó:

—Pero, bueno, ¿quién es Erin?

—Una amiga de la señorita Rose O'Callahan —comunicó con picardía Edel.

—Pues que Dios la coja confesada —cuchicheó Julia haciendo sonreír a Montse.

—¿Y qué pasa con ella? —volvió a preguntar Juana.

Edel, entendiendo lo que aquella preguntaba y su premura, soltó:

—Erin es la mujer con la que Alaisthar Sutherland tontea desde hace tiempo. Sé que en ocasiones se han visto, e incluso he oído cuchichear que han compartido el mismo lecho. Pero, escúchame, Paris, porque lo que te voy a decir te lo digo por tu bien. No te acerques a ellas o saldrás escaldada, ¿entiendes?

A Juana, escuchar aquello le envenenó la sangre. Su Alaisthar, que la miraba con ojos de cordero degollado y que le prodigaba palabras de amor, ¿tonteando con otra? ¿Compartiendo cama con otra? Sin poder evitarlo suspiró agobiada. Montse, acercándose a ella, musitó:

—Vamos a ver... vamos a ver, canariona, que te veo venir. Intenta morderte la lengua, reina mora, que nos conocemos. Tú no eres tonta y sabes que tarde o temprano esto se tiene que acabar y él se quedará aquí. Esta es su vida, no la tuya ni la mía, así que contrólate, pásalo bien, pero no pierdas la cabeza, ¿de acuerdo?

Juana asintió y respiró con resignación. Lo que su amiga decía era cierto, pero por primera vez en su vida los sentimientos le nublaban la razón.

—Muchachas, apresuraos —dijo de pronto Fiona apareciendo ante ellas—. Debéis arreglar tres de las habitaciones superiores y cocinar en abundancia. Durante unos días cobijaremos a los O'Callahan hasta que su hogar vuelva a estar habitable. —Y mirando a Cindy, Paris y Norma indicó—: No quiero problemas con nadie del personal femenino de los O'Callahan, ¿entendido?

Una vez asintieron, Fiona se marchó con premura por la misma puerta por la que había entrado, y Agnes, volviéndose hacia aquellas, murmuró:

—¿Lo veis? Edel y yo teníamos razón. Cuidado con ellas.

Capítulo 29

Llegó la noche y los hombres del castillo de Elcho no regresaron. Aquello ocasionó infinidad de habladurías entre el personal del castillo y los aldeanos que vivían alrededor. Si habían atacado en las tierras de los O'Callahan podían atacar en las suyas también. Incrédula por el ambiente de nerviosismo que encontraba a su alrededor, Montse les observó. Ver el miedo de las mujeres y ancianos en sus gestos la conmocionó. No podía entender que nadie quisiera hacer daño a aquella gente que se desvivía por atender sus campos, cuidar a su gente y poco más.

La ausencia de Declan le dio que pensar. ¿Se estaba enamorando de él? ¿Era buena idea continuar con sus escarceos? Pero por más que pensaba y pensaba, su cabeza se negaba a razonar. Solo deseaba sentir sus labios ardientes sobre los suyos, cerrar los ojos y escuchar su voz ronca cuando le hacía el amor. Aquello se le estaba comenzando a ir de las manos, pero no lo quería pensar.

Esperaron la llegada de la comitiva hasta altas horas de la madrugada, pero no aparecieron, y finalmente, animadas por Fiona, todos, a excepción de la guardia, se marcharon a descansar. Con seguridad el siguiente día traería noticias. Y así fue. La mujer recibió una misiva de su hijo Declan requiriendo la presencia de su gente en las tierras de los O'Callahan. Necesitaban su ayuda.

Sin perder tiempo, Fiona organizó la partida, y de madrugada, todos, a excepción de los más mayores y una pequeña guardia que se quedó en Elcho, se encaminaron al castillo de Huntingtower, que estaba a las afueras de Perth. Llegaron a las tierras de los O'Callahan al caer la noche.

—Madre —saludó Declan saliendo de la fortaleza—, gracias por acudir tan rápido.

—Hijo, en cuanto recibí tu misiva organicé el viaje. ¿Cómo están Rose y Roger?

Declan no quiso mirar directamente a la mujer que le había robado la paz. Desde que había salido de Elcho, no había pasado un segundo del día o de la noche que no la hubiera recordado. Por ello, y consciente de las miradas que seguían sus movimientos, sonrió a su pequeña Maud, que caminaba entre Montse y Juana, y volviendo la mirada hacia su madre respondió:

—Rose está bien, aunque Roger no ha mejorado desde la última vez que le vimos.

La anciana, volviéndose a una de las jóvenes que bajaba en ese momento de uno de los carros, dijo:

—Norma, tú que entiendes de remedios y medicinas, ¿me acompañas a ver a Roger?

—Por supuesto, Fiona, ahora mismo.

Segundos después las dos mujeres desaparecieron por la enorme puerta de la fortaleza, quedando Declan frente a su hija y aquellas. Al ver a su niña bostezar, hizo una seña a una joven de cabellos claros que cogió a la pequeña y se la llevó para acostarla.

—Hola —saludó Montse al ver que por fin la miraba.

—Hola, Cindy. ¿Qué tal ha ido el viaje? —preguntó tuteándola sin importarle de pronto lo que pensaran. Ella estaba allí y era lo que le valía.

—El viaje bien. —Sonrió como una boba—. Pero tu madre estaba muy preocupada y nerviosa. Sinceramente, creo que ahora que ya hemos llegado aquí se relajará.

Declan la entendió. Su madre se preocupaba excesivamente por todas las personas que conocía, y sonriendo murmuró:

—O nos volverá locos... Con mi madre nunca se sabe.

Juana, que era testigo mudo de aquel acercamiento entre ellos, miró a su amiga y luego a aquel. ¿Desde cuándo dialogaban con tanta tranquilidad? Y sobre todo, ¿a qué se debía esa sonrisita atontada que portaba su amiga? (Y eso sin decir nada de la de él.) Pero consciente de que no era momento de preguntar aquello, sin poder evitarlo preguntó.

—Disculpe, *señor*, ¿dónde está Alaisthar?

Declan miró a la joven bajita, de la que tanto había oído hablar a su buen amigo en los últimos tiempos, y con voz modulada respondió:

—Está con mis hombres. No os preocupéis, Paris, en breve llegará.

Extrañada por ver que conocía su supuesto nombre, sonrió, pero se volvió a quedar atónita al ver cómo volvía a mirar a su amiga. ¿Qué ocurría allí?

—¡Declan! —gritó en ese instante una jovencita de pelo rubio como el sol y excesivas y cuidadas ropas—. ¿Quién es la desagradable mujer que ha llegado con tu madre y está visitando a mi padre?

Al escuchar aquella pregunta el *highlander* dudó qué decir, pero tras mirar a Montse y luego de nuevo a la joven angustiada, contestó con un amable gesto:

—No te preocupes, Rose. Norma está a mi servicio y...

—¿A tu servicio? —lo cortó, y tras mirar a una muchacha que entraba en la fortaleza, aclaró—: Acabo de ordenar que echen a esa sirvienta del lado de mi amado padre. ¡Prohíbo que lo toque! Su actitud ante mí ha sido deplorable. Nunca me he sentido tan humillada por un sirviente.

—*¿Esta pija medieval qué se pincha?* —cuchicheó Montse en español.

—Creo que tontería pura —respondió Juana.

Declan las escuchó, y como siempre que hablaban entre ellas, no entendió nada.

—¿Qué ha ocurrido, Rose? —preguntó preocupado.

La rubia de cara angelical y modales refinados, tras pasarse cómicamente la palma de la mano por la frente, le miró, parpadeó y susurró con voz enfadada:

—Esa repulsiva lacaya tuya, nada más entrar en la estancia de mi padre, ¡me ha echado! Ha osado decirme que molesto más que ayudo. ¿Te lo puedes creer?

Declan fue a responder pero Montse se le adelantó:

—Esa a la que os referís tan despectivamente como repulsiva lacaya se llama Norma... Norma Duval —siseó Montse con educación conteniendo sus enormes ganas de agarrarla por su cuidado cabello y arrastrarla.

Juana, al ver cómo su amiga se mordía el labio inferior, la tomó de la mano, y tras apretársela para pedirle calma, dijo mirando a la peripuesta muchacha:

—Si Norma os ha echado es por el bien de vuestro padre. Os lo puedo asegurar.

Al escucharlas, Rose se volvió hacia ellas con gesto altivo, y tras darles un repaso de arriba abajo, preguntó con la nariz arrugada:

—Y vosotras, ¿quiénes sois para dirigiros a mí?

«Esta es más tonta que Abundio», pensó Montse, pero respondió:

—Yo soy Cindy Crawford. —Y en español susurró—: *¡So petarda!*

Aquello hizo reír a Juana que, tras soltar una carcajada, dijo ante la atenta mirada de Declan:

—Y yo Paris Hilton.

El duelo entre aquellas y Rose estaba servido. Declan, para suavizar la situación y acabar con aquello, agarró a la joven de pelo triguero y atrayendo su mirada le recordó:

—Mi gente ha venido a ayudar, Rose. No lo olvides.

En ese momento una enfadada Julia apareció por la puerta empujada por dos jóvenes. Al ver a la emperifollada que le había montado el pollo sin importarle la educación voceó:

—Eh... tú, ¡choni caprichosa!

—¿Os referís a mí? —preguntó la estirada de Rose levantando una ceja justo cuando Julia se le paraba enfrente para gritarle.

—¿Cómo puedes ser tan simple? ¿Acaso no ves que echándome de la habitación de tu padre no puedo ayudarle? ¿A ti nadie te ha enseñado que cuando un médico está atendiendo a un paciente no le gusta ver a nadie revoloteando a su alrededor, y menos si interfiere en su trabajo?

—¿Qué me habéis llamado? —chilló Rose tras mirar a Declan en busca de ayuda.

—¡Choni! Entre otras cosas.

—La madre del cordero. ¡Qué mosqueo tiene la Duval! —susurró Juana.

Montse se extrañó por aquella reacción. Julia pocas veces levantaba la voz, y adelantándose de nuevo a Declan, que iba a decir algo, tomó de la mano a su amiga y en español le siseó ante todos:

—*Cierra esa bocaza a la de ¡ya! si no quieres vernos a todas metidas en un buen lío. Pero ¿tú estás tonta? ¿Cómo se te ocurre hablarle así a la Barbie Rapunzel?*

—*Uiss, no sé qué me gusta más, si lo de Rapunzel, choni o pija medieval —comenzó la canaria mientras observaba cómo la aludida gimoteaba en el hombro de Declan.*

—*Pues no va la... la... currutaca esta y...*

Pero Declan no la dejó terminar, y en un tono nada halagüeño las miró y exigió:

—Norma, pide disculpas ahora mismo a la señorita Rose. No sé qué ha pasado en la habitación de Roger, pero tu comportamiento aquí ante mí no ha sido el más acertado.

Sorprendida por aquellas duras palabras, Julia le miró y dijo:

—Mire, *señor*, siento que mis palabras hacia ella le resulten desacertadas. Pero yo lo único que he intentado hacer es ayudar a su padre y ella... ella...

—¡Discúlpate! —bramó él perdiendo la paciencia.

Montse, al escuchar y ver la cara de Declan, se acercó a su amiga y le cuchicheó en español:

—*No le cabrees más y haz lo que te pide para que nos podamos pirar de aquí.*

—Pero esta grumosa es una choni maleducada... —se defendió Julia.

—*Lo sé, y te doy toda la razón en cuanto a esta soplagaitas. Pero creo que tenemos todas las de perder. ¿No ves cómo nos mira su defensor? —gesticuló Montse molesta por las duras palabras de aquel.*

Declan, harto de escucharlas y no entender lo que decían, se volvió furioso hacia ellas y voceó delante de todos con muy malos modos:

—No quiero volver a oír ese extraño idioma vuestro. Ante mí, ¡no! Tened la decencia de comportaros ante vuestro *laird.*

—¡¿Cómo?! —gritó enfadada Montse al escucharle.

—Lo que has oído. Y dando un paso hacia ella espetó con gesto duro—: Y por tu bien no pretendas decir la última palabra porque hoy no te lo voy a permitir.

Durante unos segundos Declan y Montse se miraron con fiereza a los ojos. Ninguno de los dos estaba dispuesto a dar su brazo a torcer, hasta que un gemido de la atontolinada de Rose atrajo su atención.

—Oh... creo que me voy a desmayar —dijo agarrándose teatralmente a Declan.

Tras soltar un resoplido por estar en medio de aquella absurda discusión entre mujeres, el *highlander* cogió entre sus brazos a la teatrera de Rose y mirando a las otras tres que, alucinadas, veían la maldad de aquella, voceó:

—Id con mi gente y ayudad a quienes lo necesiten. Para eso estáis aquí, no para provocar desmayos.

Una vez dicho eso, entró en el castillo seguido por las dos doncellas de la pequeña lianta.

—Y el Oscar a la mejor actriz es para ¡Rapunzel! —se mofó Juana al quedar a solas—. Pero ¿habéis visto qué tía más insulsa? Pero por Dios... ¿Cómo se puede ser así?

—Yo a esa la cogía y le retorcía el pescuezo —murmuró Julia.

Muy enfadada, Montse se volvió, y tras darle un beso a esta para que se tranquilizara, dijo mientras andaban hacia el centro del pueblo:

—Vamos. Estoy segura de que todo el mundo no es como esa soplagaitas.

Capítulo 30

Aquella noche Montse comprobó la desolación de la gente que le rodeaba. La gran mayoría estaba desnutrida y sufría de tremendas carencias. Con tristeza ayudó a los campesinos de Huntingtower y se sorprendió de lo agradecidos que eran. Tras varias horas de trabajo, de madrugada salió de una de las humildes cabañas con un niño en brazos y se sorprendió al ver a Declan aproximarse a caballo. Tras dar un beso al pequeño, lo dejó en el suelo y se acercó hasta aquel, que al verla desmontó.

—¿Todo bien por aquí?

—¿Bromeas? —siseó ella pasando por su lado.

—Cindy, ¿qué ocurre? —preguntó al ver a Juana y Julia salir de la cabaña.

—Pues ocurre que no entiendo cómo esta gente está así. Pero ¿tú has visto cómo viven? La madre de ese niño está enferma y no le puede cuidar. En la cabaña de al lado los dos ancianos apenas se pueden mover y llevaban días sin comer. En la siguiente han muerto dos niños y la madre está destrozada, y si quieres puedo continuar...

Mirando a su alrededor, Declan asintió. Desde que Roger, el padre de Rose, había perdido la cabeza, su gente cada día estaba peor. Esta no sabía dirigir un clan, pero tampoco se dejaba aconsejar. Sin embargo Declan no quería hablar de ello, así que cogió a Montse por el brazo y dijo:

—Por hoy ya has ayudado bastante. Volvamos al castillo. Necesitas descansar.

Desasiéndose de su mano le miró y preguntó:

—¿Piensas que me voy a ir y dejar a esta pobre gente? Ellos necesitan que alguien les ayude y les cuide. Algo que, por cierto, debería estar haciendo esa caprichosa bien vestida que con seguridad ya estará roncando como un hipopótamo en su linda camita con dosel.

—Cindy... Rose es...

—Rose es una descerebrada, una necia y una inhumana. No la conozco, pero lo poco que he visto de ella me ha hecho comprender el tipo de mujer que es. Mientras ella goza de comodidades y de todo lo que el lujo le pueda proporcionar, esta pobre gente, ¡su gente!, está muriendo. Pero... pero, bueno, ¡qué clase de mujer es esa!

—Lo sé, Cindy, y eso es algo que hay que remediar, pero ahora vamos a...

—Me ha comentado Berta, la madre del niño que tenía en brazos, que hace una semana fue a pedirle algo de comer a tu querida Rose y esta la echó con cajas destempladas. ¿Se puede consentir eso? Oh... no, por supuesto que no, pero si solamente tengo que recordar cómo trató a Norma para darme cuenta que...

—Sobre Norma quería hablarte. Rose no quiere verla en el castillo y...

—¿Que la pija medieval no quiere ver a Norma en el castillo? —gritó Montse.

—No, y ya me explicarás qué es eso de «pija medieval».

Al escuchar aquello Julia miró a su amiga, y con sinceridad susurró:

—No te preocupes, Cindy, yo no necesito dormir en el castillo de la choni. Estoy segura que con Edel y Agnes estaré de maravilla.

—Por supuesto —asintió Declan y, mirando de nuevo a la joven que le traía por la calle de la amargura, dijo—: No te preocupes, ella pernoctará con mi gente mientras estemos aquí.

—Ah... pues si ella no duerme en el castillo, yo tampoco —aclaró mirándole a los ojos.

Aquella mirada a Declan le descolocó el corazón. Era una mirada triste, sin vida, nada que ver con la feliz y chispeante mirada de ella. Aquella tristeza en los ojos le hizo entender el sufrimiento que ella estaba viviendo ayudando a esas gentes, y susurrándole al oído dijo:

—Cindy, no me lo hagas más difícil. Si estoy aquí es porque me preocupo por ti, y...

—Pues lo siento por ti, pero si mis amigas no pueden dormir en el castillo, yo tampoco lo haré.

Dispuesto a no gritar delante de los aldeanos que los miraban al pasar, Declan blasfemó en silencio y repitió:

—Cindy, quiero que regreses conmigo al castillo.

—No. No pienso ir.

Sujetándola por el codo para que no se moviera le susurró al oído con voz cargada de tensión:

—No me hagas enfadar. ¡Vamos!

Con la lanza en todo lo alto y la rabia instalada en sus ojos, ella le miró, y bajito, para que solo él la escuchara, siseó:

—Yo no soy tu mujer ni de tu propiedad, y si pretendes tratarme como a tu ramera particular porque desde hace un tiempo me acuesto contigo, ¡olvídalo!

Malhumorado, fue a responder, pero ella se soltó con rapidez y agachándose cogió al pequeño que momentos antes tenía en brazos. Le miró y repitió alto y claro:

—Idos, *laird* Carmichael. Estoy segura de que *lady* Rose O'Callahan estará encantada de saber que veláis por sus dulces sueños.

Enfadado, Declan apretó los dientes, y tras maldecir se dio la vuelta, se montó en su caballo y se marchó. Julia y Juana se miraron pero hablaron, y Montse, con el niño en brazos, cambió su tono de voz y dijo:

—Vamos, precioso. Estoy segura de que alguno de nuestros guerreros tendrá algo para que puedas comer.

Capítulo 31

Durante días trabajaron duro para ayudar a los campesinos. Montse no volvió a hablar con Declan ni se le acercó. Aquellas pobres gentes no tenían casi de nada, y lo poco que habían reunido se lo habían robado o quemado los asaltantes. Pero si algo la sorprendió fue lo escasamente materialistas que eran esas gentes. Lo poco que tenían lo compartían con el vecino sin importarles si el día de mañana se lo podría devolver o no.

—Qué razón tiene esa frase que dice: «No es más rico quien más tiene, si no el que menos necesita» —susurró Montse a Juana, y esta conmovida asintió.

En esos días conocieron a más gente que en el mes y medio que llevaban en Elcho. Y la sonrisa no les abandonó el rostro al sentir el cariño y amabilidad que los aldeanos volcaron en ellas. Incluso alguno comentó que ojalá la señorita Rose tuviera su humanidad y saber estar. Esa frase, junto a su cariño, les llenó el corazón, y se esforzaron el doble por ayudar.

La tercera noche, cuando regresaban a su cabaña para descansar tras un atareado día, un grupo de hombres de los O'Callahan les comenzó a gritar obscenidades. En un principio las tres sonrieron. Aquello que decían no era ni la mitad de escabroso que lo que estaban acostumbradas a oír en el siglo XXI. Pero cuando uno de ellos se les plantó delante e intentó asir a Juana del brazo, Montse no lo dudó y atacó. Con unos milimetrados movimientos de kárate consiguió tumbar al *highlander* en segundos y dejarle k.o. Sorprendidos, los hombres pararon sus gritos, y entonces fue ella la que chilló:

—A ver, machotes, ¿quién quiere ser el siguiente en tragarse los dientes?

Divertidos por aquello los campesinos aplaudieron a Montse, quien, complacida, levantó los brazos en señal de triunfo. Los guerreros, al ver a su amigo despatarrado en el suelo, callaron, pero dos segundos después un valiente se puso ante Montse e intentó cogerla por la cintura mientras siseaba:

—A mí me gustan así... impetuosas.

—¡Suéltala, maldito cerdo! —gritó Julia asustada.

Pero Montse, sin darle tiempo a decir más, proyectó primero un puñetazo contra su tripa, después otro en la cara y por último, y con todas las ganas del mundo, en la entrepierna. El gigante, tras aullar como un lobo con los ojos en blanco, cayó como el primero.

—Ay, mi niña, ¡ten cuidado o te los cargarás!

Con una sonrisa torcida, Montse miró a su alrededor y volvió a preguntar:

—A ver, ¿el siguiente?

Los campesinos, cada vez más divertidos, comenzaron a vitorear a la joven, que muerta de risa se lo agradeció. Confundidos, los machotes se dieron la vuelta y se marcharon. Ninguno quería problemas. En ese momento llegaron hasta ellas corriendo y asustadas Edel y Agnes.

—¿Estáis bien? —preguntó Agnes.

—Sí... no te preocupes —rio Montse tocándose el dolorido puño—, pero ellos te puedo asegurar que no.

Sin importarles los dos hombres que quedaban tumbados en el suelo, las mujeres retomaron su camino hacia el descanso. Se lo tenían merecido; pero cuando llegaban a su cabaña, una voz chillona y estridente gritó:

—Tú, mujerzuela, ¿qué le habéis hecho a mis guerreros?

Al volverse y ver de quién se trataba, Agnes y Edel se quedaron paralizadas: Rose O'Callahan.

—Vaya... Rapunzel tiene ganas de follón —dijo Juana sonriendo.

—Pues que se ande con cuidado que estoy calentita y me puede encontrar —siseó Montse enfadada al recordar cómo aquella idiota se colgaba del cuello de Declan.

La joven *lady* Rose estaba ante ellas montada en su bonito caballo blanco, impoluta y limpia. Vestía un precioso vestido en tonos tostados a juego con las cintas que recogían su dorado y resplandeciente cabello. Un aspecto que contrastaba con los campesinos y las muchachas, que estaban sucias y llenas de barro.

—A palabras necias, oídos sordos —masculló Julia—. Ni puñetero caso a la choni, ¡vámonos a descansar!

Pero Montse no se movió. La observó de cerca. Aquella caprichosa no debía de tener más de veinte años, y mirándola preguntó:

—*Lady* Rose, ¿qué queréis?

—¿Vos sois Cindy? —preguntó a su vez la altiva joven con una mirada gélida.

—Sí.

—¿La sirviente del *laird* Carmichael?

—La misma —sonrió con frialdad aquella.

—¿Sois la que devolvió la joya de los Carmichael?

—Que sí, cansina... que sí... que soy Cindy Crawford, la sirvienta y la que devolvió el puñetero colgante a los Carmichael. ¿Alguna pregunta más?

Con insolencia en la mirada, aquella joven sonrió con maldad y dijo:

—No sois competencia para mí, por mucho que hayáis devuelto el colgante a Declan.

—Vaya, pues me alegra saberlo —se mofó Montse mirándola.

La antipática muchacha, tras repasarla de arriba abajo

con gesto desaprobador, se bajó de su caballo y se acercó a Montse caminando con una fusta en la mano en actitud amenazante.

—He escuchado algo sobre vos y el *laird* Carmichael que me gustaría saber.

Con educación y sin moverse de su sitio, Montse la siguió con la mirada y respondió con una semisonrisa en los labios.

—Le advierto, señora, que si me vais a preguntar algo íntimo y personal no os contestaré. No suelo ir contando mis intimidades a los desconocidos.

—Entonces es cierto. ¡Eres su ramera! —gritó la chica.

Escuchar su voz y el desprecio con que le habló hizo que a Montse le hirviera la sangre, pero sabía que Rose había ido allí en busca de problemas y ella no se los iba a dar.

—Disculpe, *lady* Rose, pero si sigue usted faltándome el respeto, perderé mi paciencia y se lo comenzaré a faltar a usted.

—¿Es cierto que calentáis la cama de vuestro *laird* por las noches?

—Eso... en todo caso es algo entre Declan y yo.

—¿Cómo osáis llamar al duque por su nombre de pila? Una mujer de tan baja categoría debe nombrarle con respeto aunque sea su ramera.

—Dale un guantazo en tos los morros de una santa vez a la imbécil esta o se lo doy yo —gritó Julia en español.

—Cállate, Norma... y no le des más ideas a la Crawford o aquí se va a liar la de San Quintín con la pija medieval —rio Juana haciéndola reír.

Montse, consciente de que si le hacía algo a aquella estúpida tenía todas las de perder, miró a Julia y señaló:

—Luego dices que soy una burra solucionando problemas, pero, hija, ¡tú tampoco te quedas atrás!

—Pero ¿no ves las ganas que tiene de liarla parda? —preguntó Julia.

—Sí... pero yo le voy a demostrar que tengo más clase que ella y no voy a entrar en su juego. No... no quiero.

Por ello, y con toda la tranquilidad del mundo, Montse volvió a mirar a la joven caprichosa e, intentando hacerla razonar, dijo:

—*Lady* Rose, creo que lo más sensato para todos es que se monte en su caballo y se marche, o que en su defecto ayude a esta pobre gente que lo necesita y...

Pero paró de hablar al sentir que Rose levantaba la mano con la fusta. Los campesinos al ver aquello se asustaron.

—Si me roza un solo pelo de la cabeza, *señora* —siseó Montse con dureza—, le juro por todos mis antepasados que se va a arrepentir.

—¿Yo?... ¿Yo me voy a arrepentir? —cloqueó ella.

—Oh, sí... se lo aseguro. Porque me encargaré personalmente de rebozarla por el suelo y meter su cabeza en el charco más profundo que pueda encontrar, ¿me ha entendido?

La joven O'Callahan bajó la fusta, pero, mirándola, gruñó ante la incrédula mirada de todos los campesinos, que desearon ahogarla.

—No sé qué puede ver Declan en vos. Sois sucia, humilde, fea, sin gracia y mal hablada, además de ¡vieja! ¿Cuántos años tenéis?

—Buenooooooooo... acaba de firmar su sentencia —silbó Juana al escuchar aquello.

—¡Me alegro! Se lo merece —se carcajeó Julia.

A Montse se le revolvió el estómago al escuchar aquel último comentario. *¡Vieja!* Y con una malévola sonrisa miró a sus amigas y preguntó:

—¿He oído bien? ¿La pija medieval me ha llamado vieja?

Al ver que sus amigas asentían, se volvió hacia los asustados campesinos que las observaban y gritó mientras sujetaba por el brazo a Rose, que intentaba zafarse.

—Amigos, sé que esta necia, ñoña e idiota mujer es de vuestro clan y yo no. Y también sé que lo que voy a hacer no está bien... pero es que si no lo hago ¡la mato!, ¡juro que la mato!—gritó como una posesa—. Por lo tanto, quien no quiera cargar con la culpa de no haberme detenido por mis actos, que mire para otro lado o se vaya inmediatamente.

Fue decir aquello y la gente desapareció despavorida. La calle se quedó vacía.

—¡Soltadme ahora mismo, insolente! —exigió aquella.

Con una sonrisa en los labios que no deparaba nada bueno, Montse miró a la muchacha y siseó:

—Juré que la próxima vez que alguien tuviera la desfachatez, el descaro o la poca vergüenza de llamarme vieja en mi cara, se iba a comer sus palabras. Y lo siento, ¡chata!, pero te las vas a comer.

Importándole un pepino las consecuencias que aquello le depararía, agarró a Rapunzel del cabello y tras darle una patada en el trasero que la hizo caer de rodillas ante ella, le metió la cara en el charco más cercano y se la rebozó bien, para incredulidad de los pocos curiosos que entre risas las observaban.

Diez minutos después Montse y sus amigas entraban en su cabaña. Necesitaban descansar.

—¿Qué crees que dirá Rapunzel cuando llegue a su castillo con las pintas que lleva? —preguntó Juana muerta de risa.

—Sin duda alguna una mentira que no sé por qué le será muy difícil demostrar —contestó riendo Montse mientras reposaba la cabeza en la almohada y se quedaba dormida pensando en cómo la habían felicitado los campesinos.

Capítulo 32

A la mañana siguiente, cuando Montse se levantó de su camastro y recordó lo que había ocurrido la noche anterior, un extraño regocijo le recorrió el cuerpo, y se sorprendió al ver que pasadas las horas nadie le venía a reprochar nada. Y sonrió al escuchar los cuchicheos de los campesinos y cómo se reían.

A media mañana, mientras terminaban de atender a unos heridos y de recoger las pocas pertenencias de unos campesinos, apareció Declan junto a Alaisthar y sus guerreros. Como si no le hubiera visto, Montse continuó con su trabajo. No quería saludarle. Él había pasado de ella durante aquellos días, y ella haría lo mismo.

—Buenos días —saludó Declan parándose ante ellas.

—Buenos días, señor —respondió Julia nerviosa mientras pensaba si vendría a pedir cuentas a Montse por lo ocurrido la noche anterior.

Al ver al *laird* Carmichael los campesinos le saludaron mientras proseguían con sus tareas. Juana sonrió a Alaisthar y este desde su caballo le guiñó el ojo. Aquel saludo era suficiente para ellos. Pero Montse ni le miró. Continuó a lo suyo como si no le hubiera visto. Declan, al sentirse ignorado, se molestó y preguntó alto y claro:

—¿Alguien sabe algo de lo que ocurrió anoche con la señorita Rose O'Callahan?

Rápidamente y sin preguntar, los campesinos negaron con la cabeza. Pero Declan se fijó en que Julia miraba a

Montse y esta curvaba la boca en una casi imperceptible sonrisa. Bajándose del caballo se acercó hasta ella, que en ese momento levantaba un saco de trigo con esfuerzo, y quitándoselo de las manos dijo:

—¿Por qué haces esto tú? ¿No puedes dejárselo a los hombres?

Levantando la vista Montse le miró, y señalando a su alrededor aclaró:

—Te puedo asegurar que yo tengo más fuerza que ellos.

—Sí... pero sigo pensando que no debes coger tanto peso —le susurró de tal forma que a Montse le temblaron hasta las pestañas.

Enfadada por lo que conseguía con solo mirarla, le volvió a quitar el saco de trigo, y tras colocarlo sobre otros, le miró y preguntó:

—¿Qué quieres, Declan?

—Quisiera saber si es verdad lo que Rose cuenta en el castillo. ¿Es cierto que la atacaste? Porque si es así, puedes tener un problema.

Al escuchar aquello los campesinos murmuraron a su alrededor. Julia y Juana se miraron, y Alaisthar, al ver aquello, maldijo al intuir la verdad.

—Exactamente, ¿qué le ocurrió a *lady* Rose? —preguntó Montse.

Declan, convencido de que ella había tenido algo que ver, cambiando el peso de pie dijo:

—Ella cuenta que ayer atacaste a dos de sus guerreros y que después la tiraste de su caballo y la rebozaste por el barro con la finalidad de humillarla y reírte de ella. ¿Es cierto?

—¡Qué horror! —se mofó Montse ante el desconcierto de Declan—. ¿En serio dice que yo le hice eso?

—Sí.

—Qué chungo lo que cuenta, ¿no?

Al escucharla utilizar esa expresión, Declan, clavando la mirada en ella, sonrió. Tenerla ante él y no poderla besar o tocar le estaba martirizando la existencia día a día. Pero manteniendo su actitud ante los campesinos respondió:

—No me agradaría saber que lo que ella relata es verdad, Cindy, por eso te lo pregunto.

—Disculpe, *laird* Carmichael —dijo un anciano acercándose a él—. Creo que la señorita O'Callahan no cuenta las cosas como fueron. Lo que vieron mis ojos fue a esta joven defenderse de dos hombres que intentaron atacarlas.

—¡¿Cómo dice, anciano?! —bramó enfurecido Declan.

—Sí, señor —asintió una mujer con un chiquillo en brazos—. Las jóvenes regresaban a su cabaña cuando algunos hombres intentaron propasarse con ellas. Eso le aseguro que lo vi. Lo otro que cuenta de la señorita Rose... no.

Al escuchar aquello Alaisthar se bajó raudo de su caballo, pero Declan le paró con un movimiento de mano. Enfurecido porque alguien hubiera intentado propasarse con las jóvenes, miró a la mujer que resoplaba enfadada a su lado y preguntó:

—¿Es cierto eso? ¿Intentaron propasarse con vosotras?

—Sí... pero ya está solucionado. Estoy segura de que esos guerreros no volverán a intentarlo.

Enardecido por aquello y por no haber estado presente para defenderla, atrajo su mirada y dijo:

—Esta noche pernoctaréis en el castillo, diga Rose lo que diga. Ayudaréis a estas gentes durante el día, pero por la noche...

—No —cortó Montse—. No pienso dormir bajo el mismo techo que *lady* Rose. Tanto mis amigas como yo somos gente del pueblo y dormiremos con el pueblo. Disculpa este atrevimiento por mi parte, Declan, pero no me obligues a ir a ese maldito castillo a dormir porque te juro que no lo haré.

—Obedecerás, maldita sea —siseó él tan bajo que solo ella le escuchó.

—Escúchame, Declan —le susurró ella acercándose—. En todo este tiempo nunca te he pedido nada, pero sí te pido por favor que no me hagas estar en la misma estancia donde está esa horrible mujer. Porque entonces sí que puede pasar algo por lo que te puedas enfadar.

Durante unos segundos ambos se retaron con las miradas. Declan sabía que si obligaba a Montse, aquello traería más problemas. Eso sin contar con los que Rose O'Callahan ya creaba. Dándose por vencido pero dispuesto a buscar una solución, le habló con voz aterciopelada:

—De acuerdo, maldita cabezona.

Y volviéndose hacia los campesinos que les observaban con curiosidad, dijo mientras se dirigía a su caballo:

—En cuanto a lo ocurrido con *lady* Rose, si alguien sabe algo o escucha alguna información, que me busque y me lo cuente.

Dicho esto, se montó en su caballo y sin mirar atrás se marchó seguido por sus hombres.

Capítulo 33

El cuarto día de estancia en las tierras de los O'Callahan lo dedicaron a recoger y reunir en una cabaña a todos los niños que habían quedado huérfanos tras el asalto. Eran dieciocho.

—Pero ¿qué podemos hacer con ellos? —preguntó Montse con un bebé de apenas días en los brazos.

—Pues no lo sé —respondió Julia con tristeza—. Tendremos que preguntarle a Edel o Agnes qué se hace en estos casos. No creo que sea la primera vez que en un asalto pasa esto con unos niños.

Cuando las criadas llegaron con la comida para los pequeños, las muchachas preguntaron qué podían hacer.

—No os preocupéis, siempre hay un familiar que se queda con ellos, o un vecino. Aunque tampoco os negaré que alguno terminará viviendo en las calles y mendigando un trozo de pan.

—Oh, no... eso no puede ser —susurró Montse conmovida—. Estos niños no pueden acabar así. ¡Pobrecillos!

—Cindy, un hijo es una boca más que alimentar, aunque cuando crece son dos fuertes brazos para trabajar —dijo Edel mientras repartía en los platos una sopa para los pequeños.

—Muy bien. Entonces esta tarde buscaremos a los familiares de estos niños. Seguro que muchos se alegrarán al encontrarlos —asintió Montse mientras cogía un tarro con leche y una tetina artesanal para el pequeño que tenía en sus brazos.

Aquella tarde, agotadas y sucias tras andar de casa en casa en busca de quien se pudiera ocupar de aquellos huérfanos, decidieron descansar. Solo habían encontrado a seis familiares que acogieran a los niños, y todavía les seguían quedando doce huérfanos.

—Ay, mi niña, ¡qué pena me dan! —murmuró Juana mirándoles.

—Se les ve tan perdidos y asustados que me rompen el alma —respondió Julia.

Montse los observó. Aquellos pequeños, que estaban sentados en el suelo callados, solo esperaban que alguien les quisiera y les diera calor. Su infancia no fue como la de ellos, pero en ciertos momentos se sintió perdida y abandonada. Fue entonces cuando recordó lo que Erika, la gitana, siempre le decía: cantando se olvidan las penas. Por ello se levantó y mirando a sus amigas dijo:

—Estos niños necesitan sonreír. Deben olvidar durante un rato lo que ha ocurrido, y la mejor manera de conseguirlo es haciéndoles cantar y bailar.

—Buenoooooooo, ya está esta con sus canciones —se burló Juana divertida.

Con decisión la muchacha hizo que los niños se sentaran en círculo, y con la ayuda de sus amigas les comenzó a enseñar una canción infantil.

Debajo un botón ton... ton
Del señor Martín tin... tin
Había un ratón ton... ton
Muy, muy chiquitín tin... tin

Con los ojos como platos, los niños escuchaban aquella canción que en su vida habían oído a la par que veían a las tres muchachas palmear y bailar mientras la cantaban. Veinte minutos después aquellas caras tristes comenzaron a sonreír, y las tres disfrutaron como unas locas cuando los pequeños comenzaron a cantar la canción con ellas y a bailar.

Tan abstraídas estaban en el empeño de divertir a los pequeños que no se percataron de que Declan, junto a Alaisthar y otros hombres de otros clanes, se paraban a observarlas. Sin poder remediarlo, Declan sonrió al ver a Montse coger en brazos a una niña y hacerla reír, mientras otro niño de no más de cuatro años se agarraba a su cintura y daba vueltas alrededor de ella. Estaba preciosa, aun con su aspecto desaliñado y desastroso. Verla sonreír suponía para él un descanso, aunque no estar con ella, en especial por las noches, le comenzaba a atormentar. Pero debía comportarse como el *laird* de su clan y ayudar a los que lo necesitaban; ya tendría tiempo de estar con ella una vez regresaran a Elcho.

—¿Quiénes son esas mujeres? —preguntó Kenneth Stuart, un *highlander* valeroso, hijo del *laird* Donald Stuart, que en ocasiones había luchado junto a Declan.

—Gente de Elcho que ha venido a ayudar —informó Alaisthar al percatarse de que entre esas mujeres estaba Paris.

—Declan, la mujer que baila con la niña de cabellos claros en brazos, ¿cómo se llama? —indagó Kenneth.

—Cindy Crawford —respondió molesto al intuir lo que pasaba por la cabeza de Kenneth, y mirándole aclaró para zanjar el tema—: Ella y las mujeres que la acompañan son de mi clan, y mi madre las tiene en alta estima.

—Es preciosa —susurró Kenneth sin apartar su vista de ella.

Irritado por escuchar aquello y en especial por cómo la miraba, dijo alto y claro:

—Kenneth Stuart, ni mi gente ni yo queremos problemas, así que déjala en paz.

Sorprendido por aquella contestación y en especial por el interés que demostraba por la mujer, Kenneth miró a su amigo y con una sonrisa lobuna que le dio a entender demasiadas cosas. Mientras movía su caballo para acercarse a ellas, murmuró:

—¿Quién te ha dicho que yo quiera problemas, Declan Carmichael?

Montse, feliz por haber conseguido que los niños rieran y lo pasaran bien, sonreía con la pequeña Aileen en brazos.

—Preciosa voz la suya, señorita Crawford —dijo alguien a su espalda.

Sorprendida al escuchar aquello se paró para mirar, y fue entonces cuando vio a aquel hombre y, detrás de él, montado a caballo, a Declan, Alaisthar y el resto. Su mirada se encontró con la de Declan y este no sonrió. Ella tampoco. Continuaba enfadada con él. Ignorándolo, miró de nuevo al hombre de pelo oscuro que estaba ante ella y con amabilidad y una radiante sonrisa que importunó al *laird* respondió:

—Gracias. Pero seamos sinceros, cantar no es lo mío. Con seguridad, en breve lloverá y usted no pensará lo mismo.

Maravillado por aquella contestación, el *highlander* moreno se carcajeó. Se apeó de su caballo y acercándose a ella preguntó mirando a la pequeña que, asustada, escondió su carita en el cuello de la mujer.

—¿Es vuestra esta preciosa niña?

Montse, abrazando a la pequeña, le dio un beso en su sucio pelo y respondió sintiendo la mirada aguda de Declan.

—No, aunque ya me gustaría a mí tener una hija tan preciosa. Esta niña, y todos los niños que veis, se han quedado huérfanos tras el ataque. Por eso mis amigas y yo estamos buscando a familiares que puedan ocuparse de ellos. Pero no es fácil, la verdad. Una boca más que alimentar en un momento como este es difícil de aceptar.

Kenneth, conmovido por sus palabras y por cómo le miraban los niños, asintió con turbación. Pero al ver el miedo en los ojos de la pequeña se agachó y susurró con cariño:

—Eh... hola.

Al ver que la pequeña temblaba, Montse la apretó contra su cuerpo y el hombre sin darse por vencido continuó:

—Hola, pequeña. No me tengas miedo, yo nunca te haría nada malo.

—Por supuesto que no, cielo —afirmó Cindy sorprendiéndole—. Yo nunca le dejaría. Te lo prometo.

Aileen, al escuchar aquel amable tono de voz, y en especial lo que Montse dijo, miró al hombre y con un dedo en la boca preguntó entre susurros:

—¿De verdad?

Kenneth sonrió, y pasando su callosa mano por la mejilla de la niña, asintió:

—Como ha dicho Cindy, te lo prometo. ¿Cómo te llamas?

La cría miró a Montse, y al ver que esta asentía murmuró:

—Aileen.

—Oh... qué bonito nombre —comentó el *highlander*.

—Eso mismo le he dicho yo —respondió Montse con una encantadora sonrisa—. Tiene un nombre precioso. Tan bonito como el que pudiera tener cualquier princesa.

—Vos también tenéis un nombre bonito... Cindy.

—Vaya. Veo que os han informado —dijo esta tras cruzar una rápida mirada con un hosco Declan, que observaba la situación sin perder detalle—. Y vos, ¿cómo os llamáis?

—Kenneth. Kenneth Stuart. —Y tomando la sucia mano de Montse con una galantería que la dejó sin habla, se la besó—. Y decidme, ese raro acento que tenéis al hablar, ¿a qué se debe?

—A que soy española.

—¿Española? —preguntó sorprendido, y ella asintió—. He oído que las mujeres de su tierra son muy vehementes. ¿Es cierto?

Soltando una risotada, divertida y con gesto pícaro, Montse respondió:

—También dicen que somos impetuosas —miró a Declan, que resopló—, demasiado efusivas y con un carácter especial.

—Lo tendré en cuenta —dijo Kenneth—. Pero reconozco que me gusta lo que escucho. Me gustan las mujeres con carácter y más si ayudan a los niños indefensos.

Halagada por cómo la trataba aquel hombre, Montse se relajó y comenzó a hablar con él sobre los pequeños. Quizá él pudiera ayudarles. Declan, fastidiado por aquella cercanía entre ambos, les observaba sin bajarse del caballo. ¿Qué hacía Kenneth coqueteando con ella?

—Creo que nuestro amigo Kenneth ya ha puesto los ojos en su próxima conquista —se burló Alaisthar acercándose.

Pero cuando se fijó en los ojos de su amigo y en especial en cómo se contraían las aletas de su nariz, se arrepintió de lo dicho y susurró:

—No me lo puedo creer.

Declan no quiso contestar. No debía contestar. Apenas conocía a aquella alocada mujer, pero, extrañamente, que su amigo Kenneth la estuviera cortejando no le gustaba nada. Al entender de repente lo que ocurría, Alaisthar calló sorprendido. En todos los años que hacía que se conocían, nunca le había visto en una situación así.

Por respeto calló y desvió sus ojos hacia la linda Paris, que lo miraba con una radiante sonrisa invitándole a que le dijera algo. Deseó bajar del caballo, pero se abstuvo: no era momento de demostraciones amorosas.

Mientras tanto, Kenneth se ganaba la confianza de las mujeres y en especial de los niños, y volviéndose hacia los guerreros que le observaban a caballo dijo:

—Declan, continúa el camino con tu gente. Mis hombres y yo vamos a intentar ayudar a Cindy y los pequeños.

—¡Genial! —aplaudió esta como una boba, ante el gesto de desaprobación de aquel.

—¡Maldita sea! —murmuró Alaisthar.

El que los guerreros Stuart se quedaran a solas con las muchachas y los niños no le hacía mucha gracia. No quería ver cerca de su Paris a ningún hombre que no fuera él.

Perplejo por la estrategia de Kenneth y no dispuesto a revelar lo que realmente sentía, Declan clavó la mirada en él y dijo alto y claro:

—Recuerda lo que te he dicho, Kenneth.

Después tiró de las bridas de su caballo y levantando la mano se alejó con su clan. Extrañada y en cierto modo molesta porque hubiera sido Kenneth y no Declan el que le hubiera ofrecido su ayuda, Montse miró al *highlander* que caminaba a su lado y preguntó directamente con gesto pícaro:

—¿A qué se refería el duque de Wemyss?

Kenneth, divertido por aquel atrevimiento y por el desparpajo de la muchacha, la miró y respondió mientras asía a un niño para llevarlo en sus brazos:

—No quiere problemas.

Capítulo 34

El comportamiento hosco y huraño de Declan no pasó desapercibido para ninguno de sus hombres. Pero quien de verdad se había dado cuenta de lo ocurrido había sido su buen amigo Alaisthar. Durante horas recorrieron las tierras de los O'Callahan intentando ayudar a sus gentes, y en especial recabando información sobre quién había podido ocasionar aquel desastre.

—No entiendo quién ha podido hacer esto —dijo Alaisthar sentado junto a Declan sobre un árbol caído mientras comían un poco de carne seca y pan.

—Los problemas con la Corona aumentan, y el salvajismo y el hambre desencadenarán más asaltos como este —asintió distraído Declan. Realmente quien ocupaba sus pensamientos era aquella loca de Cindy, quien en esos momentos deambulaba con el mujeriego de Kenneth Stuard.

Al verle tan pensativo Alaisthar miró a los lados, y cuando se cercioró de que nadie estaba cerca para escucharles dijo:

—Declan, sabes que no suelo preguntarte este tipo de cosas, pero me has dado que pensar.

Al escuchar aquello su amigo le miró y preguntó desconcertado:

—¿Qué te ha dado que pensar?

—Que te agrada esa muchacha llamada Cindy y no te ha gustado que Kenneth y sus hombres se quedaran con ella. Y antes de que digas nada, te confesaré que particularmente a mí no me hace mucha gracia que mi pequeña Paris esté con esos *highlanders* sin estar yo cerca.

Aquel comentario hizo sonreír a Declan, que dándole a su amigo un flojo golpe en la pierna preguntó:

—¿Tu pequeña Paris?

—Sí... *mi niña*, como me gusta llamarla. —Rio al recordar su tono dulzón—. No sé qué me pasa con esa mujer, pero fue verla el primer día y desde entonces el corazón se me precipita al pensar en ella.

—Vaya, Alaisthar, solo te había visto así cuando te enamoraste de Erin...

—Lo de Erin pasó hace tiempo —aclaró con decisión—. Cuando se casó con Thomas me olvidé de ella, y aunque cuando enviudó no te niego que la volví a ver, ambos sabemos que lo que hubo en su momento murió.

—¿Por eso se marchó a la tierra de los McKenna?

—Sí. Hablamos, y tras hacerle entender que no me casaría con ella, decidió marcharse. Pero ahora que ha aparecido Paris, con sus excentricidades y su divertida manera de verlo todo, me comienzo a plantear muchas cosas.

Sorprendido por lo que aquellas palabras querían expresar, Declan miró a su amigo y preguntó:

—¿Qué te ha contado Paris de su pasado? ¿Te ha dicho de dónde vienen?

—No. Nunca le he preguntado ni ella me ha contado.

Al pensar en las curiosas cosas que Cindy le contaba y, sobre todo, él descubría, Declan, con una sonrisa en los labios, le comenzó a relatar lo que aquella le había confesado en su momento. Sorprendido por aquella locura, Alaisthar primero se quedó mudo, luego se extrañó y finalmente rio junto a Declan cuando este finalizó su relato.

—¿Del siglo XXI?

—Eso dice Cindy. Según ella están aquí por unos deseos, pero si te soy sincero no creo nada de lo que cuenta.

—La verdad es que a veces Paris me sorprende con cosas extrañas. Su manera de hablar directa y sin miedo, su forma de sorprenderse ante cualquier cosa... pero quizá eso es lo que ha hecho que me fijara más en ella. —Mirando a su amigo que, cabizbajo, asentía, preguntó—: Eso es lo que te ocurre a ti con Cindy, ¿verdad?

—Sí. Me atrae poderosamente, en especial porque a veces, no sé por qué, la creo. Al principio, cuando me contó todo lo que te he contado me reí y pensé que estaba bebida, pero luego día a día, por pequeños detalles, palabras, situaciones, momentos... me hace pensar si no tendrá razón.

—Le preguntaré a Paris a ver qué me dice y te contaré.

—Te lo agradeceré. Me gustaría saber qué explicación te da ella al hecho de haber aparecido junto a Edel.

—Deduzco por tu curiosidad que te encuentras en la misma tesitura que yo con Paris, ¿verdad?

Tras soltar una risotada Declan asintió, y levantándose murmuró:

—Deduces bien, amigo, deduces muy bien.

Minutos después, tras montarse en sus poderosos corceles, Declan Carmichael y Alaisthar Sutherland continuaron su camino, mientras pensaban qué estarían haciendo sus enamoradas.

Capítulo 35

Aquella noche, tras una larga búsqueda en la que finalmente encontraron a todos los familiares de los niños, regresaron a su refugio para descansar. Los guerreros Stuart, encabezados por Kenneth, las llevaron con galantería hasta la cabaña.

—¿Aquí es? —preguntó Kenneth sorprendido—. Creí entender que la madre de Declan os estimaba.

—Y nos estima —asintió con orgullo Julia—. Cindy fue la que le devolvió la joya perdida a los Carmichael.

Sorprendido por aquello, el *highlander* miró a Montse y preguntó:

—¿En serio?

—Sí.

—Entonces, ¿por qué os alojáis aquí en vez de en la fortaleza? —volvió a preguntar mirando cómo otros hombres de otros clanes las observaban.

—Porque preferimos estar cerca de las personas que conocemos y sobre todo que no nos buscan problemas —respondió Juana.

Aquella contestación le alertó los sentidos. Con seguridad la joven Rose O'Callahan tenía algo que ver en todo aquello. Pero no dispuesto a dejar las cosas así preguntó de nuevo:

—¿Acaso no conocéis a Fiona y Declan como para descansar en esta humilde morada rodeadas por hombres de otros clanes?

Agotada por todo y no dispuesta a seguir alimentando las extrañas ideas que Declan le hubiera podido contar, Montse respondió:

—Kenneth, no te ofendas, pero no preguntes más. Nosotras descansamos aquí y no hay nada más que decir. Y en cuanto a los hombres, tranquilos, están controlados.

Al escucharla el hombre calló por prudencia, pero siguió pensando que aquel lugar no era bueno para unas señoritas como aquellas. Se notaba a la legua que ellas tenían una educación y un saber estar que la gente común ignoraba. Pero dispuesto a no ser indiscreto contestó:

—De acuerdo. Si vosotras me decís que aquí estáis bien, os creeré.

—Lo estamos, Kenneth, créenos —dijo la canaria haciéndole sonreír.

Una vez se despidieron, los guerreros Stuart se marcharon y ellas entraron en su morada. La ayuda que les ofrecieron aquellos *highlanders* fue determinante para que muchos de aquellos aldeanos reconocieran ser familiares de los pequeños. Dejar a los niños con alguien responsable y que no estuvieran deambulando por las calles, con hambre y frío, a Montse le hizo feliz. Aunque al recordar a Aileen se le partiera el corazón. La pequeña se había quedado con una hermana de su madre, y aunque aquella la acogió con cariño, a la niña no la vio muy contenta.

—¿Qué piensas? —preguntó Juana.

—En Aileen. Me ha dado pena separarme de ella —susurró Montse tirándose encima de uno de los camastros.

—No te preocupes —suspiró Julia echándose en la cama—. Estoy segura de que con su tía y los hijos de esta será feliz.

—Lo sé —asintió conmovida—. Pero eso no quita que me encariñara con la niña. Era tan rica y se la veía tan sola...

—El que yo creo que se ha encariñado de ti es ese tal

Kenneth, ¿te has dado cuenta de cómo te ronroneaba en todo momento? —bostezó Julia.

Con una sonrisa Montse asintió. El galanteo de aquel durante toda la tarde no le había pasado desapercibido a nadie.

—A eso solo te puedo decir: ¡no es mi tipo!

En ese momento Agnes entró en la cabaña y mirándolas susurró:

—Necesito vuestra ayuda. Una mujer se ha puesto de parto y...

Con rapidez, Julia se levantó y dijo:

—Vale... que no cunda el pánico... iré yo.

La canaria y Montse se quedaron a solas en el cuarto.

—¿Desde cuándo os tuteáis con tanto descaro Declan Carmichael y tú? Mira que llevo días dándole vueltas al asunto sin querer preguntarte porque no soy tan cotilla como la Duval, pero, chica, ¡ya no puedo callar más!

—Tengo sueño y quiero dormir —susurró Montse.

—¡Qué cachonda! Y yo quiero un *whooper* con queso y extra de beicon y mira, aquí me tienes comiéndome las uñas. —E incorporándose de su cama dijo—: Ayer, cuando pasó aquello con Rapunzel, me percaté de muchas cosas, y sobre todo de ¡cómo os mirabais! Te encaraste a él y él siguió tuteándote a pesar de su enfado y no te mandó cortar tu afilada lengua. ¿Algo que contar, Cindy Crawford?

Tras soltar un suspiro de resignación Montse se sentó en su cama y apoyándose en la pared miró a su amiga y respondió:

—El día que estuvisteis en el mercado de Perth, fui a la biblioteca en busca de un libro para leer. Nos encontramos allí y hablamos.

—¿Hablasteis? Tú y el señor mala leche ¿hablasteis?

Montse rio y dijo en confianza:

—Sí. Aunque te parezca imposible, fuimos capaces de comunicarnos sin gritar.

—Ostras, tía. ¿Y cómo no nos lo has contado?

—No creí que fuera nada importante.

—¿Y de qué hablasteis?

—Me dijo que le contara cosas de nuestra época. Ya sabes que la noche que operamos a *Fitz*, tonta de mí, le comenté que veníamos del siglo xxi, bueno, me imagino que aunque piensa que estoy como un cencerro tenía ganas de divertirse, y yo, pues le hice caso y le conté cosas, nada más.

—¿En serio? ¿Y qué le contaste?

—Le hablé de la mujer y de lo adelantadas que estábamos en la actualidad.

—Fliparía, ¿verdad?

Tras soltar una risotada Montse asintió y bromeó.

—Yo creo que más que flipar, confirmó que me faltan tres tornillos y estoy más loca que las maracas de Machín. En especial cuando escuchó cosas como que las mujeres teníamos voz propia y que dábamos el primer paso si queríamos acostarnos o tener relaciones sexuales con un tío.

—La madre del cordero, ¿eso le contaste? —se carcajeó Juana.

—Sí, pero no me creyó.

—Y ese buen rollito para llegar a tutearos, ¿cómo surgió?

Retirándose el pelo de la cara Montse sonrió y respondió:

—Le dije que en nuestro tiempo había quedado arcaico eso de decir «Vos queréis», «Vos necesitáis» y que nos tuteábamos diciendo «Tú quieres o tú no quieres». Después él me preguntó si yo le quería tutear, ¡imagínate! Vi el cielo abierto, porque eso de estar todo el santo día pensando qué decir para no ofender es que me agota a unos niveles insospechados. Y bueno... le dije que sí, pero siempre y cuando él me tuteara a mí. Y después... bueno... pues eso.

—¡¿Pues eso?! — La canaria abrió los ojos desorbitadamente—. ¿El «¡pues eso!» quiere decir que te lanzaste y?... y...

Al comprender lo que su amiga quería dar a entender, Montse susurró con rapidez:

—Pero bueno, ¡qué mente más calenturienta tienes! ¿Qué estás pensando?

—¿Tú qué crees, bonita? Mira que nos conocemos y sé que cuando dudas en algo es porque detrás de tus dudas hay algo más.

—Vale... lo confieso, ¡le besé!

—¿Le besaste?

—¡Ajá!

—¿Besaste al duque de Wemyss? —saltó aquella para ir a la cama de su amiga.

—Sí, y te juro que me encantó. ¡Oh, Dios! No lo pude evitar. Nos estábamos tuteando, el fuego del hogar ardía, yo tenía fiebre y...

—Sí, claro... ahora le echas la culpa a la fiebre.

—No... —Montse rio al escucharla—. Pero fue todo un cúmulo de cosas. Estábamos solos, su voz, sus ojos y... y en un momento dado me preguntó qué haría una mujer de nuestra época ante una situación como aquella...

—Y ¡zaparras! Le besaste.

—Exacto. Le besé y...

—¡¿Y?!

—Nos vemos por las noches desde hace un tiempo en su habitación y...

—Ay, mi niña, ves cómo no tengo mente calenturienta —y tapándose la boca para no reír preguntó—: ¿Te apareas con Declan Carmichael?

—Sí —confirmó Montse con una sonrisa.

—¡La leche!

—Ahora me vas a decir que tú con Alaisthar nada de nada, ¿no? —se mofó Montse.

—Pues sí. Me respeta. Pero tras oírte, presiento que estoy tardando yo en dejar de respetarle. —Al escucharla Montse se carcajeó y su amiga continuó—: A ver, mi niña, sé que lo que te voy a preguntar es un tanto morboso, pero ¿qué tal se lo monta un hombre en la cama en el siglo XVII?

—En dos palabras, im-presionante. Igual o mejor que los del siglo XXI. Pero... pero si te soy sincera, no sé qué estoy haciendo. Bueno, sí lo sé, pero no sé qué me pasa que...

Juana, al ver el gesto de desconcierto de su amiga, la abrazó y concluyó:

—Has comenzado a sentir por él algo que nunca creíste que podía suceder. El hombre de tus sueños, y nunca mejor dicho, ha hecho que tu corazón lata desbocado cada vez que le ves y eso te tiene confundida, ¿me equivoco?

—No. No te equivocas, pero creo que estoy cometiendo un error.

—*Estamos*, mi niña, *estamos.* Yo estoy colgada hasta las trancas de Alaisthar y aunque a veces pienso eso de ¡disfruta el momento! no me puedo relajar. Sé que tarde o temprano le dejaré de ver y eso... eso... me martiriza cada día más.

Durante unos segundos ambas permanecieron en silencio hasta que Montse, mirando a su amiga, susurró:

—A veces pienso en algo que me dijo Erika la escocesa.

—¿Hablas de la gitana lianta que nos mandó aquí?

Montse asintió y dijo:

—Desde niña, siempre me ha dicho que la felicidad de mi futuro estaba en el pasado.

—Uf... ¡Por Dios! —susurró Juana enseñándole el brazo—. Los pelos como escarpias se me han puesto, chica.

—Mira que eres payasa —rio Montse.

—Ostras... —murmuró aquella volviendo a su camastro—. Eso querrá decir que Declan es el hombre que siempre has buscado. Tu media naranja, pomelo o como lo quieras llamar.

—No lo sé —admitió Montse tumbándose en su camastro—. Sinceramente no lo sé, y eso me tiene aterrada.

Capítulo 36

A la mañana siguiente, cuando las muchachas se asearon y salieron de su alojamiento, se sorprendieron al ver a unos hombres del clan de Kenneth Stuart apostados en la puerta. Sin darle importancia pasaron por su lado y se marcharon con Agnes y Edel hacia la fortaleza Huntingtower. Habían sido llamadas por Fiona.

—¡Qué grima me da entrar en este lugar! Es como entrar en la morada de Úrsula, la bruja mala de *La Sirenita* —susurró Juana al cruzar la puerta del castillo.

Pero se quedaron sorprendidas cuando vieron la riqueza que albergaba aquel castillo. Si bien por fuera se veía sucio y ajado, por dentro era tal su reluciente estado que era imposible no sorprenderse.

—Pero bueno... Rapunzel vive en un auténtico castillo de hadas —se burló Montse al mirar a su alrededor.

—Y su gente muere de hambre fuera de él —acabó Julia.

La joven lady Rose se encontraba allí y rápidamente las vio. Ofuscada se dirigió hacia ellas e interponiéndose en el camino de Montse la paró.

—¿Quién os ha dado permiso para entrar aquí?

—Nos ha llamado Fiona Carmichael —respondió esta mirándola con cara de pocos amigos. Estaba claro que nunca iban a llevarse bien.

Desde el otro lado del salón Declan, que hablaba con otros hombres, se fijó en ellas y pudo ver cómo Rose, con gesto desagradable, se dirigía a su Cindy. No la escuchaba, pero por la cara de aquella, lo que decía Rose no debía ser muy agradable. Con disimulo comenzó a acercarse a ellas.

—Os exijo que salgáis de mi castillo ¡ya! Rameras como tú no son bien recibidas.

—¿Rameras como yo? —repitió Montse.

—Lo que me hicisteis el otro día no quedará impune. Os haré pagar la humillación que me hicisteis sentir ante mi gente, ¡os lo juro!

—Temblando estoy, ¿lo veis, *lady* Rose? —se mofó Montse.

Julia y Juana, que observaban la escena petrificadas, quisieron intervenir. Pero una mirada de su amiga les ordenó que no se metieran. Sin embargo, Julia, al intuir que el ambiente se caldeaba, se acercó y dijo:

—Debemos irnos.

—He dicho que ¡fuera! de mi castillo —murmuró Rose cada vez más encendida. Nadie había osado nunca llevarle la contraria, y menos en su hogar.

—Te he dicho, maldita sorda —siseó Montse intentando rodearla— que Fiona nos ha llamado.

Pero Rose no estaba dispuesta a callar, y volviéndose a interponer en su camino gruñó:

—Declan Carmichael es mío. No lo olvides, ramera. Te podrá satisfacer en el lecho como su amante, pero yo conseguiré ser su esposa, y entonces me encargaré de ti. Haré que tu vida sea tan despreciable que desees morir.

Cansada de que aquella niñata malcriada le gritara en la cara, con astucia, Montse se acercó a ella y con disimulo le pisó el pie. Apretándolo con todas sus fuerzas mientras Rose, horrorizada, intentaba aguantar el dolor, le siseó en la cara:

—... para tu información, Rapunzel, no soy ninguna ramera, y lo que te reconcome por dentro es saber que soy la mujer que está disfrutando de los deseos carnales de un hombre al que tú deseas y no puedes tener. Pues lo siento, guapa, él ahora está conmigo.

Sin mirar atrás Montse se alejó con cajas destempladas, y mientras intentaba aplacar su mal humor mirando los ricos tapices y cristaleras chocó con alguien. Rápidamente se disculpó.

—Disculpe, señor.

Al levantar el rostro se encontró con el gesto serio de Declan, que acercándose a ella le preguntó al oído:

—¡¿*Señor*?!... ¿ya no nos tuteamos, Cindy?

Intentando controlar el nerviosismo que le provocaba aquel hombre, respiró hondo, y todo lo tranquila que pudo susurró poniéndose colorada:

—Disculpa, Declan. No me había dado cuenta de que fueras tú.

Aspirar su perfume y tenerla tan cerca hizo que él deseara tomar aquellos labios impetuosos. Se moría por estar a solas con ella, y se incomodó al ver que Montse, sin decir nada más, se alejaba. La detuvo.

—¿Adónde vas con tanta premura?

—Tu madre nos ordenó llamar —respondió ella mirando de reojo a lady Rose que cojeando se sentaba en una silla.

Quería estar enfadada con él por el trato inexistente que le había prodigado durante aquellos días, pero algo en ella se lo impedía. Era oirle hablar con aquella aterciopelada voz y sentía que se deshacía por dentro. Aun así intentó estar distante hasta que escuchó:

—Regresamos al castillo de Elcho. Eso es lo que mi madre os va a comunicar.

Inexplicablemente aquello la hizo feliz, y con una encantadora sonrisa soltó:

—Oh, Dios, ¡qué punto!

—¡¿Qué punto?! —repitió él desconcertado—. ¿Qué has querido decir con eso?

Divertida por la pregunta, sonrió sin percatarse de que aquella sonrisa caldeaba aún más si cabe el corazón y la cabeza de quien tenía delante.

—Eso es como decir ¡qué bien!

—Me alegra saber que estás feliz por regresar a Elcho.

Asintió como una niña, pero sus ojos se oscurecieron cuando tras mirar a lady Rose recordó.

—Sí, aunque sea por poco tiempo. Ya sabes...

—¿Poco tiempo? —preguntó Declan abrumado.

Si algo quería con ella era tiempo. Algo en su interior comenzaba a creer la locura que ella le había contado del siglo XXI, y pensar en perderla le comenzaba a agobiar.

—Sí, Declan. En breve me marcharé a vivir a la casa de tu madre. ¿No lo recuerdas?

Al escuchar aquello Declan asintió. Eso era algo que tendría que solucionar nada más llegar a Elcho, pero para zanjar el tema aclaró con voz aterciopelada:

—Por eso no te preocupes...

—¿Y por doña Caprichitos me tengo que preocupar? —soltó ella sin pensar—. Porque está deseosa de que yo me aleje de ti para meterse en tu casa, en tu cama y en donde tú le dejes.

—Si te refieres a quien yo creo —susurró complacido con una sonrisa—, no, Cindy, no te tienes que preocupar.

Consciente de lo que acababa de soltar por su boquita, maldijo, y para quitarle importancia aclaró con toda la convicción que pudo:

—Bueno... a ver... no te equivoques. No es que me preocupe, pero yo...

—¿Celosa?

Sobresaltada por aquella pregunta clavó sus ojos en él y siseó:

—Yo no estoy celosa de esa... esa... petarda. ¿Quién te ha dicho eso?

—Tú. —Pero antes de que ella siguiera con aquello, que ya hablarían a solas, Declan preguntó poniéndose serio—: ¿Qué tal ayer con los niños? ¿Encontrasteis a sus familias?

Al recordar a los pequeños a Montse se le inundó el rostro de felicidad, y moviendo las manos respondió mientras se retiraba un pelo que le caía en los ojos.

—Uf... la verdad es que nos fue genial. Conseguimos que esos niños volvieran a dormir con sus familias. Y aunque me dio una pena horrorosa separarme de esos angelitos, creo que estarán bien. Yo creo que ha sido la primera vez en mi vida que me he sentido útil al hacer algo tan importante por alguien.

—Me alegra saberlo —asintió aquel mirando cómo otros guerreros la observaban al hablar. Aquella muchacha tenía magia y parecía atraer a todos. Y al primero, a él—. ¿Kenneth Stuart y sus hombres se comportaron?

Aquella pregunta la sorprendió, y clavando los ojos en él siseó:

—Tan bien como Rose O'Callahan. —Pero al ver la furia en su mirada rápidamente susurró—: Se comportaron como unos auténticos caballeros y nos ayudaron a encontrar a las familias de los niños.

—¿Te tuteas con él?

Al escuchar aquello, Montse le miró y preguntó:

—¿A qué viene esa tonta pregunta?

Pero no pudo responder: Kenneth se acercó hasta ellos y con galantería la tuteó para molestia de Declan.

—Buenos días, preciosa Cindy, ¿has dormido bien?

—Muy bien —sonrió ella.

Declan, incómodo por aquello, le miró con atrevimiento y siseó:

—Buenos días, Kenneth, yo también estoy aquí.

—Tú y yo ya nos habíamos saludado —se mofó

aquel divertido, pero dándole un golpe en los hombros aclaró—: Pero si te hace ilusión... buenos días, Declan.

Molesto por la intromisión de su amigo en la conversación que la muchacha y él mantenían, fue a decir algo, pero ella, como siempre, se le adelantó:

—Kenneth, de verdad, muchas gracias por la ayuda que ayer nos ofrecisteis tú y tus hombres. Sin vosotros habríamos tardado muchísimo en encontrar a esas familias.

—Fue un placer. Si vuelves a necesitar mi ayuda, mi clan y yo estaremos encantados de proporcionártela —asintió él tras cruzar una divertida mirada con su amigo.

Declan y Kenneth ya habían hablado aquella mañana de lo ocurrido el día anterior. Ambos eran amigos desde hacía años y se conocían muy bien. Demasiado bien.

—Por cierto, Kenneth —preguntó ella—. ¿Por qué había hombres de tu clan apostados ante la puerta de mi cabaña?

Aquello puso sobre alerta a Declan, que le miró con gesto hosco mientras el *highlander* sonreía y respondía:

—Les ordené que durmieran allí. No me gustó la mirada de muchos de los hombres que campaban por la zona.

Divertida por aquello Montse fue a responder, pero Declan esta vez se le adelantó y con gesto furioso siseó:

—¿Quién te ha pedido que cubras a mi gente?

—Nadie. Pero lo creí pertinente.

—No quiero volver a ver a ningún Stuart cerca de ella o cualquiera de los míos a no ser que yo te lo pida, ¿te has enterado, Kenneth?

Boquiabierta por el rumbo que estaba tomando todo aquello, Montse, acercándose más de la cuenta a Declan, siseó tras darle un pequeño toque en el hombro con el dedo:

—Pero bueno, ¿dónde está el problema?

La cercanía le hizo recordar sus momentos íntimos y respondió:

—Tú eres de mi clan. ¡Mi responsabilidad! Y si alguien tiene que apostar a sus hombres ante tu puerta soy yo, no él.

—Pues hazlo —le increpó Kenneth.

—¿Y quién te dice que no lo he hecho ya?

Al escuchar aquello Kenneth miró a su amigo y sonrió. Ahora entendía la charla de aquella mañana y el porqué de su enfado, e iba a responder cuando la joven dijo:

—Vamos a ver, hombretones, los dos bordáis el papel de machotes, pero callad la boca porque me estáis poniendo histérica. —Y mirando a Kenneth dijo—: Gracias por el detalle de tus hombres, pero yo no necesito que nadie vele ante mi puerta. Por lo tanto, ¡tema zanjado! —Y volviendo su turbadora mirada a Declan finalizó—: En los días que llevo aquí no me has ofrecido tu ayuda ni un solo instante porque estabas muy ocupado consolando a la caprichosa de la *barbie* medieval. Por lo tanto, sigue así. No estoy celosa, y por supuesto no quiero ni tu protección ni nada que provenga de ti personalmente.

Una vez dijo aquello, con un enfado por todo lo alto se alejó en busca de sus amigas, que hablaban en la otra punta del salón con Fiona. Los hombres, sorprendidos por la parrafada que les había soltado, se miraron entre ellos, y Kenneth, con una sonrisa que hizo que su amigo riera, dijo dándole un buen golpe en la espalda:

—¿Caprichosa *barbie* medieval?

—Locuras de Cindy —asintió divertido Declan deseoso de pillarla a solas.

—Pero ¿esa caprichosa es quien yo creo que es? —se burló de nuevo Kenneth mirando a Rose O'Callahan, que discutía al fondo con una de sus criadas.

—Me temo que sí.

Declan sonrió y asintió haciendo que Kenneth soltara una risotada que provocó que el salón entero les mirara. Una vez recobró la compostura, observó a su amigo, y con un gesto que a Declan le tranquilizó, susurró:

—Sabes que te aprecio mucho, Declan, pero si tú no haces algo para conquistar a la española, lo haré yo.

Capítulo 37

Tras despedirse con cariño de los campesinos de la fortaleza, Montse, acompañada por sus incondicionales, se montó en uno de los carros de los Carmichael para regresar al castillo de Elcho. Estaba feliz por alejarse de allí. Pero su felicidad se vio truncada cuando vio aparecer a la pija medieval a lomos de un impresionante caballo blanco y la oyó vocear a unos hombres con un gesto desagradable:

—Llevad con cuidado mis baúles hasta mi carromato. No quiero que ninguno sufra el más mínimo daño, o vosotros lo pagaréis. Tú, miserable saco de grano —gritó a un muchacho—, avisa al *laird* Carmichael que ya estoy preparada y que podemos comenzar el viaje.

—Mírala. Solo falta que le dé vueltas la cabeza para parecer la niña del exorcista —se mofó Juana señalándola.

—¿De quién habláis? ¿De Rapunzel? —preguntó Julia.

—Sí, hija, sí, ¿de quién si no?—asintió Montse molesta por aquella repentina compañía—. No puedo entender que en vez de quedarse aquí para acompañar a su padre y ayudar a los suyos, se tenga que venir con nosotros para hacernos seguramente la puñeta.

—Esa es más inútil que una soprano tartamuda —se burló Julia al ver cómo la susodicha intentaba sin resultado colocarse bien la capa.

En ese momento Declan apareció a lomos de su caballo oscuro, y tras saludar a Montse con un movimiento de cabeza, galopó hasta donde estaba Rose y con una amable voz dijo a la joven caprichosa:

—No te preocupes. Tus enseres llegarán intactos como siempre.

Al verle a su lado la joven cambió su gesto hosco por uno más dulce, y tras retirarse el pelo de la cara con estilo y glamour dignos de la estupenda Bette Davis, dijo con una tonta sonrisa:

—Oh, Declan... ¡deseo tanto un poco de paz tras la locura que he vivido estos días! Estoy agotada, necesito reposar.

—En Elcho descansarás, te lo aseguro.

Dicho aquello Declan le besó la mano y comenzó a alejarse cuando vio a Kenneth Stuard acercarse al carro donde sabía que estaba Cindy.

—Venía para comprobar que estáis bien acomodadas —dijo el *highlander* moreno acercándose al carro de las muchachas; y mirando a Montse señaló—: Espero que no sigas enfadada conmigo por apostar mis hombres en tu puerta.

—¿Venís con nosotras? —preguntó Juana.

—Solo una parte del camino —aclaró este con la mirada puesta en Montse.

Juana y Julia asintieron y permanecieron en un segundo plano. Estaba claro que aquel escocés tan guapo no estaba allí por ellas.

—Kenneth, eres tan encantador que no puedo estar enfadada contigo. Discúlpame por mi reacción en el salón, pero cuando Declan y tú os...

—Hablando de Declan —la interrumpió él divertido—. En este instante nos está observando. ¿Crees que debo empuñar mi espada?

Sorprendida, Montse miró en la dirección que señalaba, y un extraño regocijo le recorrió el cuerpo al ver cómo les observaba, mientras Rapunzel hablaba y hablaba como una cotorra sin parar. El porte estático de Declan delataba su tensión y sus ojos, furia y desconfianza.

—Tranquilo, Kenneth. No creo que Declan desee perder a un buen amigo.

—Quizá por una mujer como tú, sí.

—¿Tú crees? —preguntó atónita por lo que él dejaba entrever con aquellas palabras.

Kenneth, asombrado por cómo les observaba Declan, se acercó aún más a la muchacha y le cuchicheó haciéndola reír.

—Conozco a ese burro desde hace tiempo y nunca le he visto mirarme así simplemente por hablar con una mujer.

Al escuchar aquello Montse sonrió, y como en sus mejores tiempos se soltó la melena y la movió a lo Cindy Crawford en cualquier desfile, para después, con sensualidad, retirársela de la cara. Aquello provocó que Juana, muerta de risa, susurrara en español:

—Creo que nuestra Cindy Crawford particular se está enamorando, y no precisamente del macizo que está frente a ella.

—¡Ay, Dios mío! —murmuró Julia tapándose la boca al mirar a Declan.

Al escuchar aquellos comentarios Montse sonrió, y acercándose un poco más a Kenneth le preguntó mientras le seguía el juego:

—¿De verdad crees que Declan pelearía contigo?

El hombre, tras cruzar una mirada con el furioso *highlander* que les miraba en la distancia, asintió, y haciéndola de nuevo sonreír observaba:

—No lo dudes, aunque atente a las consecuencias que ello traerá por parte de la caprichosa pija medieval.

Capítulo 38

El camino de regreso al castillo de Elcho fue más lento que la ida. Varias horas después de partir, Kenneth y sus guerreros se despidieron de ellos y se encaminaron hacia sus tierras.

Las continuas paradas ocasionadas por Rose O'Callahan estaban comenzando a desesperar a cualquiera, y a eso se sumaba la molesta lluvia y el frío. Pero a pesar de todo llegaron a Elcho entrada la noche.

Fiona, tras bajar con rapidez de su carro, se acercó al de las chicas, que dormitaban junto a Edel y Agnes, y dijo:

—Vamos, muchachas, apresuraos. Entrad en el castillo y preparad las habitaciones de Rose.

Las criadas saltaron del carro, y al ver que Cindy y las demás se quedaban paradas las apremiaron.

—Venga... vamos. Necesitamos vuestra ayuda.

Montse se desperezó. Hacía horas que se había despedido de Kenneth Stuard y sus hombres y eso la hizo sonreír. Bajó de la carreta y miró alrededor. Todo el mundo parecía movilizado, y ella decidió hacerlo también. Pero cuando vio a Declan ayudando a bajar a Rose de su caballo maldijo en silencio. Las miraditas que aquella le dedicaba al hombre de sus sueños no le gustaban. Durante el trayecto soportó que aquella tonta almibarada se pasara todo el camino dando órdenes a todo el mundo y sonriendo como una boba a Declan.

—Pero bueno, ¿y esa quién es? —preguntó Juana al percatarse de una joven pelirroja que reía con Alaisthar mientras ordenaba a los hombres cargar los baúles de Rose.

—Esa es Miriel. Una de las damas de compañía de lady Rose —cuchicheó Agnes al ver a su Percy reír como un tonto por algo que esta decía—. Recuerda, Paris, aléjate de ella o tendrás problemas.

—Oh, tranquila, Agnes, no habrá problemas —bufó Montse enfadada al ver a Declan tan solícito con la petarda de Rose.

Pero Juana, sin escuchar y molesta por cómo su Alaisthar prodigaba atenciones a aquella mujer, se bajó del carro y, sin que nadie la pudiera sujetar, se acercó hasta él.

—Alaisthar —lo llamó atrayendo su atención—, necesito hablar contigo. ¿Puedes venir un momento?

Al verla el pelirrojo asintió, y tras decirle algo a la joven que estaba junto a él y que la hizo sonreír, se acercó y preguntó:

—¿Qué ocurre?

—He oído que compartes momentos de intimidad con una tal Erin, aunque me acabo de enterar que a quien sonríes como un bellaco es a Miriel, ¿es cierto eso?

Perplejo por aquella pregunta, respondió boquiabierto.

—¿A qué viene eso?

Juana, al verle dudar en su respuesta clavó sus ojos oscuros en él y siseó señalando a la pelirroja que les miraba con descaro.

—No voy a permitir que nadie juegue conmigo, ¿me has oído, Alaisthar? —él asintió—. Si deseas tener algo con Miriel, lo que había entre tú y yo, que es nada, se ha acabado, ¿me entiendes?

—Pero ¿de qué hablas, Paris? —preguntó cogiéndola del brazo para llevarla a un lateral y dejar a los hombres descargar los carros.

—Tú sabes muy bien a lo que me refiero —acusó

esta—. Y solamente te voy a decir una cosa, escocés, si pretendes continuar tonteando con otras delante de mí, no lo voy a consentir. Si ella te gusta, ¡adelante! Pero cuando se vaya de aquí, ni se te ocurra acercarte a mí, porque yo no soy mujer que comparte hombre, ¿entiendes?

El *highlander*, sorprendido por aquel cambio de humor, asintió hechizado. Desde que conocía a Paris, el buen humor y la sonrisa no la habían abandonado ni un segundo, y verla así, ante él, sacando aquel genio tan característico de las españolas, le hizo sonreír. En especial por la lectura que podía sacar de él.

—¿Te ríes? Encima tienes la poca vergüenza de reírte en mi cara.

—No es para menos, Paris... no es para menos.

Consciente de cómo aquella guapa mujer de pelo rojo les observaba, y en especial del gesto guasón de Alaisthar, la canaria se dio la vuelta para marcharse cuando sintió que él le sujetaba por el brazo, le daba la vuelta y le plantaba un beso de posesión en toda la boca digno del mejor culebrón para luego susurrarle al oído:

—*Mi niña...* Ni Erin ni Miriel son nadie para mí teniéndote a ti, ¿te vale esta respuesta?

Embobada por aquella manifestación sentimental delante de todos, Juana asintió como una autómata, y tras sonreír se dio la vuelta, regresó hasta donde estaba una aún enfadada Montse observando a Declan y cogiéndola del brazo cuchicheó mientras caminaban hacia el interior del castillo.

—Definitivamente, en cuanto me quede a solas con él, el respeto se acabó.

Capítulo 39

Aquella noche tras acabar de acondicionar las habitaciones para la visita, al bajar del piso superior Montse vio a Declan, Rose y Fiona en el salón. Los tres parecían relajados y distendidos en su conversación e inconscientemente se desesperó. Declan se había convertido en alguien demasiado especial para ella. Pero sin hacer nada corrió hacia su habitación dispuesta a no comerse más la cabeza, algo que fue imposible. Pasó una noche terrible deseando correr a los brazos de aquel, pero se retuvo y no subió.

Al día siguiente la cosa no mejoró. Se cruzó con Declan en el salón y cuando él fue a decirle algo ella, muy digna, se marchó. Eso a él le molestó. La había esperado hasta altas horas desesperado y ella no apareció. Quería hablar con ella y para ello tenía que buscar el momento idóneo. Pero fue imposible, no lo encontró.

Por la tarde, tras la comida, Rose propuso dar un paseo a caballo. A Declan no le hacía mucha gracia, pero al ver el gesto que le hacía su madre aceptó. Montse, que limpiaba una de las ventanas del salón, les vio ir hasta las caballerizas y marcharse a caballo.

—¡Maldita sea! —gruñó.

—¿Qué ocurre, Cindy? —preguntó Fiona acercándose a ella.

Turbada por haber sido descubierta, la muchacha, retirándose el flequillo de la cara con una sonrisa, dijo apretando el paño contra el cristal:

—Hay aquí una manchita que no consigo quitar.

Durante unos segundos Fiona la observó restregar el cristal de la ventana con tal brío que pensó que acabaría rompiéndolo. Se la veía enfadada, algo que delataba su gesto ceñudo. Por ello, y consciente de lo que creía que le pasaba, la cogió de la mano y dijo:

—Sígueme, Cindy. Tengo que hablar contigo.

La siguió sin rechistar, y cuando entraron en la biblioteca Fiona cerró la puerta. Se sentó y la invitó a que la imitara. Una vez Montse lo hizo, Fiona clavó su mirada en ella y preguntó:

—¿Qué piensas de mi hijo Declan?

Sorprendida por aquella pregunta la joven la miró y dijo:

—¿A qué te refieres con eso, Fiona?

—A que si sientes algo por mi hijo, muchacha. He comprobado cómo os miráis a hurtadillas. Y ahora no te hagas la boba, Cindy, que soy una mujer adulta y me fijo en todo.

Levantando la barbilla con indiferencia, se encogió de hombros y respondió con desconcierto.

—Pues no sé a qué te refieres, Fiona. No siento nada por él. ¿Por qué habría de sentirlo? Si lo único que hacemos es discutir continuamente...

—Te he oído maldecir cuando has visto a Rose y Declan marcharse a caballo, y he pensado que quizá eso te incomodaba.

—¡Por Dios! ¿Cómo puedes pensar eso? —contestó Montse alterada—. Si he maldecido era por la maldita mancha en el cristal.

—¿Seguro, Cindy?

—Por supuesto, Fiona —asintió con rotundidad.

—Pero las miradas que os dispensáis...

Apurada por aquella conversación, la joven intentó zanjarla diciendo:

—Te equivocas. Le miro como a cualquier otro. Incluso quizá menos.

Al escucharla decir aquello, la mujer se recostó sobre el sillón, y dispuesta a conseguir saber lo que se había propuesto, respondió con una pequeña trampa.

—Hija, te lo pregunto por la maldición de Keeva. El hechizo decía que solo se desvanecería cuando el enamorado de algún Carmichael encontrara la otra mitad del colgante. Y aunque estoy feliz por tener la joya de nuevo entre nosotros, temo por Maud. ¿Correrá la misma suerte que la de sus antepasados? Me angustia pensar eso, me angustia mucho.

—Tranquila, Fiona. Estoy segura de que el hechizo se ha desvanecido.

—¿Estás segura porque sientes algo por Declan? Mi hijo es un hombre muy apuesto.

«Será bruja la *jodía*», pensó Montse, pero sonriendo suspiró.

—Vamos a ver, Fiona. No te puedo negar que tu hijo es un hombre apuesto y con muy buena planta y que cuando sonríe me gusta, pero...

—Entonces, ¿te atrae?

—No.

—Pero ¡si acabas de decir que te gusta!

Sorprendida por cómo la estaba liando aquella mujer, soltó una carcajada y preguntó:

—Pero bueno, ¿qué estás tramando?

—Yo nada, pero solo quiero que seas sincera y me digas la verdad. —Sonrió dándole unas palmaditas en las manos—. A mi hijo le gustas, y le gustas mucho. Él no me ha dicho nada, pero soy su madre y le conozco. Ni siquiera con la madre de Maud le vi tan inquieto. Veo cómo te busca con la mirada y cómo sonríe cuando tú estás cerca. Y aunque os empeñéis en discutir con vehemencia delante de todos, sé que no es así. Además, sé que desde hace algún tiempo os encontráis por las noches en su habitación...

Acorralada por la madre del hombre que le estaba haciendo perder la razón, Montse la miró y afirmó:

—Vale. Lo confieso. Tú hijo me gusta mucho, me atrae muchísimo. Por lo tanto no te preocupes por Maud.

Al escuchar aquello Fiona aplaudió, y dejando más boquiabierta a Montse dijo:

—¿Sabes, Cindy? Me gustaría que entre tú y Declan existiera algo más que las furtivas noches que pasáis, y estoy convencida de que a él también. Serías una buena señora para el castillo de Elcho. Además Maud te adora y nuestra gente te quiere.

—Fiona, por Dios, ¿qué estás diciendo? —murmuró asustada.

—Un enlace entre tú y Declan sería algo maravilloso.

—No... imposible.

—¿Por qué? —preguntó la mujer desconcertada.

—Ay, Fiona... créeme, ¡es imposible!

—Pero ¿no has dicho que mi hijo te gusta y te atrae?

—Sí.

—¿Entonces?

Clavando sus ojos en los de la mujer, Montse le tomó las manos y con una tristeza que le inundó el corazón susurró:

—Fiona, yo no tardaré en marcharme y...

—¿Cómo? ¿Por qué? ¿Acaso no eres feliz aquí?

—Escúchame, Fiona —y al ver la triste mirada de la mujer susurró—: Aquí soy muy feliz. Todos sois maravillosos y estoy segura de que nunca volveré a encontrar unas personas más entrañables que vosotros, pero he de regresar.

—¿A España?

Intentar explicar a la pobre mujer la locura que ni ella misma comprendía sería algo difícil, por lo que Montse, asintiendo, dijo:

—Sí, a España.

—¿No deseas desposarte con Declan?

Montse no respondió. Algo en ella le gritaba que sí, pero tenía que ser racional y pensar con la cabeza fría. Fiona, al ver el gesto de aquella con tristeza en la mirada, murmuró:

—Entonces, hija, si tú no quieres, no me odies, pero como madre de Declan le instaré a que corteje a Rose. Mi hijo necesita una mujer.

Tras un tenso silencio por parte de las dos, Montse se levantó, y después de dar un dulce beso a Fiona en la mejilla, se encaminó hacia la puerta de la biblioteca.

—Creo que harás bien animando a Declan para que corteje a Rose —dijo antes de salir—. Él se merece rehacer su vida con una mujer, aunque esa no sea yo.

Dicho esto cerró la puerta dejando a Fiona aturdida y se encaminó hacia la cocina para rumiar sus penas. Horas después, cuando estaba sentada bajo un roble tarareando una canción, vio regresar a Rose y Declan. Enfadada consigo misma por permitirse en ocasiones soñar despierta, se levantó y entró de nuevo en la cocina para pelar patatas. Necesitaba hacer algo o se iba a volver loca. Estaba sentada tarareando una canción cuando de pronto escuchó:

—¿Dónde se encuentran Agnes y Edel?

Levantando la mirada se encontró con dos jóvenes de impecable aspecto.

—Si no están aquí será porque están ocupadas —respondió.

Con una altanería que hizo que Montse se tensara, una de aquellas contestó:

—Tenemos tarea para ellas. Necesitamos encontrarlas ¡ya!

Al ver la maldad en la mirada de aquellas, Montse, levantándose, preguntó:

—¿Qué necesitáis?

La joven de pelo claro y rasgos finos y perfilados, tras darle un repaso de arriba abajo respondió en un tono de voz desagradable y mandón.

—Tienen que ir a la habitación de lady Rose y asear la estancia porque tiene una pinta lamentable. Después deben lavar estos vestidos con cuidado de no estropearlos y una vez limpios y estirados deben colgarlos en la habitación.

Sorprendida por aquello, dejó la patata que tenía en las manos y levantándose aclaró:

—Las criadas de lady Rose sois vosotras. ¿Por qué deben hacerlo ellas? —Las jóvenes al escuchar aquello se miraron desconcertadas. Montse continuó—: Y en cuanto a su habitación, dudo lo que decís. Yo misma me encargué de que ese cuarto estuviera limpio y aseado anoche mismo, por lo que me sorprende mucho que esté lamentable, a no ser que vuestra señora se haya encargado de ensuciar la estancia.

Las jóvenes se miraron y con una maliciosa sonrisa preguntaron:

—Sois Cindy, ¿verdad?

—¡Ajá!

—Habíamos escuchado hablar de vos —dijo la morena.

—Ah, sí...

—Sí.

—Pues espero que bien, porque si no es así, me enfadaré, y os aseguro que cuando me enfado, me temen —respondió clavando el cuchillo con el que pelaba la patata en la mesa de madera.

Asustadas las dieron un paso atrás justo en el momento en que Agnes entraba en la cocina. Al encontrarse con aquella estampa se acercó a Cindy para decir algo, pero esta la calló, y dando un paso hacia las dos muchachas que reculaban, dejó muy claro:

—Si alguien va a lavar la ropa de vuestra señora ¡sois

vosotras! Porque una cosa es que seamos amables con quienes nos visitan y otra es que nos tomen por ¡tontas! Por lo tanto, ya podéis correr al lago o donde queráis para lavar con mimo las ropitas de vuestras *lady* Rose.

Asustadas y aún con los vestidos en las manos, las dos muchachas corrieron escaleras arriba en busca de protección. Aquella joven estaba loca. Agnes, al ver semejante estampa, miró a Cindy riendo a carcajadas y dijo:

—Vaya, veo que sabes tratar a semejantes arpías.

Sentándose de nuevo en la silla, cogió la patata, desclavó el cuchillo de la madera y con una sonrisa murmuró:

—Uf... Agnes, si yo te contara con las arpías que suelo tratar a diario me entenderías.

Edel y Juana entraron con un cesto cargado de ropa recién recogida de la cuerda y mientras reían a carcajadas por lo que Agnes les contaba, se escuchó revuelo en lo alto de la escalera y segundos después Rose O'Callahan y sus dos criadas, con gesto descompuesto, estaban frente a ellas.

—¿Quién ha osado tratar despectivamente a Lena y Tina? —Y clavando la mirada en la joven que la miraba espetó con gesto desagradable—: Seguro que has sido tú, ¿verdad, criada?

—Ya estamos —susurró Montse—. Luego nos quejamos de que si la abuela fuma o de que si la abuela bebe.

—He preguntado que...

Levantándose como un toro de Miura al salir del toril, volvió a dejar la patata y el cuchillo y con mal gesto preguntó:

—¿Cuál es el problema?

Al escuchar aquello la joven de aspecto impecable, tras mirarla con desprecio, le ordenó en un tono de voz nada amable:

—Compórtate, criada. ¿Acaso no sabes con quién tratas?

Agnes y Edel se miraron desconcertadas. Enfrentarse a aquella caprichosa no era algo bueno. El señor Carmichael se enteraría y traería problemas de nuevo para Cindy. Por ello, Agnes, dando un paso adelante para atraer la atención de aquella dijo:

—Disculpadnos, lady Rose, pero...

—Cállate, Agnes, y déjame a mí solucionar esto —pidió Montse incapaz de permanecer en silencio ante semejante bobalicona. Con seguridad tendría todas las de perder, pero en ese momento era lo que menos le importaba.

—Sois una desvergonzada. ¿Quién os habéis creído?

—¿Quién os habéis creído vos?

Con una mirada de maldad Rose O'Callahan levantó la mano para cruzarle la cara, pero antes de que el golpe llegara hasta a ella, Montse lo paró y dijo:

—Si me pone la mano encima lo lamentará. Y ya me conoce, *lady* Rose, si digo que lo lamentará... es que lo lamentará.

—Buenoooooo... se va a liar parda —murmuró Juana.

—¡Soltadme! Maldita furcia. ¿Acaso crees que por calentar el lecho de Declan puedes tratarme así? —Con rapidez miró a una de sus criadas y le ordenó—: Lena, ve en busca de Declan Carmichael. Él solucionara este agravio.

Al escuchar a su señora, la joven se dio la vuelta y desapareció por la escalera mientras Montse sin asustarse la retaba.

—¡Tú, maldita vaga! —gritó Rose a una asustada Edel—. Ven aquí inmediatamente.

Sin perder un segundo, la muchacha se puso a su lado, y Rose, quitándole los vestidos a su criada de la mano, siseó:

—Lava esto ahora mismo porque te lo ordeno yo.

Con las mismas, Montse le quitó la ropa a Edel, que temblaba como una hoja, y se la devolvió a la criada de Rose.

—No. Esto lo lavará su criada. Nosotras tenemos otras cosas que hacer.

Como un vendaval, Rose volvió a coger sus ropas y se las devolvió a Edel.

—¡Lávala!

De nuevo, Montse se las quitó y tirándola al suelo gritó:

—¡No!

Sin darle tiempo a reaccionar, Rose O'Callahan levantó la mano y cruzó la cara de Edel, que del impulso cayó al suelo. Con rapidez, Juana, Agnes y Julia la ayudaron a levantarse mientras Montse, con solo un movimiento, un barrido con el pie, consiguió derribar a Rose.

—Si vuelves a ponerle a alguien la mano encima, a cualquiera, estando yo presente... te juro que...

—Por todos los santos, ¿qué está ocurriendo aquí? —gritó Declan apareciendo en la cocina congestionado al ver a Rose espatarrada en el suelo y a Montse con cara de enfado.

Sin perder un segundo, la llorosa joven de pelo claro como el sol le tendió la mano para que este la ayudara a levantarse. Una vez lo consiguió, apoyando su mejilla sobre el pecho de aquel, para furia de Montse, gimió teatralmente:

—Declan, esta intemperante criada tuya me ha atacado, ofendido e insultado. ¿Cómo puedes albergar a alguien así en tu hogar?

El *highlander*, aún sorprendido por la situación, miró a la mujer que adoraba, y tras ver que se encogía de hombros la escuchó decir:

—Asumo todo lo que dice porque es verdad y no lo voy a negar. No va conmigo mentir, aunque veo que con ella sí. Y déjame añadir, y lo voy a decir muy claro para que me entiendas, que si yo he hecho algo así es porque ella nos atacó antes y, como muestra la mano que tiene Edel marcada en su rostro, nos ofendió y nos insultó.

—¡Mentira! —voceó aquella.

—No, no es mentira y lo sabe, lady Rose. Lo que pasa es que cuando a uno se le paga con la misma moneda no gusta, ¿verdad? —Y mirando al hombre que las observaba desconcertado aclaró—: Declan, únicamente he tratado de hacerle ver que sus criadas deben hacerse cargo de las cosas personales de ella. Nosotras estamos al cargo de un castillo entero y no podemos asumir más mandados. Por qué, te preguntarás —Él ni se movió—. Pues porque no tenemos más manos que las que ves, y si ellas colaboran con nosotras, todo marchará bien en el castillo. ¿O quieres que la comida se retrase y el orden en tu castillo comience a fallar?

Tras escucharla Declan asintió. Entendía perfectamente lo que Montse decía, pero Rose O'Callahan estaba criada de una manera especial, y aun estando en su casa se le consentía todo. ¿Por qué? No lo sabía. Pero siempre había sido así. Sin embargo, quizá aquello debía cambiar, y mirando a Rose, que gimoteaba en su hombro, la separó de él y dijo para sorpresa de Edel y Agnes:

—Rose, deja de llorar e intenta entender lo que mi gente te quiere decir. —Con un puchero lastimero ella le miró y él dijo—: El castillo, mi hogar, tiene su propio funcionamiento, y si tú tienes a tus propias criadas, ¿por qué no han de ayudar?

—Pero Declan, yo...

Con una maravillosa sonrisa que hizo que aquella callara sus protestas y que Montse suspirara, el duque la miró y susurró:

—Por favor, Rose, coopera. Nadie está exigiendo que laves tu ropa, solo que ordenes a tus sirvientas que cumplan con su trabajo. Para eso te acompañan, ¿no?

Sin darle tiempo a decir nada más, el duque miró a la joven que sonreía junto a él y dijo:

—Cindy... quiero hablar contigo a solas ahora mismo.

—¡¿Ahora, Declan?! —preguntó esta sorprendida.

—Sí. Ahora —apremió él—. Es urgente.

—¡¿Declan?! ¿Desde cuándo permites al servicio que te tutee? —voceó Rose tras ordenar de malos modos a sus sirvientas que lavaran las ropas.

Volviéndose a mirarla, el *highlander*, con cara de enfado y ganas de ahogarla, murmuró:

—Rose O'Callahan, ¿serías tan amable de esperarme en el salón? Tengo asuntos que resolver con mi gente.

Seguida por sus dos enfurruñadas criadas la joven se marchó, y Declan, mirando a la supuesta Cindy Crawford, dijo cogiéndola de la mano:

—Ven conmigo.

Con una sonrisa extraña en los labios, Montse se dejó guiar hasta llegar a su humilde cuartucho. Una vez dentro, Declan cerró la puerta, y apoyándola entre él y la portezuela, le susurró mirándola temerariamente a los ojos:

—Nunca vuelvas a ponerme ante una tesitura así.

—Lo entiendo, Declan. Juro que te entiendo. Pero esa maleducada caprichosa dijo cosas horribles, trató a Agnes y Edel como a escoria y se atrevió a decir que...

—Te esperé anoche durante horas después de añorarte durante días y desearte por las noches. ¿Por qué no viniste?

Sorprendida por el giro de los acontecimientos, Montse le miró a los ojos y respondió:

—Pensé que estarías cansado y...

—Nunca vuelvas a pensar por mí.

Dicho esto la besó. Le devoró la boca con un beso tan abrasador que a Montse le temblaron las piernas al notar el ansia que sentía por ella. A duras penas, y con todo su autocontrol, Declan consiguió separarse.

—Esta noche te esperaré.

Una vez dijo aquello la besó, la echó a un lado, abrió la puerta y se marchó.

Capítulo 40

El resto de la tarde Montse se sintió desfallecer. ¿Qué hacer? ¿Debería ir aquella noche a ver a Declan o no? Las últimas palabras de él, «te esperaré», le hicieron recordar y tararear aquella canción mientras tendía la ropa limpia que Edel había llevado.

Esperaré, que las manos me quieras tomar,
que en tu recuerdo me quieras por siempre llevar,
que mi presencia sea el mundo que quieras sentir,
que un día no puedas sin mi amor vivir.

—Qué bonito cántico —dijo Edel mirándola.

—Sí. La letra de esta canción es muy bonita.

—Me la tienes que enseñar, como la del *Mojo picón*.

Con una sonrisa en los labios, Juana le quitó a su amiga una especie de enagua y haciéndolas reír cantó:

Mojo picón... Mojo picón...

Una vez terminaron de colgar la ropa, Edel se marchó y Juana, acercándose a su amiga, la cogió por el brazo y cuchicheó.

—He quedado dentro de un rato con Alaisthar.

—¿Y?

—Que voy dispuesta a dejar de respetarle de una santa vez o te juro que voy a explotar. —Aquello provocó la risa de Montse y su amiga continuó—: Te lo cuento para que no te asustes si ves que no llego a la hora de dormir y que se lo digas a la Duval para que no se preocupe.

—¿Estás segura de lo que vas a hacer?

—Totalmente segura, ¡segurísima! Anoche cuando me besó delante de todos me puse cardíaca. Ay, mi niña... el potencial sexual que tiene que tener mi pelirrojo debe de ser ¡la leche! Y mira lo que te digo, porque soy pequeña y *recogidita*, porque, si no, te juro por mi abuela Lola que me lo hubiera echado al hombro y anoche mismo ese hombre hubiera sido mío.

Divertida, Montse se carcajeó, y sentándose junto a un tronco murmuró:

—¿Puedo ser sincera contigo?

—Por supuesto, y como diría mi pelirrojo favorito, te lo exijo.

Después de sonreír por aquel comentario, Montse dijo:

—Creo que si te gusta Alaisthar, con este paso que vas a dar te va a gustar más.

—Lo dices por lo tuyo con Declan, ¿verdad?

Montse asintió, y tras un suspiro continuó:

—¿Te has parado a pensar que nuestro tiempo aquí tarde o temprano acabará?

—No.

—Pues deberías. ¿Qué va a pensar Alaisthar cuando no te encuentre? ¿Le has contado la verdad de por qué estamos aquí?

—No. Si lo hago pensará que estoy como un cencerro —contestó Juana con sinceridad.

—Lo sé. Creo que eso es lo que Declan en el fondo piensa de mí. —Sonrió al decirlo—. Pero por lo menos el día que yo desaparezca quizá lo piense y se dé cuenta de que le decía la verdad.

—Ay, mi niña, si me lo dices así, quizá tenga que hacerlo, pero ¿cómo?

—Contándoselo, ni más ni menos.

Ambas permanecieron unos segundos calladas hasta que Montse apuntó:

—Declan me ha pedido que esta noche me reúna de nuevo con él en su habitación. Y aunque lo deseo, sinceramente no sé qué hacer. Creo que estoy interfiriendo en su vida y eso me comienza a asustar. Según dicen Edel y Agnes, él y Rose eran algo más que amigos, y yo... a pesar de que me ha dicho que ella no significa nada para él, no puedo llegar aquí, desbaratar su vida y luego desaparecer sin más. Creo que no sería justo para él. Creo que no.

—Mira... si sigues por ese camino me harás cambiar de idea en referencia a lo que tengo pensado hacer con Alaisthar esta noche, y aunque sé que tienes razón, no voy a poder contener más mi instinto sexual.

Después de un buen rato, y mientras Edel, Julia y Agnes trasteaban tras ellas hablando de recetas, vieron llegar a lo lejos a unos jinetes. Eran guerreros de Declan junto a unos cuantos de Rose O'Callahan.

—Creo que hoy cocinaremos hasta las tantas —se quejó Montse.

—No me digas que en este momento un Telepizza o un Burger King cercano no nos vendría de lujo —se mofó Juana.

Divertidas por aquel comentario ambas entraron en la cocina con las demás. Tenían mucho que hacer.

Capítulo 41

Después de cocinar durante horas en las cocinas del castillo de Elcho, por fin los guisos de carne estaban preparados. Los guerreros de ambos clanes reunidos en el comedor de los Carmichael vitorearon a las doncellas del *laird* Declan y lady Rose cuando estas comenzaron a servirles. Montse no quiso aparecer en el salón. No le apetecía ver al hombre que ocupaba totalmente su mente junto a Rapunzel, y por eso pidió ser la encargada de mantener la lumbre a punto para que la comida no se enfriara mientras las demás servían en el salón.

Edel y Agnes, ayudadas por Juana y Julia, comenzaron a servir a sus guerreros, mientras Lena y Tina lo hacían con los de su clan, los O'Callahan. Los hombres, divertidos por cómo aquellas muchachas revoloteaban entre ellos, decían bravuconadas al verlas pasar, mientras ellas sonreían. Aunque a Agnes se le cortó la risa cuando vio levantarse a su Percy e ir hasta donde estaba Lena para que lo sirviera.

Declan, sentado junto a su madre, lady Rose y Alaisthar se fijó en que Cindy no estaba por allí. Eso le agradó. No quería verla metida entre aquel enjambre de hombres. Alaisthar, por su parte, molesto al ver a su Paris entre aquellos, casi ni comió. Declan, al darse cuenta y sin decirle nada, avisó a uno de sus guerreros y le requirió que avisara a sus hombres y cuidaran sus modos con la joven Paris.

Diez minutos después, Agnes, descompuesta y alterada, bajó los escalones hasta la cocina saliéndole humo por las orejas.

—¿Qué te ocurre, Agnes? —preguntó Montse al verla en aquel estado.

—No puedo verlo. ¡No puedo! —voceó tirando la bandeja del asado contra la mesa. Segundos después se derrumbó y comenzó a llorar.

Conmovida por aquello y sabedora de a qué se refería, Montse la hizo sentar a su lado y le dijo mientras la consolaba:

—¿Estás así por las criadas de Rapunzel?

Secándose las lágrimas la joven asintió. En ese momento apareció una colérica Edel seguida por Juana. Esta última, al intuir qué ocurría, dijo alto y claro:

—Se acabó el llorar y lamentarse, Agnes. ¿No ves que así se te hincharán los ojos y tu aspecto se tornará demacrado?

—Pero...

—¡No hay peros que valgan! —gritó Montse dando un manotazo en la mesa—. ¡Espabilad! Ya os dije que vosotras sois mil veces más bonitas que esas dos aspirantes a Rapunzel. Lo que pasa es que no sabéis sacaros partido y sonreír a otros que no sean los tontos de Percy y Ned.

—Oh, no... Cindy, yo no puedo sonreír a otro que no sea Percy.

—Ni yo a otro que no sea Ned.

—Pues muy mal, jovencitas —recriminó Julia apareciendo con una bandeja que dejó sobre la mesa de madera—. Muy mal. Para que un hombre se dé cuenta de que existes tiene que ver que otros te desean. Mirad, cuando yo enamoré a mi Pepe, lo hice así. Le veía todos los días cuando iba a trabajar, y pensaba en lo guapo y buen mozo que era, pero él ni siquiera se había fijado en mí. Durante meses intenté hacerle ver que yo existía, pero solo comenzó a fijarse en mí cuando vio que yo hablaba con otros muchachos de Vallecas y a él no le miraba. A partir de ese momento mi Pepe bebió los vientos por mí, y eso, cielo —susurró Julia sentándose junto a Agnes—, es lo que tú y Edel debéis hacer. Si queréis que esos dos burros de Percy y Ned se fijen en vosotras, presentadles batalla. Hacerles ver que no os interesan, que miráis a otros hombres, para que ellos se alerten y se den cuenta de lo que están a punto de perder.

—Olé por la Duval —bromeó Juana—. Hablas poco, pero cuando hablas ¡lo bordas, mi niña!

—Es que mi Pepe me hizo sentirme muchas veces como se sienten estas niñas ahora, y el único consejo que yo les puedo dar para que dejen de sufrir es que se valoren y se quieran ellas primero para que los demás las valoren después.

—Anda con tu Pepe, y yo que creía que era tonto... —se mofó Montse.

—De tonto no tiene, ni tenía, un pelo, y no veas cómo espabiló en cuanto me vio tontear con sus amigos. —Julia rio al recordarlo.

—¡Ainsss su Pepe! —la abrazó Montse al ver su emoción.

Apenas habían hablado de él desde que estaban en el castillo de Elcho, pero sus amigas sabían lo mucho que su amiga le añoraba. Al cabo del día el nombre de Pepe salía unas veinte veces.

—¿Tienes ganas de volver a ver a tu esposo? —preguntó Edel con cariño.

Emocionada, Julia asintió y respondió:

—Muchas ganas, cielo. No veo el momento de achucharle y decirle cuánto le quiero.

—¿Lo verás cuando regreses a España, a vuestro hogar?

Las mujeres se miraron con un gesto indescifrable, y con ganas de llorar, Julia murmuró:

—Sí, espero que me esté esperando.

—Pues claro que te estará esperando, ¡so boba! —asintió Montse dándole fuerzas con la mirada—. ¿Dónde va a encontrar tu Pepe un pedazo de mujer como tú?

—Eh... no olvides que eres ¡Norma Duval! —rio Juana—. Una mujer impresionante.

Tras un momento en el que Julia se emocionó, Montse, para desviar el tema y dar a su amiga un respiro, dijo:

—Vamos a hacer una cosa. Hablaré con Fiona y le preguntaré si tiene algunos paños de tela que nosotras podamos utilizar para confeccionaros unos bonitos vestidos, entre otras cosas. Estoy segura de que con un poquito de nuestra ayuda para sacaros partido y un poco de empeño vuestro, esos dos burros caerán rendidos a vuestros pies.

—¡Qué buena idea! —aplaudió la canaria—. Os haremos un cambio radical. ¿Qué os parece la idea? Vamos... para que sepáis de qué va, os arreglaremos el cabello, os pondremos ¡guapísimas!

Agnes y Edel se miraron sorprendidas y esta susurró emocionada.

—¿De verdad que haríais eso por nosotras?

Montse, divertida, miró a sus amigas, y con una sonrisa ladeada preguntó:

—¿Acaso lo dudas?

Capítulo 42

Llegó la noche, y con ella las dudas para Montse. Juana se miraba al espejo con una sonrisa mientras se peinaba y se arreglaba para su cita con Alaisthar. Estaba feliz. Aquella noche pintaba muy bien.

—¿Qué? ¿Me dejo el pelo suelto o recogido?

Julia y Montse se miraron y fue la primera quien contestó:

—Creo que a tu pelirrojo le dará igual cómo lo lleves.

—Llévalo suelto. A los hombres les suele gustar el pelo así —respondió Montse.

—*¡Joer!* Estoy hasta nerviosa ¡Ni que fuera mi primera vez!

—Es tu primera vez con él, es normal —sonrió Montse al escucharla—. Por cierto, si le vas a contar nuestro secretito llévate la Blackberry para que alucine un poquito cuando la vea y crea algo de lo que le dices. Yo le llevaré mi iPhone a Declan. Seguirá sin creerme, pero digo yo que algo le hará pensar.

Julia, levantándose de la cama, se puso en jarras ante ellas y asombrándolas preguntó:

—¿Qué pasa con vosotras? ¿Acaso no os dais cuenta de que esto es algo... algo circunstancial y que en menos de un mes, si la *jodía* gitana no nos la juega, regresaremos a nuestra época? ¿Qué hacéis tonteando con dos hombres a los que no podéis prometer nada? ¿No os dais cuenta del daño que les vais a hacer, además del daño que os vais a hacer vosotras mismas?

—Julia... —murmuró Montse. Sabía que llevaba razón, pero no quería pensar.

—¡Ni Julia ni leches! —protestó aquella—. Escuchadme de una vez, ¡maldita sea! Os estáis enamorando de dos hombres equivocados. No porque ellos no sean buenas personas, que me consta que lo son, sino porque no son reales. Pero ¿no lo veis?

—Ay, mi niña... no te irrites, pero Alaisthar es real, ¡muy real!

Al escucharla Julia se llevó las manos a la cabeza y gritó:

—No hay nada peor que un ciego que no quiera ver. Pero ¿es que no me entendéis? Esos hombres tienen su vida aquí, y vosotras no. Vuestra vida está fuera de esta época, ¡joder!, en el siglo XXI. Esto... esto que nos ha pasado es algo imposible de entender, de contar y de creer... y vosotras lo estáis complicando aún más con vuestros actos. —Y mirando a la canaria dijo—: ¿No has pensado en qué dirá Alaisthar el día que se dé cuenta de que has desaparecido? Pero ¿no ves que estás rompiendo su vida al tontear con él? Ese hombre tenía algo con otras mujeres que ahora ha roto por estar contigo. Por Dios, pero ¿no me entiendes? —Al ver que esta no respondía se volvió hacia Montse y continuó—: ¿Y tú? ¿Qué me dices de ti? Sé que has estado calentando la cama del Declan Carmichael desde hace tiempo. ¿Qué crees, que no me daba cuenta de cómo te ibas y volvías de madrugada? Y antes de que digas algo déjame decirte que, te guste o no, Rapunzel es la persona que hasta que tú llegaste aquí ocupaba, si no el corazón, sí la mente del duque. Ella es insoportable y con seguridad dañina para la salud, pero esa idiota y Declan tenían algo. Algo que tú has roto como ha hecho Juana con Alaisthar. Y tras daros esta charla que ojalá nunca os hubiera tenido que dar, solo me queda una pregunta por haceros: ¿pensáis quedaros aquí cuando debamos regresar a nuestra época?

Juana y Montse se miraron y fue la última la que habló:
—Ni que decir tiene que regresaremos. ¿Por qué preguntas esa absurdez?
Julia, con la boca caliente por el momento, contestó:
—Porque os quiero, os conozco y no quiero perderos. ¿Tan difícil es de entender?
La canaria y Montse se miraron. Aquella misma conversación ya la habían mantenido ellas, pero escucharlo de una tercera persona les hizo pensar. Juana murmuró:
—Tienes razón. Estamos haciendo el canelo. Pero Alaisthar ...
—Le vas a romper el corazón cuando tú no estés, y lo mismo te digo a ti, Montse ¡Pensadlo!
—Tienes razón —murmuró Montse sentándose—. Toda la razón del mundo.
Después de aquella tensa conversación ninguna habló. Juana se terminó de arreglar y antes de salir por la puerta miró a sus amigas y dijo:
—No tardaré —dicho esto se marchó.
Montse se levantó, y tras dar un beso a Julia, que la miró con lágrimas en los ojos, susurró consciente de que debía solucionar aquello antes de que fuera imposible.
—Regresaré pronto, pero primero quiero hablar con él.

Capítulo 43

Alaisthar Sutherland estaba apoyado en el tronco de un árbol pensando en qué le depararía la noche y la agradable compañía cuando la vio salir. Su cara se iluminó al mirar aquellos ojos oscuros que le robaban el aliento y en cierto modo la razón.

—Hola, *mi niña* —saludó con una increíble sonrisa. Aunque rápidamente se le apagó cuando vio el gesto serio de Juana—. ¿Qué te ocurre?

Desconcertada y pensando en lo que le tenía que decir le miró directamente a los ojos, y retorciéndose las manos dijo:

—Debemos dejar de vernos, Alaisthar.

Sorprendido por aquello su gesto cambió, y prestándole toda su atención preguntó:

—¿Cómo dices?

—Debes olvidar que yo estoy aquí y regresar a tus antiguas costumbres.

—Pero ¿de qué hablas? —preguntó cada vez más desconcertado.

—Hablo de que debes ver a otras mujeres —gritó dolorosamente ella.

—¡¿Otras mujeres?!

—No disimules, Alaisthar. Sé que no eres un santo y... y yo he pensado que no te puedo ofrecer lo que otras mujeres te pueden dar...

—¡Por la santa Cruz! Pero ¿de qué estás hablando? —gruñó enfadado.

—No me grites —bramó sorprendiéndole.

—Pero, Paris, si eres tú quien me grita a mí —se defendió aquel.

Consciente de que llevaba razón, se retiró el pelo de la cara, y mirándole con una profundidad que le desarmó, susurró:

—Escúchame. Yo dentro de poco regresaré a mi hogar y...

—¿A tu hogar? Pero si tu hogar está aquí conmigo.

—Ay, Dios mío, Alaisthar, ¡no me lo pongas más difícil! —susurró, y mirándole dijo—: Yo... yo... tengo que explicarte algo y sé que no me vas a creer y...

Enfurecido por aquello y por el desconcierto que veía en sus ojos, intuyó qué era eso que ella le quería contar. Bajó su boca hasta la de ella y, tras besarla con dulzura en los labios, murmuró desarmándola:

—¿Te he dicho que cuando te miro me anulas la razón?

—Ay, *mi niño*... tú a mí me nublas el sentido... pero he de contarte algo que...

El candor de los labios de ella junto a sus palabras le hicieron sonreír, y llevándola hacia donde él deseaba le volvió a susurrar.

—¿Te he dicho que cuando te miro siento que el corazón se desboca y sonrío como un tonto?

—No, pero...

—¿Te he dicho, *mi niña*, que mi vida es más dichosa desde que te conocí y que ya no la concibo sin ti?

—Ay, Virgencita... no sigas —murmuró Juana al punto del desmayo.

Sin perder un segundo y sintiéndola más tranquila, Alaisthar la volvió a besar. Aquel beso abrasador la hizo reaccionar, y aunque deseó seguir besándole le miró, y para desconcierto de aquel dijo con todo el dolor del mundo:

—Estoy segura de que no faltará quien caliente tu cama y te bese, Alaisthar. Y escúchame bien. Si hoy continuamos con esto, al final me odiarás, me culpabilizarás de todos tus males y...

—Nunca podría sentir nada de lo que dices, Paris —susurró él con una ronca voz que la excitó.

«Ay, Dios... dame fuerzas... dame fuerzas», pensó al sentir cómo aquella voz le recorría lentamente la piel.

Durante un segundo la muchacha cerró los ojos. Aquella locura debía acabar por mucho que le doliera, y separándose de él gritó:

—No sigas engatusándome con tus artimañas de seductor, Alaisthar Sutherland. Esta noche he venido a acabar con lo que nunca debió empezar, y no me vas a hacer cambiar de idea. Por lo tanto, ¡adiós! Fue un placer conocerte.

Con un brío que dejó totalmente descolocado al pelirrojo, aquella pequeña mujercita furiosa se dio la vuelta. Pero cuando estaba cerca de la puerta de la cocina unos brazos fuertes la sujetaron, y tapándole la boca para que no chillara, el *highlander* le susurró al oído:

—No sé qué es lo que te pasa, ni lo que me quieres explicar, pero ten por seguro, Paris Hilton, que me lo vas a aclarar.

Dicho aquello le dio la vuelta y la besó con tal vehemencia que la joven se desinfló. Sin decir una sola palabra y a grandes zancadas, Alaisthar llegó hasta su caballo, y tras subir con ella en él, se alejó dispuesto a aclarar muchas cosas; entre ellas, su arranque de pasión.

Capítulo 44

Atenazada por el miedo y la excitación por verle, Montse fue directa a la habitación de Declan, aunque tuvo cuidado de no ser vista por nadie, especialmente por Rapunzel. Debía acabar con aquello cuanto antes. Julia tenía razón, estaba interfiriendo en su vida. Sin pararse a pensar agarró el tirador de la puerta y abrió. Se le secó la boca al verlo sentado ante el enorme hogar de su habitación mirando el fuego.

Al sentir movimiento en la puerta él miró, y se levantó de un salto para ir hacia ella. Deseaba tocarla, besarla, amarla. Habían transcurrido muchos días de abstinencia y su deseo por ella era desgarrador.

—Por un momento pensé que no ibas a venir —susurró con voz ronca tras besarla.

La cogió en brazos y sin dejarla decir nada la llevó hasta la cama, donde la tumbó para volver a besarla. Durante unos minutos el deleite de Declan no le dejó ver lo que los ojos de ella decían, pero sorprendido por lo callada que estaba, finalmente la miró, y al ver en sus ojos una mirada extraña preguntó:

—¿Qué te ocurre, Cindy?

«Ay, Dios... ¿qué estoy haciendo?», pensó mirándole con adoración.

Había ido dispuesta a dejar las cosas claras, a acabar con aquella locura. Había ido dispuesta a tantas cosas que cuando llegó el momento no hizo nada. Solo deseaba volver a hacer el amor con él aunque fuera una última vez. Por ello, cerró los ojos, levantó el rostro hacia él y con fogosidad le besó. Le besó con tal ardor que él sonrió y dijo:

—Esto sí, cielo... esto es lo que yo esperaba de ti.

Mirándole le desnudó. Le quitó con mimo la camisa y, lentamente, primero pasó sus manos por sus cuadrados hombros, luego bajó a su pecho y después a sus abdominales. En ese recorrido Montse tocó con cariño varias heridas en el costado y los brazos, y conmoviéndolo se las besó. Le fue bajando poco a poco los oscuros pantalones que llevaba y su boca se secó al ver la excitación de Declan bajo los calzones. Sin reflexionar en lo que él pensaría de ella se los quitó y, como atraída por un imán, curvó sus dedos alrededor de aquel duro y sedoso pene y, sin previo aviso lo besó. Aquel íntimo y debastador gesto hizo que a Declan se le terminara de calentar la sangre, y asiéndola por la cintura la levantó hasta él para devorarla. Enloquecida por su creciente excitación, poniéndole la carne de gallina le susurró al oído:

—Desnúdame.

Con una salvaje sonrisa que excitó aún más a la joven, Declan le desabrochó el corpiño, después los botones de la camisa y, deslizándola por sus hombros, se la quitó. En ese momento él sonrió al ver algo de lo que había oído hablar pero no había visto. Ante él tenía un sujetador lila y negro de encaje fino y desgarrador.

—Precioso —susurró él al pasar su húmeda lengua por el borde del encaje. Pero, como era de esperar, el sujetador duró dos segundos puesto. Declan se lo quitó con rapidez y lo tiró junto al corpiño y la camisa. Sin parar en su empeño por desnudarla, le desabrochó las cintas de la falda y de un tirón se la quitó.

—Venero ese tanga.

Al escuchar que lo llamaba por su nombre, Montse

sonrió, y cogiéndole la cabeza con las manos le devoró los labios en su afán de recordar cada segundo vivido con él. Sobrecogido por la pasión que veía en ella, mientras respondía a aquel beso abrasador se quitó como pudo los calzones claros que llevaba puestos, se metió entre sus piernas y la penetró.

Aquella primera envestida cargada de pasión hizo que ella se arqueara contra él mientras gozaba. Sentir la fuerza con la que la tomaba la hacía jadear como loca. Aquella lujuriosa mirada, su erótica boca y sus pasionales manos conseguían transportarla a un lugar donde ningún otro hombre la había llevado. Con lágrimas en los ojos Montse le abrazó. Necesitaba sentirlo, saborearlo y recordarlo. Mientras, él entraba y salía una y otra vez de ella con movimientos cada vez más rápidos y certeros. Un desgarrador grito de placer inundó la boca de Declan cuando ella llegó al clímax. Instantes después la abrasadora furia sexual del duque llegó a su punto álgido y, tras dar un varonil gruñido de satisfacción, se dejó caer sobre ella.

Arrebatada por el momento Montse seguía temblando debajo de él. Le abrazó y hundió su rostro en su cuello, mientras una extraña punzada de tristeza y soledad se apoderaba de ella. Abrumado por aquel abrazo, Declan sonrió y la imitó, mientras deseaba que aquel instante fuera eterno. Sin embargo, consciente de su peso, se dejó caer a un lado y, en su arrastre, ella rodó con él cambiando de lugar.

Divertido por cómo ella seguía adherida a él, Declan murmuró:

—Presiento que tú también me has añorado, ¿me equivoco?

—No. No te equivocas.

Pero pasados unos segundos y al sentir que algo le corría por el cuello, la levantó, y al ver sus ojos cargados de lágrimas preguntó con voz aterciopelada:

—¿Qué ocurre, cielo?

Asustada por cómo sus sentimientos afloraban de una manera brutal, ella se sentó en la cama, y tras limpiarse las lágrimas le miró y susurró:

—Declan, tengo que hablar contigo.

Boquiabierto por aquel gesto que no supo descifrar, asintió, y tras retirarle el pelo de la cara para verle el rostro musitó:

—Tú dirás.

—Eh... yo sé que no crees nada de lo que te he contado en referencia a de dónde vengo, y lo entiendo. Te juro que lo entiendo, porque si alguien me contara algo así pensaría que está loco, pero loco de remate.

—Tu imaginación es desbordante, querida Cindy —respondió él sonriendo.

—A ver... escúchame —insistió ella—. Llegué al castillo de Elcho y tú me acogiste, al igual que a mis amigas. Pero nunca pensé que esto que está pasando pudiera ocurrir. Nunca imaginé conocer a alguien como tú, y yo ahora... ahora estoy destrozando tu vida.

—Discrepo de lo que dices. No creo que tú...

—Sí, Declan, sí. Sé de lo que hablo y estoy interfiriendo en tu felicidad, y eso no puede continuar. Tu futuro está con Rapunzel —al decir aquel nombre sonrió y rectificó—... digo... lady Rose, y sinceramente, y aunque me duela porque me gustas, y mucho, creo que deberías continuar la historia que tenías con ella.

Boquiabierto y sorprendido por lo que las palabras de aquella denotaban, Declan le volvió a retirar el pelo de la cara y haciendo que le mirara susurró:

—Tú también me gustas mucho, y antes de que sigas, Rose nunca ha significado nada para mí. Sé que ella siempre ha tenido unas pretensiones que yo nunca he estado dispuesto a aceptar, porque Rose no es la mujer con la que quiero compartir mi vida. Es más, me gustaría compartirla contigo, si tú accedieras a ser mi mujer.

Al entender el significado de aquello, la joven suspiró y entre balbuceos dijo:

—No... no puede ser. Ay, Dios, ¡qué estoy haciendo contigo!

Al sentirla tan nerviosa y desorientada, Declan, cogiéndole la barbilla, la miró a los ojos y preguntó:

—¿Qué ocurre, Cindy?

Al fijar su vista en el precioso espejo ovalado que sus amigas meses atrás le habían comprado en Edimburgo, murmuró:

—Mira, Declan... yo... yo te he mentido.

—¿Me has mentido? —bramó él.

—Sí... no me llamo Cindy. Me llamo Montserrat, y como odio ese nombre porque me lo puso mi padre, al llegar aquí me hice llamar por un nombre que me gustaba y...

Tapándole la boca con la mano, el *highlander* dijo con seguridad callándola:

—Para mí eres Cindy Crawford y con eso me vale.

—Pero, Declan, ¿no lo ves? Yo no soy real, ¡soy un fraude!

—¿Por qué dices eso?

—Porque... porque no sé qué hago aquí ni por qué he venido. Estoy haciendo algo que no debo hacer contigo. Maud, Fiona y la conciencia me están matando. Y aunque te deseo con toda mi alma y mi corazón, sé que cuando me vaya me va a resultar muy difícil vivir sin ti —soltó sorprendiéndole—. ¡Mírame! Estoy aquí, desnuda, haciendo el amor contigo y creándote unas falsas esperanzas que nunca se podrán cumplir.

—Cindy, ¡basta! No te irás a ningún lado...

—Declan, me creas o no, la última noche del año desapareceré para no volver más y entonces... entonces quizá te des cuenta de que te dije siempre la verdad.

—No permitiré que desaparezcas de mi vida, Cindy —alzó la voz—. No sé qué te ocurre, ni el porqué de lo que dices, pero lo que sí tengo claro es que te quiero aquí, junto a mí. Sé que hasta el momento nos hemos visto a escondidas, pero eso cambiará. Mañana mismo todo el mundo sabrá que estoy enamorado de ti. Me he enamorado de la persona que encontró la joya de los Carmichael, como manda la tradición.

Escuchar aquello fue desconcertante para Montse. Por un lado su corazón latía desbocado al saber que él la amaba, pero por otro se torturaba por el daño irremediable que le iba a causar.

—Ay, Dios, Declan, ¡no puedes estar enamorado de mí! Eso es una locura.

Con una turbadora sonrisa que le encogió el estómago, el *highlander* se acercó a ella y susurró:

—La locura sería conocerte y no enamorarse de ti. Eres divertida, bella, alegre, candorosa con los necesitados... Posees una capacidad increíble para enfadarme pero al mismo tiempo sabes hacerme sonreír; mi hija te adora, mi madre te respeta, mi gente te quiere... ¿Qué más puedo desear?

—Madre mía... madre mía, la que he liado —susurró tapándose los ojos.

El desastre estaba servido. Julia tenía razón. No solo le iba a partir el corazón a Declan, si no a más gente. Eso la aterrorizó. De pronto se acordó de lo que llevaba en el bolsillo de su falda, y deseosa de buscar una solución, se levantó a por ella y dijo:

—Mira, Declan. Esto es un iPhone 4. Un móvil con dispositivo GSM, videocámara y acceso a internet con correo electrónico, GPS, mapas y mogollón de aplicaciones más.

Aturdido por aquel chorreo de palabras observó el extraño cacharro en tono violeta que Montse le mostraba. Al cogerlo en sus manos y notar su suavidad y su frío tacto preguntó desconcertado:

—Pero ¿esto qué es?

—Se llama iPhone. Como te he dicho, en mi época lo usamos para muchas cosas, además de para comunicarnos en cualquier momento estemos donde estemos. Con esto tú y yo podríamos hablar en este mismo instante aunque tú estuvieras en Edimburgo y yo aquí o en España.

En ese momento, justo en ese momento y ante aquel aparato extraño, a Declan se le cayó el mundo al suelo. Como si de una losa se tratara intentó recapitular toda la información que ella le había ido dando desde que la conocía, y un extraño temblor se apoderó de él. Al ver su cara, Montse supo que por primera vez él se estaba cuestionando todo. Por primera vez la estaba creyendo.

—Lo siento, Declan —dijo cogiendo el teléfono—. Lo siento, cariño, pero no puedo continuar con esto. No quiero hacerte daño ni hacerme daño a mí. Pronto nos separaremos y...

—No permitiré que te separes de mí. ¡No! —bramó enloquecido, y quitándole el iPhone de las manos lo tiró encima de la cama—. Me da igual quién seas y de dónde vengas. Te quiero aquí conmigo ahora y siempre.

—Eso es imposible, cariño —susurró Montse mientras irremediablemente le tocaba el óvalo de su rostro—. Hemos tenido el privilegio de conocernos por... por...

Pero no pudo continuar. Contarle al hombre del que se había enamorado que llevaba desde niña soñando con él sería liar más las cosas.

—Mira, Declan —dijo levantándose de pronto—. Eres un hombre fuerte y sé que estás entendiendo todo lo que digo. Lo hemos pasado muy bien juntos y...

Agarrándola con desesperación el *highlander* la detuvo, y con voz desesperada rogó:

—... No quiero que te vayas. No quiero que desaparezcas de mi vida. ¡Te quiero! Y si es cierto eso que dices, si es cierto que una extraña fuerza nos ha de separar, disfruta conmigo el tiempo que podamos ser felices.

Agitada por las mágicas palabras que había escuchado, «Te quiero», Montse murmuró desasiéndose de sus brazos para comenzar a vestirse:

—Declan... no me pidas eso, por favor.

Incapaz de rendirse ante lo evidente, la miró como un lobo enjaulado y exigió con desesperación:

—Mírame, maldita sea. ¡Mírame!

Como ella no le hacía caso, le tomó la mano, se puso de rodillas ante ella y poniéndole la carne de gallina susurró:

—Llevaba tiempo sin ser tan dichoso. Llevaba tiempo sin ilusionarme al ver una sonrisa tan bonita. Llevaba tiempo sin que mi hija fuera feliz como lo es cuando está contigo. Llevaba tiempo sin muchas cosas de esas... y si mi castigo es perderte, te perderé. Lo asumiré. Pero, por favor, déjame disfrutarte mientras estés conmigo. No quiero verte y padecer por no tenerte. Si el destino nos ha de separar, así será, Cindy. Pero mientras pueda besarte, mirarte y quererte, te besaré, te miraré y te querré, y cuando ya no estés quiero poder cerrar los ojos y sonreír pensando en ti.

—Declan... no sigas, por favor...

—Escúchame, cariño. Te creo. Sé que lo que me cuentas es lo más disparatado que he escuchado en mi vida, pero tu vehemencia por hacérmelo creer ha conseguido convencerme. Permíteme gozar de ti el tiempo que nos quede, y cuando ese maldito hechizo nos separe, quiero que siempre recuerdes una cosa.

—¿El qué? —susurró Montse al borde del llanto.

—Que yo, Declan Carmichael, te esperaré toda mi vida.

Emocionada ante aquella inigualable y preciosa declaración de amor, Montse perdió todas sus fuerzas, y sin importarle el sufrimiento que el futuro le depararía, se tiró a sus brazos y le besó.

Capítulo 45

Julia, al despertar y ver las camas vacías e intactas de sus amigas, maldijo. Aquello ya no tenía solución. Así que cuando vio aparecer a Juana con una tonta sonrisa en la boca la miró y siseó sin dejarle hablar:

—No me cuentes milongas, que no tengo cuerpo en estos momentos para escucharte.

—Pero...

—Mira, Paris Hilton —dijo Julia antes de salir por la puerta—. Solo te voy a decir una cosa: que la fuerza te acompañe, mi niña. Porque tú y la Crawford la vais a necesitar.

En la habitación del duque, la luz matutina comenzó a inundar la estancia. Declan, apoyado en un codo sobre la almohada, se había pasado la noche entera observando a la mujer que yace desnuda plácidamente entre sus brazos. Apenas sabía nada de ella y lo poco que conocía era una auténtica locura, pero había caído rendido a sus pies como un joven enamoradizo.

Con deleite observó la curva de su mejilla y sus oscuras pestañas. La expresión dulce de su rostro le excitó. Ardía por poseerla, pero se contuvo y se limitó a mirarla mientras reprimía su candoroso deseo. La noche había sido larga y entendía que ella estuviera agotada. Con ternura rozó su mejilla y finalmente sucumbió a la tentación e, inclinándose, la besó en la frente.

—Hum... buenos días, cariño —se desperezó la joven

con una despreocupada sonrisa que sin necesitar nada más le inundó el corazón de felicidad.

—Buenos días, preciosa.

Tras darle un beso en los labios que ella aceptó gustosa, Declan la ciñó a su cuerpo deseoso de poseerla y calmar su ardor. Divertida, Montse comenzó a reír, hasta que escucharon que la puerta de la habitación se abría tras unos golpes y aparecía una sonrojada Edel.

—Buenos días, señor. Le traigo el desayuno como ha pedido.

Horrorizada por lo que la pudiera estar pensando, Montse se tapó completamente con el cobertor, y se quedó sin palabras cuando escuchó que Declan decía:

—Edel, déjanos el desayuno encima de esa mesa. Y, por favor, avisa a todo el mundo que nadie nos moleste. Puedes decir tranquilamente que mi prometida Cindy Crawford y yo hoy tenemos mucho que hacer.

Al escuchar aquello la joven criada quiso saltar de alegría. Cindy, ¡su Cindy!, futura señora del castillo de Elcho. Esa era una estupenda noticia para todos y la propagaría a los cuatro vientos.

Una vez que Montse escuchó cómo se cerraba la puerta, se destapó con rapidez la cabeza y mirándole directamente a los ojos preguntó:

—¿Prometida?

—Sí.

—¿Te has vuelto loco?

—No.

—¿Le has dicho a Edel que le diga a todo el mundo que yo soy tu prometida?

—Sí.

—Pero... pero tu madre... y ¡lady Rose! Oh, Dios... esto es un desastre.

—Sí, se podría decir que para Rose será algo *chungo,*

pero para mi madre no, te lo aseguro —se mofó sorprendiéndola.

—¡¿*Chungo*?! ¿Desde cuándo utilizas tú ese término?

—Desde que tú me lo enseñaste, preciosa —rio él besándola.

—Oh, Dios... ¿Lo ves? No soy una buena influencia para ti...

—¿Por qué? —preguntó mirándola.

—Pues porque tú no deberías utilizar esa palabra. Eres un duque del siglo XVII y en esa época la palabra «chungo» no se utilizaba.

—Pero tú la utilizas. —Volvió a reír.

—Pero yo... yo...

Alucinada al verle reír, saltó de la cama, y sin importarle su desnudez, se puso el tanga ante la atenta mirada de él.

—Pero vamos a ver, Declan —gritó con gesto desencajado—. ¡Piensa! ¿Qué va a pensar la gente cuando se entere de lo nuestro?

Levantándose con tranquilidad, el *highlander* se sentó desnudo en la cama y susurró:

—¿Sabes? Me gusta más cuando me llamas cariño.

—¡No desvíes el tema, Declan Carmichael! —bufó ella.

Con una sonrisa divertida el guerrero la miró y respondió:

—Sinceramente, eso es lo que menos me importa en este momento.

—Pero vamos a ver —continuó chillando ella mientras se ponía el sujetador—. Creo que anoche quedó claro que lo nuestro no tiene futuro. Pero ¡Dios mío! —Gesticuló haciéndole sonreír—. ¿Cómo puedes tener la cabeza tan dura? Declan, recapacita, lo nuestro durará mientras yo esté aquí. Anoche me dijiste que lo asumías. Anoche me convenciste para creer que tú lo entendías...

—... lo asumo, lo entiendo y, por ello, el tiempo que estemos juntos no quiero perderte de vista. Y la mejor manera de hacerlo es siendo mi prometida, mi futura e inminente mujer. No quiero verte en la cocina trabajando mientras yo añoro tu compañía. Y si para ello me tengo que casar contigo mañana mismo para que todo el mundo sepa que eres la señora Carmichael y duquesa de Wemyss... pues lo haré.

—¿Duquesa? ¡¿Yo duquesa?! —gritó al darse cuenta de aquello.

—Sí, preciosa.

Soltando una risotada de incredulidad, Montse se recogió el pelo en una desgreñada coleta alta y cuchicheó:

—Yo alucino pepinillos... yo alucino pepinillos.

—¡¿Qué?! —rio él al escucharla.

Montse, al pensar en cómo explicar aquello, le miró y susurró:

—Nada, cariño, cosas mías. Olvídalo y ¡no se te ocurra repetirlo!

Hambriento de aquella mujer, sentado aún en la cama, fue a levantarse cuando ella se tiró encima de él y comenzaron a jugar. Divertidos y ajenos a lo que les rodeaba, se paralizaron de pronto al oír que la puerta se abría de par en par. *Lady* Rose, con un gesto nada conciliador gritó:

—¡No puede ser! —Y sin importarle la desnudez de ambos gritó—: ¿Qué es eso de que esta criada, esta... esta mujerzuela, es tu prometida?

—Pero, bueno, chata, ¿a ti no te han enseñado a llamar a la puerta? —voceó Montse levantándose.

—Rose, modera tus palabras cuando hables de mi futura mujer —la regañó Declan con dureza.

—Pero... pero... ¿Qué es eso que lleváis puesto? —siseó horrorizada lady Rose al ver el atuendo de la mujer.

—Un tanguita y un sujetador de La Perla, ¿te gusta?

—respondió Montse luciéndose para desconcierto de la mujer y risa de Declan.

—Oh, Dios mío, ¡qué inmoralidad! —Pero clavando su mirada en el duque, que estaba desnudo sobre la cama, preguntó con la boca seca—: Declan, ¿qué tienes que decir a esto?

El *highlander*, tras clavar la mirada sobre la mujer que amaba y verla tan radiante, volvió la vista hacia Rose y con tranquilidad respondió:

—Pues te diría muchas cosas, pero la que en estos momentos me apremia es que salgas por esa puerta y nos dejes continuar con lo que estábamos haciendo.

—¡¿Cómo?! —murmuró Rose clavando su mirada en la entrepierna de aquel.

—Ea, Rapunzel... ya has oído. ¡Ahuecando el ala!

Pero al ver dónde estaba clavada la mirada de aquella, con celeridad Montse cogió el cobertor, y tras echárselo por encima al duque que sonreía, le susurró:

—Tápate, cariño, que *lady* Rose se nos puede desmayar.

Tras soltar una carcajada por aquel comentario tan cómico y divertido fue a responder cuando aquella horrorosa mujer se dio la vuelta y se marchó.

—¡Qué grosera! —rio Montse y, mirándole con ojos traviesos, saltó encima de él, y enloqueciéndolo como solo ella sabía hacer, le preguntó—: ¿Dónde nos habíamos quedado?

Capítulo 46

Por la tarde Montse logró escaparse de las dulces garras de su duque y bajó a su cuarto para hablar con sus amigas. Se merecían una explicación por no haber regresado a dormir. Sabía que Julia sería un hueso duro de roer, aunque Juana se lo pondría muy fácil. En el camino se encontró con Edel, Agnes y otros criados, quienes locos de alegría por la noticia del enamoramiento de Declan Carmichael la abrazaron al verla. Aunque la felicidad se le borró del rostro al entrar en su habitación y encontrarse cara a cara con Julia. Juana, al verla, sonrió y se encogió de hombros. Aquello no pintaba bien.

—¿Duquesa de Wemyss? —voceó Julia espantada.

—Sí... —asintió Montse emocionada.

—Pero ¿tú estás loca? —volvió a bramar Julia.

—Sí... —respondió la enloquecida.

—Pero ¿has pensado verdaderamente en ello?

—No.

Juana las observaba mientras Julia echaba pestes por su boquita y Montse se defendía como buenamente podía. Tras más de veinte minutos en los que Julia no paró de mencionar a todos los antepasados de todo bicho viviente, Juana, para darle un respiro a su amiga, dijo con una increíble sonrisa:

—Ay, *mi niña*, te vas a convertir en duquesa. ¿Quién te lo iba a decir?

Julia, desconcertada por cómo las locas de sus amigas

estaban llevando aquello, las miró, y tras blasfemar de nuevo contra la madre que parió a la gitana que las envió allí, abrió la puerta y se marchó.

—Madre mía, la Duval... qué mal lo lleva —susurró Juana.

—Yo la entiendo... aunque también me entiendo yo —se disculpó Montse.

—No le des más vueltas... pero déjame decirte que esto se nos ha escapado de las manos a las dos... —y en un susurro añadió—... a mí desde luego.

Montse la entendió, asintió con una mirada triste y dijo sentándose en el camastro:

—Te juro que intenté acabar con esto... pero...

—No me lo jures que lo sé.

—...Pero una cosa llevó a la otra... me dijo cosas increíblemente preciosas y... y... no he podido decirle lo que realmente iba dispuesta a decir. Es más, he decidido disfrutar de esta locura hasta que dure. Sé que cuando todo termine lo voy a pasar mal, pero soy incapaz de ponerle fin ahora.

—¡Ya somos dos! —murmuró Juana—. Aunque yo no soy duquesa. Pero ¡uf!... tras la noche que he pasado con Alaisthar me siento la reina de Java.

—Desembucha ahora mismo —pidió Montse mirándola.

—Cuando salí anoche de la habitación reconozco que lo hice como un toro de Miura. Según vi a Alaisthar le dije que esto se tenía que acabar, que se centrara en otras mujeres y...

—¿Y?

—Pues que él al escucharme se negó en redondo a hacerme caso y comenzó a decirme las cosas más dulces y bonitas que puedas imaginarte.

—Creo que me las imagino —rio Montse al recordar lo que Declan le había dicho a ella.

—Total, que tras una pequeña discusión, me besó... Oh, Dios... ¡cómo me besó! Sentí que la sangre se me paralizaba y que mis pies comenzaban a volar y... entonces me montó en su caballo y me llevó a sus tierras.

—¿Sus tierras? Por Dios, reina, ¡qué romántico! —bromeó su amiga.

—Sí... mi niña, sí. Por unas horas me he sentido la prota de una de nuestras novelas. Por lo visto Declan hace años le regaló unas tierras donde él se ha construido una especie de chalecito adosado¡monísimo! Y bueno... pues allí, los dos solitos con el calorcito de la chimenea y el calentón que llevábamos, pues eso... que pasó lo que tenía que pasar.

—¿Se acabó el respeto?

—Totalmente. ¡Se acabó el respetar! —asintió Juana con ojos soñadores—. Y bueno...

—¡Para! ¡No me cuentes más! —rio Montse señalándola—. Con saber que ha sido fantástico me vale. Que nos conocemos, y cuando te pones cuentas las cosas con pelos y señales.

—Pero... yo... bueno... el caso es que ocurrió algo más.

Al escuchar aquello, Montse la miró y, ladeando el cuello, preguntó:

—¿Algo más? ¿Qué más?

Juana, sacándose del cuello una cadenita plateada de la que colgaba un bonito anillo, dijo ante la incrédula cara de su amiga:

—Me he casado con él.

Al escuchar aquello a Montse se le erizó todo el vello del cuerpo. ¿Qué estaban haciendo? Pero tras suspirar miró a su amiga y con una sonrisa susurró:

—Enhorabuena, señora Sutherland, pero de esta nos cargamos a la Duval.

Capítulo 47

—¿Que te has casado con Paris Hilton? ¿Con la muchacha bajita? —preguntó Declan boquiabierto.

—No es bajita, es *recogidita* —aclaró Alaisthar con una simplona sonrisa mientras saboreaba un buen vaso de whisky con su amigo y *laird*.

Declan, al ser consciente de la felicidad de su amigo, acercándose a él, le abrazó con afecto y dijo:

—Enhorabuena por ello entonces, Alaisthar.

—Gracias, Declan.

Aún sorprendido por la noticia, miró a su amigo y, sentándose en una de las butacas de la biblioteca, preguntó:

—Pero ¿cuándo os habéis desposado?

—De madrugada. Deseaba casarme con ella y no estaba dispuesto a esperar un instante más.

Después de comentarle las vicisitudes que el eclesiástico argumentó para retrasar el enlace y a las que Alaisthar venció, dijo mirando a su amigo:

—Paris me contó anoche finalmente lo que tú me relataste hace días, y aunque me cuesta creerla, me preocupa pensar si llevará razón.

Al duque escuchar aquello le hizo encogerse. No quería pensar en ello, pero algo en él le decía que debía hacerlo.

—¿Qué te contó? —preguntó interesado Declan.

—Lo mismo que me relataste tú, con la diferencia de que Paris me dijo que están aquí porque Cindy en sus deseos pidió conocerte a ti en persona.

—¿Conocerme a mí en persona? —preguntó sorprendido.

—Por lo visto desde pequeña en sus sueños aparecías tú. ¿No lo sabías?

—No —y con una curvada sonrisa de satisfacción murmuró a su amigo—, pero estoy encantado de saberlo.

En el piso superior del castillo, Fiona, sorprendida por el giro de los acontecimientos, escuchaba lo que una inconsolable Rose O'Callahan tenía que decirle. Intentó apiadarse de ella, pero le era imposible. Cindy, aquella que la apesadumbrada joven mencionaba, a ella le agradaba. Durante días había sido testigo mudo de cómo su hijo sonreía y seguía con la mirada a Cindy. Incluso había descubierto las visitas nocturnas de esta a su cuarto cuando una noche se levantó y la vio entrar. Esa noche un extraño regocijo le hizo sonreír. Aquella muchachita descarada que se había ganado el amor de todos había conseguido despertar a su hijo de su letargo.

Años atrás Fiona albergó esperanzas de que Declan se desposara con Rose O'Callahan. Pero el carácter caprichoso y poco humano de aquella le hizo saber que su hijo nunca querría algo así. Rose era una muchacha preciosa, pero perdía todo su encanto con tan solo tratarla cinco minutos. Y aunque era bien conocido por todos que ella bebía los vientos por Declan Carmichael, él no le prestaba más atención que la que cordialmente marcaba la tradición entre familias.

Y allí estaba Rose ahora. En la habitación de Fiona, berreando con desesperación tras conocer que su enamorado había elegido como futura señora Carmichael a una criada llamada Cindy.

—Esa... esa mujer no le conviene, Fiona. Oh, Dios mío... esto es una horrible fatalidad. Debes hablar con él. Te insto a que le hagas entrar en razón...

Fiona no sabía qué decir. No había hablado con su hijo, y suspiró aliviada al escuchar unos golpes en la puerta y comprobar que era él.

El duque, al abrir la puerta y ver a su madre con cara de circunstancias y a Rose en el suelo llorando, suspiró. El numerito era irremediable. Entró y, cogiendo a Rose de la mano, la hizo levantarse para que se sentara junto a la silla de Fiona.

—Declan, hijo. Rose me estaba contando algo. ¿Es cierto?

Cruzando una significativa mirada con su madre, sonrió como llevaba tiempo sin hacer, y emocionándola asintió y dijo:

—Sí te refieres a Cindy, sí, madre. Es cierto lo que has oído.

El gemido teatrero de Rose fue monumental. Fiona tuvo que reprimir una sonrisa. Aquella reacción era lo más falso que había visto en su vida. Por ello, y viendo cómo su hijo miraba a la muchacha, dijo para darle su apoyo:

—Sí tú eres feliz, yo lo soy, hijo. Y esa jovencita siempre me gustó.

—Gracias, madre —sonrió satisfecho.

Pero la voz chillona de Rose gritó:

—Declan, ¡esa mujer no te conviene!

—¿Ah... no?

—No —gimoteó aquella.

Fiona, consciente de que el drama estaba de nuevo servido, fue a hablar, pero la joven Rose se le adelantó y, como siempre y sin pensar, dijo:

—Es una criada, y tu... tu gente te perderá el respeto y... y...

Molesto por aquel comentario el duque la miró y espetó:

—Discúlpame, Rose, pero el respeto me lo hubieran perdido si me hubiera casado contigo.

—¿Cómo dices? —farfulló la mujer llevándose las manos al pecho.

—Mira, Rose, siento ser yo quien te diga esto —siseó Declan mirándola—, pero si no te quiere ni tu propia gente, ¿cómo pretendes que te quiera la mía? Eres una mujer preciosa, una alegría para la vista. Pero también eres infame, egoísta, vil, execrable, difícil de llevar, envidiosa y cruel. Vives entre lujos, preocupándote por cosas banales, mientras tu pobre gente vive entre miseria y escoria y no haces nada por remediarlo. La mujer que siempre he querido a mi lado ha de tener todas las cualidades que por desgracia para ti te faltan. Y te guste o no, Cindy... esa criada, como tú la llamas, las reúne y sobrepasa. Y por cierto, parece mentira que tú tengas la poca decencia de decir eso en presencia de mi madre y mía, cuando sabes que mi padre era un humilde guerrero de mi abuelo y que mi madre se casó con él por amor. Y eso, querida Rose, es lo que yo quiero, un enlace por amor.

—Hijo, ya basta —pidió Fiona al ver el aturdimiento de la muchacha.

Su hijo llevaba razón en todo lo que decía, pero Rose era demasiado joven e inexperta y aún podría aprender y cambiar.

—Yo... yo... —balbuceó aquella.

—Rose, ¿admites un consejo? —ella asintió y Declan dijo—: Sé piadosa y buena persona con tu gente y te aseguro que tu vida será infinitamente mejor.

Dicho esto, el duque miró a su madre y, tras sonreírle, se marchó.

En la cocina del castillo de Elcho, Edel y Agnes, nerviosas, se retorcían las manos al escuchar las voces que profería Norma desde su cuarto.

—¿Que te has casado? ¡Que te has casado, maldita loca!

—Sí...

—¡Dios!... te juro que no sé quién eres.

—Pues desde anoche, mi niña, la feliz señora Sutherland.

Al escuchar aquello Julia la miró con cara de pocos amigos, y al ver su sonrisa tonta gritó descompuesta:

—Ay, Dios mío de mi vida y de mi existir. Pero ¿qué está pasando aquí? Queda poco tiempo para que finalice el año y tú te casas y la otra se compromete.

—A ver —pidió Montse haciéndola sentar—. ¿Quieres hacer el favor de dejar de gritar como una verdulera y escuchar lo que nosotras tenemos que decir?

—No. Ni me quiero sentar, ni quiero dejar de gritar y mucho menos quiero oír lo que vosotras tenéis que decir. Pero ¿qué tengo que escuchar? ¡Que habéis perdido el norte! Oh, no... no hace falta... eso ya lo estoy comprobando yo misma con estos ojitos. Pero ¡que se ha casado! Que esta incauta ¡se ha casado con el Sutherland!

—Lo sé, y te guste o no, la entiendo y estoy feliz por ella. Ahora solo queda que...

—Ahora solo queda que llegue el puñetero día treinta y uno de diciembre y nos piremos de aquí. ¡Solo eso! Pero ¿en qué estáis pensando? ¿En las musarañas?

—No... precisamente —sonrió Juana haciendo sonreír a Montse.

—Sí... tú ríete ahora... ríete, que te aseguro que luego vas a llorar.

—Ay, de verdad, mi niña, te esfuerzas menos que el guionista de los *Teletubies* por entendernos. ¡Nos hemos enamorado!

—Lo que os habéis es ¡enchochado! —voceó Julia.

Cansada de los alaridos de su amiga, Montse la forzó a sentarse en una silla, y tapándole la boca con su mano siseó:

—O cierras el pico o te juro que te lo cierro yo —al ver que esta callaba y la miraba, dijo—: Está claro que estamos metiendo la pata hasta el fondo, y nadie mejor que nosotras lo sabe, aunque tú creas que no. Sé que lloraremos y querremos morir cuando llegue el momento de irnos de aquí. Pero... pero esto es tan real, hoy, que lo queremos vivir. Tanto Declan como Alaisthar saben la verdad de nuestra historia, aunque sinceramente, y no te voy a mentir, dudo que la crean. Y el día de mañana, cuando ocurra lo que tenga que ocurrir, se darán cuenta de que les decíamos la verdad.

—Pero, Montse... —fue a decir Julia, y esta le cortó.

—¡Ni una palabra más! No quiero escucharte un gruñido más ni ninguna cosa que se le parezca. Me he enamorado hasta las trancas de un hombre como no me había enamorado en mi puñetera vida, y ella también, así que te pedimos que nos dejes disfrutar del tiempo que nos quede aquí, y tranquila... después tendrás todaaaa la eternidad para decirnos todo lo que quieras. Pero, por favor... ¡cuando regresemos!

—Por favor, mi niña —susurró la canaria pestañeando—. Déjame disfrutar de un marido atento y solícito como Alaisthar. Sé que nunca volveré a encontrar algo así y...

Julia se levantó con los ojos encharcados en lágrimas y, sin dejarles terminar, abrió la puerta y se marchó.

—Vaya... la Duval se nos revela —sonrió con tristeza Montse.

—Pobrecilla. Entre lo que añora a su Pepe y esto...

Tras un silencio nada tenso entre ellas, Montse la miró con una sonrisa y dijo:

—¿Sabes?... Mataría en este instante por un Larios con Coca-Cola y una ración de bravas.

—Yo por un Redbull y unas patatas al punto de sal. ¡Qué ansiedad, por Dios!

En ese momento se volvió a abrir la puerta y Julia apareció de nuevo. Con brío se secó las lágrimas de la cara, y tras mirar a sus amigas que la observaban sorprendidas, preguntó:

—Y ¿qué pasa contigo, señora Sutherland? ¿No habrá fiesta en tu boda?

Dicho esto las tres se abrazaron, mientras escuchaban alejarse la comitiva de Rose O'Callahan. Regresaba a su hogar.

Capítulo 48

Y como toda boda que se precie, en la de Alaisthar y Paris hubo celebración.

Alaisthar, emocionado por haber conseguido que la joven Paris Hilton fuera su mujer, y con el consentimiento de su buen amigo Declan, celebró su enlace aquella noche en el castillo de Elcho.

Las gaitas sonaron, la gente bailó y Declan Carmichael aprovechó el momento para dejar muy claro a todo el mundo lo que sentía por la joven Cindy.

Fiona y Maud estaban felices. Ver a Declan tan encantado de la vida, danzando junto a una sonriente Cindy, las llenó de felicidad. Aquella noche el whisky fue la bebida que reinó en la fiesta y, como era de esperar, los brindis se sucedían uno tras otro.

—Uisss... Mi marido tiene un gemelo o he bebido de más —dijo la canaria a sus amigas.

Montse y Julia se volvieron a mirar, y entre risas la primera dijo:

—*Toy perjudicá*. Veo doble.

—¡Ay, Dios mío! —se destrozó Julia de risa—, ¡que melopea llevamosssss!

Declan, divertido pero en cierto modo preocupado por ver cómo bebían aquellas tres, se acercó hasta su Cindy y le susurró al oído:

—Si sigues bebiendo así... terminarás muy mal.

Al escucharle, ella le miró y, tras darle un beso en

todos los morros con lujuria y desenfreno, le murmuró:

—Tranqui, tronco, ¡que yo controlo!

—¡¿Tranqui?! ¡¿Tronco?! ¡¿Controlo?!

Ella sonrió, y haciéndole reír a mandíbula abierta, dijo:

—Uf... cariño. Creo que estoy un poco perjudicada, pero me lo estoy pasando ¡de vicio!

—Venga, ¡vamos a bailar! —gritó Julia llevándosela.

Y sin más salieron a bailar junto a otros aldeanos que, divertidos, las aceptaron en su grupo, mientras el duque se quedaba con la cara a cuadros y sin saber realmente lo que su chica había querido decir.

Una hora después, Julia, mirando a sus dos amigas que brindaban por enésima vez por la boda de la canaria, dijo:

—No os ofendáis, pero creo que estamos bebiendo más que los peces del villancico.

—Uf... es que este whisky está fino... fino... —rio Juana.

—Pero finoooooooo, aunque creo que la Duval tiene razón. Llevamos un pedal considerable —rio Montse—. Eh... tengo una idea. ¿Qué os parece si les cantamos la *Macarena*?

Animadas por el momento y sin ningún tipo de vergüenza, las tres amigas comenzaron a explicarles a todos que tenían que decir «*aeeeeeeeeeeeeee*» cuando ellas les señalaran. Después comenzaron a cantar. Al principio todos se quedaron de piedra, pero tras haber dicho tres veces «*aeeeeeeeeeeeeeee*»... todos reían y se partían de risa.

De madrugada, y tras haberles cantado la *Macarena*, el *Que Viva España*, los *Pajaritos*, el *Francisco alegre y olé* y todo el popurrí español que se les ocurrió, la fiesta se dio por terminada. Alaisthar se llevó a su mujercita, que estaba como una cuba, Agnes y Edel acompañaron a Norma a su habitación y Declan, con una sonrisa de diversión, cogió a una rebelde Cindy que se negaba a abandonar la fiesta.

—Venga... una cancioncita más y luego ¡hip! nos vamos —gritó ante el gesto divertido de aquel.

—Hijo... —sonrió Fiona—. Creo que deberías llevarte a Cindy a dormir.

—Yo también lo creo —asintió él, y tras ver que era imposible, se la echó al hombro, y con ella muerta de risa se marchó.

Una vez entraron en la habitación, la soltó en el suelo y ella se tambaleó.

—Has bebido mucho, preciosa. ¡Te lo dije!

—¡¿Yo?! —gritó ella soplándose cómicamente el pelo de la cara—. Desde luego, chato, qué manía tienes ¡hip! de decir que yo le pego al whisky. —Y colgándose de su cuello cuchicheó—: ¿Bailas conmigo una canción?

—No es hora de bailar. Es hora de que descanses.

—Anda... no seas muermo y baila conmigo una cancioncita más.

Era imposible no sonreír. La chisposidad de la joven y su gracioso y arrebolado gesto conseguían que Declan aceptara todo lo que le pedía. Pero dispuesto a que descansara dijo:

—No hay música. ¿No ves que la fiesta se ha acabado?

—¿Se acabó la *fiestuki*?

—Sí, cariñó, se acabó la *fiestuki* —repitió él divertido.

—No importa ¡hip! Yo canto, ¿vale?

—Tesoro, llevas toda la noche cantando. Creo que estarás un mes sin voz.

—Una mássssssssss ¡hip!, por favor... por favorrrrrrrrrrrrrr.

Incapaz de negarse a aquello, la miró y asintió. Ella, encantada de haberse salido con la suya, mirándole a los ojos dijo:

—Pero ahora... bailarás como lo hacemos en mi época, ¿vale? —Él asintió y ella, agarrándose a su cuello, murmuró—: Te voy a cantar una ¡hip! canción *muuuuuu* romántica que canta un artista llamado ¡hip! Frank Sinatra, ¡*la Voz*! Se llama *Extraños en la noche* y se baila abrazados, ¿vale?

—Vale —asintió él.

Ella, tras colgarse con comicidad de él, tarareó:

Strangers in the night ¡hip! *exchanging glances*
Wondering in the nihgt...

Pero no pudo continuar. Una arcada ácida le subió por la garganta y antes de que Declan pudiera hacer nada, vomitó.

—Ay, Dios mío de mi vida, ¡qué ascooooo!

—Lo ves, cabezona... ¡te lo dije! —murmuró él con cariño sujetándola.

Cinco minutos después, con nada dentro del cuerpo y pálida como la cera, Declan la acostó con mimo sobre la cama y tras darle un beso en la frente le preguntó:

—¿Estás mejor, Cindy?

Agotada y muerta de sueño le miró con los ojos semicerrados, y acurrucándose en la cama susurró haciéndole reír:

—Ay, cariño, ¡qué *perjudicá* estoy!

Capítulo 49

Aquel mes de diciembre en Escocia, y más en las Highlands, fue duro y extremo. La vista del castillo de Elcho rodeado por nieve era una estampa maravillosa. Durante el día Cindy jugaba con Maud en el exterior y se divertían tirándose bolas y haciendo muñecos de nieve, y cuando no estaba con ella disfrutaba junto a Declan hablando o haciendo el amor.

Un día Montse habló con Fiona sobre algo que le rondaba por la cabeza desde hacía días, y la mujer, emocionada por cómo aquella joven se preocupaba por todos, le ofreció varios galones de tela. Con aquella bonita tela y con la ayuda de sus amigas y Fiona confeccionaron unos preciosos vestidos en secreto para Agnes y Edel. Se los habían prometido.

En aquel tiempo todos los presentes estaban felices con Cindy. Todos estaban encantados de ver a su *laird* tan dichoso y feliz. La pequeña Maud se convirtió en una niña alegre y dicharachera a la que lo que más le apasionaba era estar con su padre y Cindy. Todo había cambiado, y las risas y la diversión inundaron el castillo convirtiéndolo en un lugar ideal para vivir.

Una mañana, tras una noche pasional juntos, Declan se levantó de madrugada, y tras darle un dulce beso a Montse en la frente, se marchó a Argyll. Allí varios clanes tenían una reunión para hablar de los problemas de la Corona y no podía faltar. Le molestaba alejarse de ella, pero había cosas que sabía que no debía eludir.

Cuando Declan y sus hombres se marcharon Montse

se sintió sola. Por primera vez desde que había llegado a Elcho sintió que necesitaba tener cerca a Declan en todo momento. Los días pasaban, solo quedaban tres semanas para la última noche del año y aquello la comenzó a agobiar. Intentó hablar con una enamorada Juana, pero era mencionar aquello y ponerse a llorar. Alaistair, que en esta ocasión no se marchó con Declan, decidió llevarse a su mujercita de viaje. Necesitaba hacerla sonreír.

Aquella tarde, tras una mañana atareada con los vestidos de las muchachas, bajó a la cocina para hablar un ratito con quien estuviera allí. Al entrar se encontró con Colin y Edel y, encantada comenzó a hablar con ellos hasta que escucharon el ruido de un caballo acercándose. Con rapidez salieron al exterior y se encontraron con un guerrero O'Callahan.

Colin, al reconocer a su amigo Pitt, se acercó hasta él y preguntó:

—¿Qué ocurre?

El guerrero, agotado y congelado, por el camino raudo que había llevado, se bajó del caballo y, tras tomar un buen trago de agua, murmuró:

—Necesito ver a la señora Carmichael.

Colin y Edel miraron a Montse y, esta levantando las manos, aclaró:

—Eh... a mí no me miréis que yo en todo caso soy la señora Crawford.

El guerrero al escucharla esclareció:

—Me refiero a la madre del *laird* Declan Carmichael. Sé que él está en Argyll con los demás *lairds*.

—Voy a avisarla. Cindy, que pase al salón. Allí entrará en calor —dijo Edel marchándose.

Colin y Montse se miraron extrañados por aquella inesperada visita, pero se abstuvieron de preguntar nada mientras caminaban hacia el salón. Segundos después entró Fiona.

—¿Qué ocurre? —preguntó la mujer.

Al verla, el guerrero se inclinó para saludarla y dijo:

—Señora Carmichael, disculpe esta intromisión. Pero tenemos un problema en el castillo de Huntingtower y necesitaría que me acompañara.

—¿Un problema? ¿Qué ocurre muchacho? Sé claro.

—Mi señora Rose O'Callahan ha enfermado y los remedios del médico no surten efecto. Está delirando y su estado empeora cada día.

Fiona al escuchar aquello torció el gesto y se acercó a la ventana. Estaba nevando e ir en carreta hasta el castillo supondría mucho retraso. La nieve del camino les impediría moverse con celeridad. Montse, al ver el gesto de aquella y entender lo que pensaba, rápidamente dijo:

—Fiona, si vas en carreta tendrás que dormir en el camino antes de llegar a Huntingtower y no creo que eso sea muy recomendable para tu salud.

—Lo sé, hija, pero ¿qué puedo hacer? Rose me necesita, y si algo le pasara por no acudir a ayudarla no me lo perdonaría en la vida.

Tras un silencio por parte de todos, finalmente Montse anunció:

—Iremos Norma y yo. Ella tiene conocimientos médicos y yo puedo ayudar.

—¿Vosotras? —susurró incrédula la mujer sabiendo lo que pensaba Rose de ellas.

—Sí, nosotras.

—No, hija, no. Eso no es buena idea tampoco.

Pero Montse, dispuesta a salirse con la suya, se plantó ante ella y dijo:

—Mira, Fiona, como se dice en mi pueblo, lo cortés no quita lo valiente. Rose con seguridad se enfadará mucho cuando sane al vernos allí, pero habrá sanado. El resto no importa.

—¿Estás segura, muchacha? —preguntó la mujer conmovida.

—Por supuesto. No soy tan mal bicho como ella cree y, además, como tú dices, si algo le pasara a esa caprichosa por negarle mi auxilio no me lo perdonaría en la vida. Por cierto, si regresa Paris de su viaje con Alaisthar que no se asuste, que volvemos en un par de días.

—Pero, Cindy, no sabes montar a caballo y Norma tampoco —comentó Edel mirándola.

—Colin me llevará a mí y este hombre —dijo señalando al guerrero— llevará a Norma. ¿Podréis hacerlo?

El guerrero O'Callahan y Colin se miraron y asintieron, y Montse, intentando no pensar en el miedo que le ocasionaba subir a un caballo, sentenció:

—Pues no se hable más, buscaré a Norma y partiremos para Huntingtower.

Capítulo 50

El camino hasta Huntingtower no fue un camino de rosas. La nieve les impedía en ocasiones seguir, y muchas veces tuvieron que desmontar e ir andando bajo un frío congelador, pero de madrugada, y tras un gran esfuerzo, llegaron hasta allí.

Al reconocer a las muchachas los campesinos se alegraron y, al igual que Fiona, se conmovieron al saber que en aquella ocasión iban a ayudar a la persona que peor les había tratado durante su estancia allí.

—Volvemos a entrar en el reino de Rapunzel.

—Pues sí. Parecía increíble, pero aquí estamos —sonrió Montse.

—¡Vaya ideas que tienes, sor Teresa de Calcuta! Aquí a cuidar a esta choni solo porque a ti se te ha emperejilado. ¡Tú y tus penas! —se mofó Julia al entrar en el castillo.

—Anda, cierra el pico y no protestes —dijo Montse sonriente mirando a su amiga.

Las criadas de Rose al ver allí a aquellas mujeres se quedaron paralizadas. Eran las últimas personas que esperaban ver.

—Sí... no soy un fantasma, soy Cindy, la criada que discutió con vuestra señora, y aunque no lo creáis hemos venido para ayudarla, por muy mala persona que nos parezca —saludó Montse—. Por lo tanto, contadnos qué le pasa, cambiad el gesto y llevadnos hasta ella.

Con rapidez una de las muchachas reaccionó, y mientras les llevaba hasta la habitación de aquella, dijo:

—Soy Tina y os agradezco que estéis aquí.

—Gracias, Tina. Te honran tus palabras —sonrió Montse con calidez—. Cuéntanos, ¿qué ocurre?

—Lady Rose se comenzó a encontrar mal hace unos seis días. Al principio pensamos que habría cogido frío en uno de sus paseos, pero cuando la calentura le tomó el cuerpo durante tres días y tres noches y fuimos incapaces de que la abandonara nos comenzamos a asustar.

Al llegar a una gran puerta Tina se paró y la abrió. Al entrar rápidamente notaron el ambiente pestilente y viciado. La oscuridad reinaba en el lugar y el calor de la chimenea hacia insoportable estar allí.

—¡Qué peste y qué calor, por Dios! —se quejó Montse.

Julia se acercó hasta la cama de aquella caprichosa, que estaba inconsciente, y al verla congestionada y sudando como un pollo bajó varios cobertores, tiró de ellos para destaparla y dijo cubriéndola solo con uno:

—Abrid las ventanas para que esta habitación se ventile.

Al escuchar aquello la criada de Rose protestó:

—Si hacemos eso empeorará. Cogerá frío.

—Te equivocas, Tina —contestó Montse—. Este aire viciado y tanto calor es lo que la está empeorando. ¡Abre la ventana de una vez!

La joven no se movió, por lo que Montse se dirigió hacia el gran ventanal y tras descorrer las pesadas cortinas, abrió la ventana de par en par dejando pasar el frío aire.

—¡Madre mía! —susurró Julia al ver con luz a Rose—. Pero ¿qué le han hecho a esta chica?

La criada, asustada por el mal aspecto de su señora, susurró en un hilo de voz:

—El doctor recomendó hacerle sangrías y...

Montse, horrorizada por las marcas que veía en los brazos de aquella, le cogió un brazo y voceó:

—Pero ¡eso es una bestialidad!

Julia asintió, y tras suspirar murmuró:

—Sí, hija, pero no olvides en el siglo que estamos. En esta época casi todo lo solucionaban con sangrías —Y tocándole la frente dijo—: Esta chica está fatal. Si le pusiera un termómetro el mercurio explotaría.

—¿Qué hacemos? Aquí no tienen antitérmicos —susurró Montse al ver la congestión de Rose.

Julia, remangándose, miró a la joven criada, que las observaba temblorosa y dijo:

—Te llamabas Tina, ¿verdad?

—Sí.

—A ver, Tina, espabila —le regañó tomándole el pulso a Rose—. Necesito una bañera llena con agua templada, trapos limpios y secos, una jarra de agua para beber y un vaso, varias sábanas limpias, un cobertor, varios camisones, whisky y, en una cazuela, nieve.

—¡¿Nieve?! —gritó la criada.

—Sí... refrescaremos el agua de la bañera con la nieve. No te preocupes, eso le hará bajar la calentura.

Luego, mirando a su amiga, susurró torciendo el gesto:

—Ay, Dios... en un momento así un portátil y poder conectarme a San Google me vendría de vicio.

—¿Por qué? ¿Qué te pasa? —cuchicheó Montse al verla dudar.

—Pues que yo sé tratar lo que tiene esta muchacha, pero con tratamientos que aquí lógicamente ni se han inventado ni voy a conseguir.

—A ver, piensa... utiliza ese melón que tienes por cabeza.

—Oye, guapa, eso del melón...

Montse sonrió y dijo:

—Vale, discúlpame y piensa. Seguro que recuerdas alguna planta medicinal o algún remedio de la abuela... o...

A Julia se le iluminó el rostro, y mirando a la criada que se retorcía las manos, dijo con seguridad:

—Necesitaré infusiones de calabaza, o jengibre con limón, o agua de cebada o sauce. ¡Lo que sea! Eso también nos ayudará.

La criada salió corriendo de la habitación dejándolas a solas con su señora.

—Anda, cierra ya la ventana o las que nos pondremos enfermas seremos nosotras —murmuró Julia.

Una vez que la habitación se ventiló, entre las dos cambiaron las sábanas y el camisón empapado de Rose mientras ella entre balbuceos susurraba. Una vez los criados llevaron la bañera, Julia los echó de la habitación, y tras avivar el fuego del hogar, desnudaron a la joven Rose y la metieron en ella. Aquel baño con agua le vendría muy bien, y así fue. Tras sacarla de la bañera, la secaron con cuidado y la metieron en la cama desnuda.

Le pusieron paños fríos en la frente, ingles y estómago y se los cambiaron cada vez que el frescor del agua desaparecía. Con el whisky Julia desinfectó con delicadeza las heridas que las sangrías habían dejado en sus brazos. Durante todo aquel día ni Julia ni Montse se separaron ni un segundo de la cama, y le obligaron a tragar la infusión de jengibre con zumo de limón. Al anochecer a Rose le subió la fiebre de nuevo, aunque esta vez no tanto como cuando ellas llegaron.

Durmieron por turnos. Estaban agotadas pero no querían desatender a la muchacha que, con aquellos pocos cuidados, comenzó a mejorar a pasos agigantados. De madrugada, cuando Julia dormitaba y Montse cambiaba los paños de agua, se sorprendió al escuchar:

—¿Qué haces tú aquí?

Rose, con los ojos aún febriles, la reconoció. Aquello era buena señal. Montse sonrió, y poniendo un paño fresco en su frente, dijo:

—Vaya... veo que vas mejorado.

—Respóndeme, ¿qué haces tú aquí? —balbuceó mirándola.

Montse, al acabar de cambiar los paños, se sentó junto a ella en la cama y con amabilidad respondió:

—Has estado muy enferma.

—¿Cómo?

—Tenías una fiebre horrible y tu gente se asustó y fue a Elcho para pedir ayuda a Fiona. Pero el camino está muy mal por el invierno y las nieves y decidimos venir a ayudarte Norma y yo. Y antes de que comiences a quejarte y a decir barbaridades de nosotras piénsalo, ¿vale? Porque estamos agotadas de cuidarte para que sanes y corres el peligro de que me enfades y te meta en la bañera para ahogarte sin piedad.

—No te soporto —susurró Rose.

—Te entiendo. Yo tampoco te soporto a ti.

Aquellas simples palabras hicieron que ambas sonrieran. Eso sorprendió a Montse, pero más le sorprendió escucharla decir tras notar la mano de esta sobre la suya:

—Gracias.

Conmovida por aquello, Montse asintió, y con una sonrisa murmuró:

—Anda, descansa, que lo necesitas.

Capítulo 51

Con los cuidados de Julia y Montse, dos días después Rose O'Callahan mejoró, aunque su aspecto aún distaba de ser bueno. Pero eso con atención y alimento se podía solucionar. El segundo día de estar allí Montse visitó a los campesinos. Quería saber cómo estaban, y el corazón se le encogió al ver que su situación cada vez era más precaria. Sus cabañas apenas les resguardaban del frío y estaban hambrientos. Por ello, y decidida a hablar con Rose, cuando regresó de aquel paseo entró en la habitación de aquella con decisión.

—Lady Rose, tenemos que hablar.

La joven, que se desenredaba el cabello frente a un espejo, la miró y contestó:

—Tú dirás.

Montse, cogiendo una de las sillas que había en la lujosa habitación, se sentó frente aquella muchacha y dijo sin pestañear:

—Creo que debo de decirle que si no cambia su modo de ser se va a quedar sola. Su gente necesita comer y dar alimento a sus hijos, y si todo sigue así, dentro de poco todos se marcharán y...

—¡Imposible! Ellos son O'Callahan como yo y...

—¿O'Callahan? ¿Y quién les hace sentir que son O'Callahan? Porque vos veo que no. Ellos ven que en el castillo si llueve usted tiene un techo bajo el que cobijarse; si tiene frío, cobertores con los que arroparse; si tiene hambre, comida con la que saciarse. Ellos ven que todo eso tú... digo, usted, lo tiene y ellos no. ¿Cómo cree que se sienten? Pues se lo digo yo... mal. ¡Se sienten mal! Se sienten abandonados y no queridos y...

—Lo sé...

Sorprendida por aquella contestación, Montse clavó la mirada en aquella, pero cuando fue a hablar la joven O'Callahan se le adelantó.

—Verás, Cindy, con todo lo que ha sucedido me he dado cuenta de muchas cosas. Cosas importantes en las que yo, tonta de mí, ni me había fijado. Estoy avergonzada, abatida y desolada por cómo está mi gente, y estoy dispuesta a pedirles disculpas y a enmendar mi error.

—Eso es fantástico.

—Y con la primera persona que quiero disculparme es contigo. He sido una necia y una boba tratándote como lo hice, pero estaba celosa. Tú has conseguido que Declan enloquezca por ti de amor, mientras yo nunca conseguí nada y eso me cegó. Eres una buena persona, Cindy, la mejor que he tenido el honor de conocer en la vida, y aunque no me gustó que me rebozaras en el barro, reconozco que me lo merecí.

—No os martiricéis, por favor. Yo también me disculpo por ese temperamento que a veces me lleva a hacer cosas demasiado locas y...

—Cindy, ¿me harías el honor de querer ser mi amiga?

Boquiabierta por aquello la joven sonrió y dijo:

—Pues claro que sí, Rose....digo, *lady* Rose, encantada.

—Por favor... dejemos los tratamientos y llamémonos por nuestros nombres.

Con una cálida sonrisa Montse asintió y, divertida, cuchicheó:

—Uf... pues te lo agradezco mogollón. Tengo que reconocer que hablar tan pomposamente me cuesta horrores. De donde yo vengo no hablamos así, y poder hablarte con normalidad a mí particularmente me facilita un huevo las cosas.

—¡¿Un huevo?!

—Ay, perdona... quería decir que me facilita mucho las cosas.

—Qué extraña manera tienes de hablar, Cindy. A veces dices cosas incomprensibles. Como eso de pija medieval, ¿qué quiere decir?

—Olvídalo. No es nada bueno —se mofó haciéndola sonreír, y levantándose dijo—: Anda, ven y dame un abrazo.

—¿Un abrazo?

—Sí, de donde yo vengo las cosas se solucionan con un abrazo y un besazo.

Sin decir nada más las dos se levantaron y se abrazaron. Rose la abrazó con desesperación. Era la primera amiga que conseguía tener en la vida y no estaba dispuesta a perderla. Tras reír por aquello se volvieron a sentar en sus sillas y Rose preguntó:

—Cindy, ¿qué puedo hacer para ayudar a mi gente? Mi padre siempre esperó que yo me desposara con algún *laird* y este llevara el peso de las responsabilidades de los O'Callahan. Y el problema es que yo... yo no sé qué hacer para que mi gente vuelva a tener confianza en mí y sacar adelante todo.

—Creo que lo primero que debes hacer es hablar con ellos. Deberías reunirles a todos esta noche en el salón del castillo y hablarles con la misma sinceridad con la que me hablas a mí y, sobre todo y muy especial, compartir lo que tienes. Eso ahora es vital para que confíen en ti. Sé que este castillo es tu hogar, ¿verdad? —La joven asintió—. Pues tienes que hacer que ellos sientan que es su hogar también, y si para ello tienes que albergarlos estas noches frías y compartir tu comida con ellos. ¡hazlo! Te lo agradecerán toda la vida y conseguirás que mueran por ti.

Aquella fría noche de diciembre Rose O'Callahan reunió a toda su gente en el castillo de Huntingtower y por primera vez desde hacía tiempo todos ellos se sintieron unidos. Feliz y emocionada por cómo la gente la escuchó y le volvió a dar otra oportunidad, Rose, cogida del brazo de su amiga Cindy Crawford, lloró emocionada.

—Venga... venga, no te me pongas tierna que tienes mucho que hacer para sacar a toda esta gente adelante —se mofó Montse—. ¿Ves a aquella mujer que abraza a su pequeño? —Rose asintió—. Se llama Berta, y en una ocasión vino al castillo para pedirte algo de comida para su hijo y tú se lo negaste. Creo que deberías ir y pedirle disculpas.

Sin dudarlo un segundo Rose asintió y se dirigió a la mujer.

—Hola, Berta —la saludó.

La mujer, al ver que se dirigía a ella por su nombre, agachó la cabeza y susurró ante la atenta mirada del resto de los campesinos:

—Buenas noches, milady.

—Berta, quiero pedirte disculpas por haberte negado alimento para tu hijo. Te prometo que eso no volverá a suceder. Me he dado cuenta de mi error y estoy dispuesta a subsanarlo y pediros mil y una veces perdón.

—No os preocupéis, milady, me hago cargo.

—Pero ¿me perdonas?

Berta, al escuchar aquello levantó la mirada y, sorprendiéndose como en su vida por aquella pregunta, respondió:

—Por supuesto, milady, claro que os perdono.

Emocionada por aquello, Rose abrazó sin pensarlo a la mujer ante el murmullo general de todos los campesinos, y volviéndose para mirarles a todos dijo:

—Os prometo que Huntingtower volverá a ser lo que fue. Os lo prometo.

Dicho esto todos aplaudieron y vitorearon a su señora

mientras Montse sonreía. De pronto notó que una mano la agarraba por la cintura, y al volverse se encontró con la azulada mirada que llevaba días deseando volver a ver y sonrió.

—Declan, estás aquí —susurró abrazándole.

—Sí, mi cielo... vine a buscarte a ti.

Tras aquello la besó delante de todos ganándose el vitoreo general de la gente. Rose, al ver aquello sonrió y aplaudió. Atrás quedó pensar en lo imposible: tenía mucho trabajo que hacer y aquel era un buen comienzo.

Capítulo 52

Dos días después Rose estaba mucho más recuperada. La llegada de Declan con sus hombres y de Kenneth hizo que los campesinos O'Callahan y sus guerreros cogieran fuerzas para trabajar. Durante aquellos días Declan y Kenneth aconsejaron a Rose sobre cómo llevar adelante su difícil trabajo, y todos se sorprendieron al ver el inmenso cambio que aquella jovencita había dado. Aunque el que más se fijó fue Kenneth, a quien de parecerle una joven insoportable comenzó a gustarle estar con ella. Le agradaba y mucho. Algo que no pasó desapercibido a Julia y Montse, que se reían al ver cómo este la miraba embobado. Al tercer día de llegar, los Carmichael decidieron regresar a sus tierras, aunque Kenneth optó por permanecer allí unos cuantos días más. Quería ayudar.

—Recuerda, Rose —dijo Julia—, sé buena con tu gente y ellos lo serán contigo.

—No lo olvidaré, Norma, no te preocupes. Y muchas gracias por todo.

—Por cierto, Rose —sonrió Montse dándole un codazo—. ¿Te has fijado cómo el guapo de Kenneth Stuart te mira? Creo que te ha salido un pretendiente.

Rose se puso colorada como un tomate y respondió:

—Oh, sí, Cindy... ya me he fijado.

—Pues ya sabes, ¡a por él!

Aquel comentario las hizo reír, y tras darse un beso de despedida, Rose, mirando a sus nuevas amigas preguntó:

—¿Cuándo nos volveremos a ver?

Julia y Montse se miraron. Su tiempo allí se estaba acabando, y tras sonreír, Montse la volvió a besar y dijo:

—No lo sé, pero siempre te llevaré en mi corazón.

La joven Rose fue a responder, pero Declan, acercándose hasta ellas, las apremió para que se despidieran. Quería llegar a Elcho antes del anochecer. Montse se acercó a Kenneth, que estaba hablando con uno de sus hombres, y le tocó en el hombro. Él, al ver que se trataba de ella sonrió.

—Me apena mucho que os vayáis —dijo.

—Pues fíjate, no sé por qué siento que te apenaría más que se fuera la pija medieval.

Al escuchar aquello el guerrero levantó una ceja sorprendido por lo espabilada que era aquella, pero sonrió cuando la escuchó decir mientras se alejaba:

—Cuídala bien. La pija medieval es una buena muchacha.

Momentos después, y con Montse ya montada sobre el caballo de Declan, la comitiva de los Carmichael encabezada por su *laird* comenzó a andar. Desde el caballo y entre los protectores brazos de Declan, saludó a los campesinos que la despedían a su paso. Pero su sonrisa se heló cuando al salir de las inmediaciones de Huntingtower vio algo.

—Para el caballo, Declan, me tengo que bajar —ordenó de pronto.

—¿Qué ocurre? —preguntó sorprendido.

—¡Para! Por favor.

El *highlander*, sin entender qué le ocurría, paró su caballo. Ella, sin esperar a que la ayudara a bajar, se tiró de él y corrió hacia la puerta de una desvencijada cabaña. Ante ella, agachada y muerta de frío, había una personita. Rápidamente se quitó la manta que llevaba alrededor de sus hombros y poniéndosela a la niña de azulados y temblorosos labios susurró:

—Aileen, cariño, pero ¿qué haces aquí con el frío que hace?

A pesar de su pésimo estado la niña la miró, y al reconocerla susurró:

—Esta es mi casa y...

—¿Tu casa? Pero... pero yo te dejé con tus tíos.

—Ellos se marcharon y me dejaron aquí solita.

Al escuchar aquello Montse se levantó, y sin poder evitarlo gritó al ver que Julia se acercaba:

—¡La madre que los parió! Como les pille juro que les arrancaré el pellejo a tiras. Pero... pero ¿cómo pueden abandonar a una niña en medio de la nada? Hijos de su madre... —gritó fuera de sí—. ¡Hijos de su madre! Me dijeron que se iban a ocupar de ella, y lo que han hecho es dejarla sola. ¡Sola! ¡Serán sinvergüenzas!

Al reconocer a la pequeña Julia entendió la indignación de Montse y, tras llevarse la mano a la cabeza, susurró a su amiga:

—La estás asustando. Tranquilízate.

Al escuchar aquello Montse miró a la pequeña y, al ver sus cargados ojos plagados de lágrimas, la cogió en brazos y dijo en un tono más calmado:

—No te preocupes, cariño. Yo te buscaré un hogar aunque sea lo último que haga en este mundo.

El duque, que había sido testigo mudo de su arranque de furia, fue a hablar, pero como casi siempre ella se le adelantó.

—Declan, no pienso abandonar de nuevo a Aileen. Cuando estuvimos aquí la otra vez la dejé con sus tíos porque sus padres habían muerto, y ellos la han abandonado a su suerte para que muriera. ¡Oh, Dios... para que muriera! Esos sinvergüenzas no han pensado en ningún momento que esta niña podría tener frío, hambre o pasar por penalidades que no quiero ni pensar. Y antes de que me digas nada quiero que sepas que no estoy dispuesta a abandonarla yo por segunda vez. ¡Me niego! Por lo tanto, si quieres que vuelva contigo a Elcho, ella tendrá que venir con nosotros o, si no, yo me quedaré aquí con ella.

La observó conmovido por su vehemencia mientras la pequeña, muerta de frío, se agarraba a Cindy con desesperación. La mujer que amaba le rogaba con la mirada que no las abandonara. Algo que él nunca haría. Por lo que acercándose a ellas, le dio un más que candoroso beso a Cindy en la frente y dijo tras echarle una piel sobre los hombros:

—Vamos, mi amor. Todos regresamos a casa.

Capítulo 53

El regreso de todos al castillo de Elcho colmó de felicidad a sus habitantes. Una vez allí Montse se encargó de cuidar personalmente a Aileen, quien le demostró su fuerza, su dulzura y su capacidad de integración. Aileen era un par de años más pequeña que Maud, pero rápidamente se hicieron amigas y juntas se divertían mucho. En un principio, Montse, a pesar del dolor que eso le ocasionaba, pensó buscarle una familia, y se emocionó cuando Declan una noche le dijo que la pequeña Aileen ya había encontrado a su familia.

La noche del 24 de diciembre en el castillo de Elcho se organizó una gran fiesta para todos. En la cocina todos se afanaron por preparar platos exquisitos, incluso Julia, Juana y Montse se animaron a cocinar. Por primera vez desde hacía muchos años, el salón se preparó para compartir la cena con todo el que viviera en Elcho.

En aquel tiempo las tres muchachas terminaron los vestidos de Agnes y Edel, confeccionaron una toquilla para Fiona e hicieron dos camisones en tonos violetas para Maud y Aileen, e incluso prepararon detalles para todos los habitantes de Elcho. Deseaban que todos tuvieran un recuerdo de ellas, por lo que siempre que podían iban al bosque a coger flores que introducían en el castillo ocultas en los cestos de la ropa. Con esas flores y ayudadas por unos alambres confeccionaron bonitas diademas para las mujeres y vistosos broches florales para los hombres.

Aquella noche Declan presidía la mesa feliz. Esa Navidad estaba siendo la mejor de toda su vida. No solo porque su hija sonriera junto a Aileen, o porque su gente estuviera feliz y su madre dichosa, sino porque Cindy le proporcionaba una felicidad que nunca creyó que encontraría.

Tras la opípara cena, y antes de que todos se levantaran de sus mesas, Julia, Montse y Juana repartieron los regalos que tenían para ellos, y estos, emocionados, se lo agradecieron. Al ver sus vestidos nuevos Edel y Agnes lloraron de emoción, y tras hacerlas reír, Montse se acercó hasta ellas y les susurró:

—¿Lo dudabais? Venga... id a ponéroslos. Esta noche, con los bonitos peinados que os ha hecho Paris y estos vestidos, Percy y Ned no os podrán quitar los ojos de encima. Y ya sabéis... que sufran un poquito.

Y así fue. Cuando las dos jóvenes aparecieron con sus nuevos vestidos y otros *highlanders* las miraron con deseo, sus enamorados por fin cayeron rendidos a sus pies.

Alaisthar, dichoso por la felicidad que su pequeña Paris le proporcionaba, sonrió como un bobo cuando ella le regaló un bonito *sporran*, y él la sorprendió cuando en un cesto le entregó un precioso cachorro de perro escocés, al que pusieron de nombre, para risas de todos, *Mojopicón*.

Fiona, emocionada y rodeada por todos, no sabía a quién mirar para ser más dichosa. Su gente estaba feliz: Maud y la pequeña Aileen no paraban de reír, Norma se divertía bailando con Colin, Alaisthar y su mujer no paraban de prodigarse arrumacos y su hijo y Cindy se miraban con amor. Incluso se emocionó al ver a Declan entregarle un pequeño paquetito a la muchacha.

—Toma, este es mi regalo para ti.

Ella lo cogió con una encantadora sonrisa, pero entregándole el suyo apremió:

—Vale. Pero abre primero el mío.

Declan, ensimismado y tras suspirar encantado, cogió aquel paquete, la besó y lo abrió. En él encontró un par de velas talladas y teñidas en tono violeta por ella personalmente.

—Son para tu habitación...

—*Nuestra* habitación —aclaró él besándola.

—Vale, nuestra habitación. —Y al ver cómo miraba el regalo dijo—: Quiero que las pongas sobre la chimenea y las enciendas. Quedarán muy bien.

—Gracias, cariño, son preciosas —agradeció él, y tomándole las manos dijo—: Antes de que abras tu regalo, quiero decirte una cosa.

—Tú dirás...

—Desde que apareciste en mi vida, todo lo que me rodea ha cambiado para bien. Antes estaba solo y continuamente enfadado, pero ahora tengo una gran familia a mi alrededor, y todo eso te lo debo a ti. Sé que estás aquí porque soñabas conmigo —eso la sorprendió— y yo solo te puedo decir que mi sueño ahora eres tú. Recuerdo que una vez me dijiste que no sabías por qué estabas aquí, y yo quiero decirte que ya lo he descubierto.

—¿Ah, sí...? —Se rio al escucharle, y él continuó:

—Estás aquí para que Maud sonría, para que Aileen tenga su familia, para que mi madre sea dichosa, para que mi gente te quiera, para que yo sea mejor persona, incluso para que Rose O'Callahan cambie su vida y la de su gente.

—Gracias, cariño —murmuró emocionada. Por fin se había dado cuenta de por qué estaba allí.

Declan, henchido de orgullo por la sonrisa de aquella, la besó y dijo:

—Ahora abre tu regalo.

Lo abrió rápidamente, y al ver que se trataba de la joya de los Carmichael, aquella que ella les entregó, se llevó las manos a la boca, y antes de que dijera nada, él se adelantó:

—Es para ti, mi amor. Quiero que la lleves siempre, estés donde estés, porque sé que la maldición se ha acabado.

Emocionada, encantada, agradecida y lacrimosa Cindy le besó y, levantándose el pelo, le ofreció el colgante para que se lo pusiera. Declan se lo puso encantado, y ante la mirada emocionada de Fiona se volvieron a besar. Entonces se oyó el sonido de las gaitas, y todos se lanzaron divertidos a bailar.

Aquella noche, finalizada la fiesta, Declan y su enamorada subieron a su habitación, y tras pasar parte de la noche haciendo el amor, finalmente se durmieron. Pero aquella noche Cindy se despertó sobresaltada. Erika la escocesa, aquella gitana, la visitó en sus sueños y le dijo que su tiempo se acababa. Con el corazón latiéndole con furia miró a Declan, que dormía a su lado plácidamente. Sin poder evitarlo las lágrimas corrieron descontroladas por su cara. ¿Qué iba a hacer sin él?

Levantándose se acercó al hogar, le echó un par de troncos y avivó el fuego. Con ganas de llorar y berrear se sentó sobre la piel que había ante la chimenea y, finalmente, tapándose la cara con las manos, lloró.

A la mañana siguiente, tras una infernal noche buscó a sus amigas, y estas le confirmaron que habían tenido el mismo sueño. Durante horas lloraron en el cuarto que ahora solo ocupaba Julia, hasta que finalmente esta dijo:

—¡Basta de llorar! Por Dios, os vais a deshidratar.

—Ay, mi niña, no puedo. ¿Qué voy a hacer yo sin Alaisthar?

—Os lo dije —refunfuñó Julia—. Me enfadé con vosotras para que pensarais que este momento tarde o temprano iba a llegar. Si fui dura con vosotras fue precisamente por eso, porque sabía que esto pasaría.

Con la nariz roja como un tomate, Montse se retiró el pelo de la cara e hipando murmuró:

—Yo... creo que me voy a morir de la pena. No voy... a volver a ver a Declan... ni a Aileen, ni a Maud y... y...

Pero no pudo seguir. La pena que sentía era tan grande que le impedía hablar. Una hora después, Julia, convencida de que así no podían seguir, levantándose de la cama se puso las manos en las caderas y dijo:

—Vamos a ver, almas de cántaro. ¿Pensáis perder el tiempo aquí conmigo llorando cuando podéis aprovecharlo estando con las personas a las que tanto queréis?

Al ver que las dos negaban con la cabeza prosiguió:

—Pues entonces venga, lavaos la cara y a disfrutar lo que queda. Que nunca se diga que no habéis exprimido al máximo el tiempo.

Pero aunque lo intentaron, con el paso de los días ya nada volvió a ser igual. Trataban de estar bien, de olvidar lo que se les venía encima, pero el brillo de su mirada se perdió. Aquellos últimos días la canaria los aprovechó para estar con Alaisthar y Cindy disfrutó todo lo que pudo de Declan, de las niñas y de todo lo que tuviera que ver con Elcho.

El día 31 de diciembre por la mañana, al despertar, una extraña angustia se apoderó de Declan. No había vuelto a hablar de aquello con Cindy, pero no le hizo falta. Solo con ver las ojeras oscuras que en los últimos días habían aparecido en su cara tuvo suficiente.

Montse, al igual que Juana, intentó estar alegre, pero ¿cómo estar alegre ante lo que iba a ocurrir? Según avanzaba el día los nervios las comenzaron a atenazar, y cuando llegó la noche apenas podían razonar.

—No ocurrirá nada, cariño —le susurró el duque abrazándola—. No permitiré que nadie te lleve, tranquilízate.

—Te quiero, Declan. ¿Lo sabes, verdad?

Complacido asintió y la besó justo en el momento en que Fiona, ajena a todo lo que ocurría, entraba en el salón acompañada por las pequeñas Aileen y Maud.

—¡Papi! —gritó Maud corriendo hacia aquel, que la asió en sus brazos.

Al ver a Cindy la pequeña Aileen corrió hacia ella, y esta con una risotada la cogió y la besó. Maud, al ver aquella estampa tan familiar, miró a su padre y preguntó:

—Papi, cuando te cases con Cindy y ella sea mi mami, ¿Aileen puede ser mi hermana?

Declan y Montse se miraron. Ella no pudo contestar, y el duque, sacando fuerzas de donde apenas le quedaban, miró a su hija y contestó:

—Por supuesto, cariño, aunque creo que Cindy ya es mi mujer y tu madre y Aileen es tu hermana y mi hija.

Emocionada por aquellas palabras, Montse asintió, y aguantando las enormes ganas de llorar que tenía sonrió y dijo:

—Vaya... vaya... vaya... qué familia más preciosa tengo.

Al escuchar aquello las niñas sonrieron, y tras dejarlas en el suelo corrieron por el salón para jugar con Norma. Declan, angustiado como en su vida, miró a Cindy y la volvió a besar, mientras la abrazaba con desesperación.

Ojerosa, Juana apareció del brazo de su desconcertado marido, y una vez todos se reunieron en el salón la cena de fin de año comenzó. La noche era lluviosa y una ruidosa tormenta se desató. Las niñas tomaron todo el protagonismo; ni Cindy ni la graciosa Paris estaban para fiestas. Fiona, que hablaba junto a una distraída Norma, observó que algo pasaba, pero no preguntó. Lo que sí observó es que cada vez que alguna de las muchachas se levantaba, Declan o Alaisthar iban tras ellas. ¿Qué les ocurría?

De pronto sonó un trueno y un increíble ruido hizo que el castillo entero retumbara. Las niñas, asustadas por el potente sonido, comenzaron a llorar. Levantándose con rapidez, Declan, seguido por Alaisthar y el resto, se asomó a la ventana.

—Por todos los santos, ¿otra vez un rayo ha alcanzado la pared oeste del castillo?

Al escuchar aquello Montse y sus amigas se miraron inquietas, y cuando vieron a Declan y Alaisthar correr hacia el exterior no lo dudaron y les siguieron. Fuera llovía con furia. Era tal el aguacero que caía que en menos de dos segundos todos estaban calados. Un nuevo rayo, esta vez azulado, partió el cielo, y segundos después el retumbar del trueno en toda su magnitud volvió a caer sobre ellos.

—Entrad dentro del castillo —gritó Declan al ver a las mujeres empapadas.

—No —contestó Montse.

De repente una extraña luz azulada rodeó a las tres amigas y supieron que el momento había llegado.

—¡Declan! —chilló Montse.

—¡Alaisthar! —gimió Juana.

Sorprendidos por aquella repentina claridad los *highlanders* miraron hacia donde ellas estaban, pero antes de que pudieran ni siquiera respirar, las tres muchachas desaparecieron ante ellos. Alaisthar al ver aquello gritó. Llamó a su Paris con desesperación, mientras a Declan le sollozaba el corazón y mirando a la extraña tormenta que comenzaba a amainar susurró destrozado:

—Cindy Crawford, te esperaré toda mi vida.

Capítulo 54

Una oscuridad densa y fría las rodeaba cuando parecieron despertar. Sumergidas bajo el agua las tres mujeres comenzaron a nadar con desesperación hacia la superficie hasta conseguir alcanzarla.

—Ah... —suspiró Montse al sacar la cabeza del agua—. ¡Que me ahogo!

—¿Otra vez en la maldita agua? —protestó Julia.

Desconcertadas aún por lo ocurrido ninguna habló hasta que Juana, señalando, dijo:

—Ay, mi niña, ¿eso es el castillo de Edimburgo?

Todas miraron hacia donde señalaba Juana, y aunque la oscuridad de la noche no las dejaba ver con claridad, intuyeron por la silueta que sí lo era. Nadaron hasta el muelle y lograron salir del mar por una especie de escalera de madera. Llovía. Todo estaba oscuro, y la gente, vestida de época medieval, corría para resguardarse. Eso alegró a Montse y Juana. Había esperanzas.

—La madre del cordero, ¡estoy congelada! —se quejó Julia.

Y de pronto las esperanzas de aquellas se desvanecieron cuando la luz iluminó el lugar y comprobaron que estaban en el muelle de Edimburgo, en medio de la feria medieval.

—No... —susurró Montse al comprobar la realidad.

—Nooooooooo —gimió Juana con desesperación.

Julia, al comprender que habían vuelto a su época, sin

pensarlo paró a uno de los viandantes que llevaban un paraguas y preguntó:

—¿Por favor, tiene hora?

—Las doce y diez, señora.

—Una cosa más, ¿qué día es hoy?

La pareja, sorprendida por aquella pregunta, respondió tras mirarse:

—Quince de septiembre.

—Gracias... gracias... —contestó Julia, y volviéndose a sus amigas dijo—: Hemos regresado el mismo día que nos fuimos.

—La gitana. ¡Tenemos que buscar a Erika la escocesa! —gritó Montse con desesperación.

—Sí —asintió Juana.

Sin esperar a Julia ambas comenzaron a correr, pero al llegar donde debía estar, no encontraron ni su caravana ni su puesto del tarot. Con desesperación Juana se dejó caer al suelo y comenzó a llorar.

—No... maldita sea, Erika, ¿por qué me haces esto? Aún me queda un deseo por pedir, ¡me oyes! Me queda un deseo por pedir —gritó Montse con el rostro lleno de lágrimas.

Julia, que las había seguido, al llegar junto a ellas no supo qué hacer para consolarlas. La lluvia continuaba y las tres estaban empapadas, pero eso era lo que menos les importaba. Durante horas Julia no consiguió moverlas de allí, pero al despuntar el alba finalmente las convenció y regresaron al hotel.

Durante más de un mes Juana y Montse buscaron a Erika la escocesa por toda Escocia, pero nadie parecía conocerla. Julia regresó a Londres. Deseaba ver a su Pepe y sus amigas lo entendieron. En ese mes visitaron en varias ocasiones el castillo de Elcho y sus alrededores, donde Montse lloró desconsoladamente ante el retrato de Declan, y más cuando leyó una placa en la que ponía:

TE ESPERARÉ TODA MI VIDA.

Amaba a ese hombre, pero su amor era imposible. Les separaba el tiempo, los años, los siglos, les separaba todo menos el corazón.

—Ay, mi niña, como diría Julia, te vas a deshidratar —sollozó Juana a su amiga.

Montse, mirando a su lacrimosa amiga, sonrió con tristeza y murmuró:

—Mira quién fue a hablar.

Así estuvieron un mes, y cuando se convencieron de que aquel sueño se había acabado, con el corazón roto en mil pedazos regresaron a Londres, a sus vidas.

Capítulo 55

14 de septiembre de 2011... un año después

—¿A qué hora comienza la cena medieval? —preguntó Montse nerviosa.

—A las nueve —respondió Julia.

—Ay, mi niña, confío en que la espera haya merecido la pena —suspiró la canaria.

Había pasado un año, y de nuevo las tres estaban en Edimburgo. Había sido un año duro para todas. Julia regresó a España con su Pepe, concretamente a sus raíces, al barrio de Vallecas en Madrid. Marcharse y dejar a sus amigas como estaban fue lo más duro, pero no podía hacer otra cosa, su vida estaba al lado de su marido. Pero a pesar de la distancia, se estipuló que cada dos días una de ellas llamaría para mantener el contacto, y así fue. Ninguna falló.

Montse y Juana regresaron a sus trabajos pero ninguna volvió a ser la que era. De pronto era como si estar en el siglo XXI se hubiera convertido en algo insoportable y difícil de llevar. Añoraban la tranquilidad del campo, las charlas frente al hogar, el sonido de los pájaros al despertar, el olor a la tierra mojada de Escocia, su bonitos valles y montañas, la franqueza de sus gentes. Pero lo que más añoraban era a los hombres que con su ausencia les habían partido el corazón.

En ese tiempo Juana se mudó al apartamento de Montse. Ninguna deseaba vivir sola. Necesitaban hablar de ellos continuamente para creer que lo que había pasado, aquella locura, había sido verdad, aunque recordar momentos inolvidables les hiciera llorar.

Durante aquel año planearon regresar a Edimburgo para septiembre. Montse y Juana necesitaban ver si Erika la escocesa estaría de nuevo con su puesto en la feria medieval. Y había llegado el momento. Estaban en Edimburgo.

—¿Y si no está? —murmuró Juana.

—Tiene que estar —rogó Montse al escucharla—. Me debe un deseo y tiene que estar.

Julia, emocionada por estar con ellas, sonrió, y para tranquilizarles dijo:

—Seguro que estará, no os preocupéis.

A las nueve de la noche, vestidas con atuendos de época, llegaron al recinto donde se organizaba la feria. Montse compró dos muñecas de trapo y con una sonrisa esperanzadora se las metió en el bolsillo de la falda mientras suplicaba con el corazón.

«Por favor, Erika, recuerda eso que siempre me decías de que mi felicidad está en el pasado. Por favor, recuérdalo.»

Antes de que la cena medieval comenzara se acercaron hasta la pradera donde las atracciones de la feria se comenzaban a iluminar. Pero no, Erika la escocesa no estaba allí. Con la desesperación en el rostro Julia las convenció para asistir a la cena medieval, donde las tres sonrieron al ver la representación. Cuando todavía no había terminado la cena, Montse escuchó un trueno. Aquel ruido hizo que Juana y ella se miraran, y con una sonrisa en los labios se levantaron y salieron al exterior.

—Madre mía, ¡se está organizando una buena! —dijo Julia al ver el cielo encapotarse y sentir la alegría de sus amigas.

Comenzó a llover, y con el corazón en un puño, las tres corrieron hasta la pradera de las atracciones. Allí estaba la caravana y el puesto de toldo amarillo de Erika la escocesa.

—Mi niña, ¿ves lo que yo? —susurró la canaria.

—Sí... sí... sí... ¡SÍ! —gritó Montse, y comenzó a correr hacia allí.

Como si de una tromba se tratara las tres se precipitaron en la tienda, y cuando la gitana levantó la cabeza para ver quién entraba sonrió al escuchar:

—Erika, aún me queda un deseo por pedir. Por favor... por favor... por favor... me lo debes y no me puedes decir que no. Porque lo deseo con toda mi alma.

La gitana, al verla entrar y escucharla, sonrió, y levantándose la abrazó.

—Princesa, ¿cómo estás?

— Ahora que te he encontrado, bien, muy bien —contestó Montse abrazándola.

La gitana, feliz por volver a verla, ordenó a las muchachas que se sentaran. Durante media hora las chicas le contaron atropelladamente todo lo ocurrido el año anterior, y cuando finalmente Montse terminó, dijo mirándola a los ojos:

—Me queda un deseo por pedir. —Y agarrando a su amiga indicó—: Y es un deseo compartido.

La gitana, consciente de la rotundidad de aquello, las miró con cariño y preguntó mientras un trueno hacía retumbar media Escocia:

—¿Estáis seguras?

—Sí —murmuró la canaria emocionada.

—Nunca he estado más segura —afirmó Montse.

—He dejado que pasara un año para que pensarais realmente lo que queréis. Regresar al pasado significa desaparecer de este tiempo y no regresar nunca.

Montse, tras mirar a Juana, que la tomó de la mano y asintió, murmuró mientras Julia comenzaba a llorar:

—Sí, Erika. Nunca hemos estado más seguras en toda nuestra vida. Ambas lo hemos pensado y sabemos lo que queremos, lo que deseamos y sin lo que no podemos vivir. Sabemos que añoraremos muchas cosas, pero... el volver a estar con las personas amadas superaré las carencias que tendremos.

—Pero allí no tendréis nada de lo que tenéis aquí. Allí la vida es...

—Erika, allí está todo lo que queremos tener —aclaró Montse.

La gitana miró con una enigmática sonrisa a la muchacha que adoraba de toda la vida y preguntó:

—¿Qué deseas, mi amor?

—Deseo que Juana y yo regresemos al castillo de Elcho para proseguir nuestras vidas junto a Alaisthar Sutherland y Declan Carmichael.

Al escuchar aquello, Julia prorrumpió en sollozos, y la gitana, tras darle un clínex, sonrió y preguntó:

—¿Por qué lloras, Julia?

La mujer, secándose las lágrimas, tras mirar a sus amigas susurró:

—Lloro de felicidad. Sé que ellas serán felices y eso me hace llorar. Siento horrores no acompañarlas en este viaje, pero mi felicidad está junto a mi Pepe y...

—No te martirices, Norma Duval —se guaseó Montse—. Todas seremos felices y eso es lo que cuenta en la vida, ¿no crees?

—Sí —asintió aquella emocionada.

Tras escucharlas, la gitana asintió, y mirando a Juana y Montse dijo mientras el sonido de los truenos les indicaba que la tormenta se acercaba:

—Será un viaje sin retorno. ¿Estáis seguras?

Las amigas se miraron, y con una radiante sonrisa asintieron justo en el momento en que la luz se iba y volvía y un trueno caía cerca de donde ellas estaban.

—Pues así sea. Tu deseo, princesa, está pedido.

—¡Ay, madre! —susurró Juana.

—¡¿Ya?! ¿Ya está? —gritó Montse, y la gitana asintió.

—Debéis caer al agua. Ella es el nexo de unión que os llevará donde deseáis estar —y mirando a Montse murmuró—: Serás muy feliz, princesa, siempre lo he sabido, mi amor.

Feliz por aquello, Montse se lanzó contra la gitana y la abrazó. Poco después, y tras despedirse de ella, las tres amigas, emocionadas, risueñas y radiantes, sin importarles la lluvia, los truenos y los relámpagos bajaron andando hasta el puerto de Leigh.

—Os voy a echar mucho de menos —susurró Julia emocionada.

—Ay, mi niña, y nosotras a ti.

En ese momento un apagón general dejó sin luz a Edimburgo, y todas supieron que había llegado el momento. Montse, al ver a su amiga tan llorosa la abrazó, y para acabar cuanto antes con aquel lacrimógeno momento, cogió a la canaria de la mano y en tono burlón le dijo a Julia:

—Norma Duval, te cedemos los honores de que nos empujes a la felicidad.

Limpiándose las lágrimas, Julia sonrió, y tras darles un último beso posó sus temblorosas manos en sus espaldas y, empujándolas a las aguas del puerto de Leigh, dijo:

—Que la felicidad os acompañe el resto de vuestras vidas.

Capítulo 56

Escocia, lago Tay, 1690

Como dos ninfas Montse y Juana emergieron de las aguas del lago Tay. Y como era de esperar, hacía frío.

—Ay, Dios —se quejó Montse—. Aquí hace más frío que en la fábrica de Frigo.

—Ay, mi niña, creo que hemos regresado. Volvemos a ser Paris Hilton y Cindy Crawford.

—Sí... sí... sí —rio Montse emocionada, y gritando como una posesa dijo—: Gracias, Erika. Graciasssssssssss sssssssssssssssssssss.

Como buenas nadadoras alcanzaron la orilla, y una vez salieron del agua, las dos se abrazaron. Habían regresado. Pero ¿dónde estaban?

—¿Para dónde tiramos? ¿Te suena algo?

La canaria miró a su alrededor y encogiéndose de hombros negó con la cabeza mientras le castañeteaban los dientes.

—La verdad es que en momentos como este un GPS nos vendría de vicio —dijo Montse mientras sonreía.

Felices comenzaron a andar. Caminaron durante horas, y la alegría era tal que nada, ni siquiera el frío, podía oscurecer su felicidad. De pronto Montse se paró.

—¿Qué ocurre? —preguntó Juana.

Con una sonrisa de oreja a oreja Montse señaló hacia un lateral y besando a su amiga le susurró:

—Señora Sutherland, creo que ha llegado el momento de que tu marido te vuelva a ver.

Al escuchar aquello a Juana se le subió el corazón a la boca, y al mirar donde su amiga le señalaba, estuvo a punto de desmayarse al ver a Alaisthar, el hombre de su vida, sentado a los pies de un árbol con un perro.

—A ver... a ver, reacciona, que veo que te va a dar un ataque de ansiedad y no tengo una bolsita de papel para que respires.

—¡Ay, qué nervios!

Con una sonrisa en los labios y entendiendo lo que su amiga sentía, la animó y dijo:

—Lo sé, cielo, pero llevamos mucho tiempo deseando esto, y creo que si sigues así, a tu pobre maridito en vez de darle una sorpresa le vas a dar un susto de muerte.

La canaria se tuvo que sentar en el suelo. Fue tal su emoción que sintió que el aire le faltaba. Allí, no muy lejos de ella, estaba Alaisthar. ¡Su Alaisthar!

Con los ojos plagados de lágrimas miró a su amiga y riendo susurró:

—Ay, mi niña... cómo ha crecido *Mojopicón* y qué guapo está mi marido.

—Anda, ve. Estoy segura de que los dos se volverán locos cuando te vean.

Levantándose, Juana tomó aire y comenzó a andar hacia ellos. El perro rápidamente se percató de que alguien se acercaba, y levantándose fue a su encuentro. Alaisthar, al ver que el animal se separaba de su lado levantó la mirada y se quedó más blanco que el papel al ver quién se acercaba. Como pudo se levantó, pero se tuvo que apoyar en el árbol para reponerse de la impresión. Ella, su Paris, su mujer, *su niña* había vuelto, y antes de que pudiera decir alguna de sus frases ocurrentes aquel gigante estaba abrazándola y besándola con devoción.

—Hola, *mi niña.*

—Alaisthar... he vuelto, y esta vez es para siempre.

Incrédulo volvió a mirarla y soltó un aullido de felicidad que les hizo sonreír.

Tras infinidad de besos, arrumacos y abrazos, Alaisthar abrazó también a la joven Cindy, y cuando reaccionó corrió a su caballo y les proporcionó unas mantas que llevaba para que entraran en calor. Las pobres estaban congeladas.

—¡Por todos los santos! Vais a coger una pulmonía —dijo él—. Vamos... vayamos al castillo, allí entraréis en calor.

—Un momento, Alaisthar —pidió la canaria al ver la cara de susto de su amiga—. Creo que Cindy necesita preguntarte algo.

—¿Cómo está Declan?

El hombretón sonrió y respondió abrazando a su mujer.

—Creo que cuando te vea se va a llevar la mayor sorpresa de su vida.

—Imagino que para bien, ¿verdad?

—No lo dudes, Cindy... —Sonrió—. No lo dudes.

Una vez tranquilizó a la joven, el *highlander* les indicó que el duque estaba en el castillo. Al escuchar aquello su enamorada quiso correr hacia él, pero sabía que con seguridad otras personas la interceptarían en su camino, y lo que quería era sorprenderle y encontrarse primero con él. Dichoso y todavía sin creer lo ocurrido, el pelirrojo se ofreció a ir a buscarlo. Le llevaría al bosque con cualquier pretexto.

Agazapadas en las cercanías de Elcho y tarareando por los nervios una canción, las dos jóvenes esperaban, hasta que por fin ambas escucharon:

—¿Qué me quieres mostrar? —preguntó Declan a su amigo.

—Algo que estoy seguro que te va a gustar mucho

—rio aquel—. Sigue el sendero y no muy lejos de aquí lo encontrarás.

Al ver que su amigo le miraba con gesto ceñudo, Alaisthar sonrió, y dándole un candoroso golpe en el hombro suspiró y dijo:

—Ve, Declan, y si lo que ves no te parece la cosa más maravillosa que has visto últimamente, cuando vuelvas juro que me dejaré azotar por ti.

Sorprendido por aquello el duque sonrió, y comenzando a andar dijo volviéndose hacia su amigo:

—Recuerda lo que has dicho, yo no lo voy a olvidar.

Las dos jóvenes continuaban escondidas entre los árboles. La canaria estaba encantada, mientras Montse, nerviosa, continuaba tarareando. De repente un silbido de Alaisthar le hizo saber a su mujer que la esperaba.

—Bueno, *mi niña*, deja de cantar que llegó tu momento.

—Ay, Dios, ¡me tiemblan hasta las pestañas! —y retirándose el enmarañado y aún mojado pelo de la cara preguntó—. ¿Estoy bien o demasiado desastrosa?

Divertida, su amiga la miró, y tras besarle respondió:

—Estas guapísima, como siempre, y tranquila, creo que a Declan tu aspecto es lo que menos le importará. Venga, dame un beso.

Tragando con dificultad Montse la besó, y sonrió al ver a su amiga alejarse medio a rastras. De pronto el sonido de unas pisadas acercándose le alertó, y cuando le vio se quedó de piedra. Ante ella se erguía el guerrero. El hombre fuerte. El hombre de sus sueños. El hombre que amaba con toda su alma y que la había llevado hasta allí.

Declan iba mirando a su alrededor con curiosidad. ¿Qué era aquello que Alaisthar quería que viera? De pronto escuchó:

—*Señor* Carmichael, ¿puedo tutearle?

Aquella voz le paralizó. Solo había una persona en el mundo que tuviera aquel tono descarado, dulce y encantador al hablar, un tono que había añorado día y noche. Volviendo su mirada felina hacia la derecha clavó sus inquietantes y ojos azules en ella.

—¡Tú! —susurró confundido.

Montse, al ver que él no se movía y solo la observaba, frunció el ceño, y con una encantadora sonrisa respondió al recordar la primera vez que se vieron:

—¡¿Yo?! ¿Yo qué?

Al escuchar aquella contestación Declan sonrió, y a grandes zancadas corrió hasta ella y la abrazó. La besó con ansia, con ardor y pasión. Con anhelo, dulzor y devoción. Entre sus brazos tenía a la mujer que adoraba y que con su ausencia le había roto el corazón. Incapaz de abrir los ojos por temor a que aquello fuera un sueño, escuchó:

—Declan... Declan... ¡que me ahogas!

Alertado por aquello la soltó, y bromeando ella susurró:

—Sé que me fui sin despedir, pero eso no te da derecho a ahogarme cuando regreso de nuevo a ti.

Mareado por aquella fuerte impresión le cogió el rostro con sus manos y susurró cerca de su boca:

—Dime que nunca más te marcharás.

—Nunca más me marcharé, cariño.

—Cariño —musitó él saboreando aquella dulce palabra—. Cuánto he anhelado oírte decir eso, mi amor.

Cogiéndola en brazos con posesión la volvió a besar, y solo interrumpió el beso cuando escuchó:

—Ejem... ejem... Declan, veo que has encontrado la maravilla que te dije —rio Alaisthar del brazo de su mujer.

—Sí, amigo... y me alegra saber que tú también —asintió este guiñándole un ojo a la joven Paris, que sonrió encantada.

—Oh, sí... no lo dudes. Y si nos disculpáis, *mi niña* y yo nos ausentaremos unos días de Elcho. Tenemos muchas cosas pendientes.

Los cuatro soltaron una carcajada y, después, los señores Sutherland, con su perro *Mojopicón* se alejaron dispuestos a comenzar su historia particular.

Radiante de felicidad, la joven y futura duquesa miró al hombre que adoraba y preguntó:

—¿Cómo están mis niñas?

—Bien, aunque te añoran todos los días.

Al hablar de ellas la joven recordó algo, y sacándose unas mojadas muñecas de trapo del bolsillo, dijo haciéndole sonreír:

—Les he traído un regalito. Espero que esto sirva para que me perdonen.

Divertido, emocionado y feliz como nunca en su vida, Declan la miró, y mientras caminaban hacia el castillo de Elcho cogidos de la mano susurró:

—No sé si te perdonarán. Fue muy *chungo* lo que hiciste.

—*¿Chungo?* —Rio al escucharle.

—Sí, señorita Crawford. Y antes de que digas nada, tu castigo será casarte conmigo, criar a nuestras hijas y ser feliz el resto de nuestra vida. ¿Algo que decir?

Con la felicidad instalada en el rostro, el cuerpo y el corazón, la joven besó al hombre de sus sueños y murmuró:

—Solo puedo decir: sí, quiero.

Epílogo

Castillo de Elcho, Escocia... un año después.

—Mami... mami... alguien se acerca —voceó Aileen al mirar por la ventana.

—Es Rapunzel —gritó Maud.

—Tesoro, te he dicho cientos de veces que no llames así a Rose.

—Pero, mami, la tía Paris dice que... —prosiguió Maud, y su mami la cortó al ver la comitiva.

—Luego hablaremos de ello. Ahora vamos, que están llegando los novios.

Todos en Elcho salieron a recibir entre algarabías a los señores Stuard. Rose O'Callahan y Kenneth Stuard se habían desposado cuatro meses atrás y regresaban de su viaje de luna de miel. Cuando Rose vio a su amiga Cindy sonrió, y tras bajar de lomos del caballo de su flamante marido corrió a abrazarla.

—Te noto radiante, señora Stuard —cuchicheó esta al abrazarla—. Veo que el guaperas de Kenneth te hace muy feliz.

—Ay, mi niña... ¡estás radiante! —gritó la canaria abrazándola.

La joven Rose O'Callahan, tras retirarse el pelo con gracia de la frente, miró a aquellas dos jóvenes a las que tanto quería y susurró haciéndolas reír:

—Oh, sí... Kenneth es ¡maravilloso! —suspiró la joven mirando a su marido que en ese momento saludaba a Declan y Alaisthar—. Y antes de que me lo preguntéis, vuestro regalo para la noche de bodas a Kenneth ¡le encantó!

Aquello hizo reír a las tres a carcajadas. Un tanga a conjunto con un picardías de lo más indecente fue el regalo que aquellas le hicieron para su noche de bodas. Y aunque al principio le pareció algo indecoroso y atrevido, les hizo caso y lo estrenó. El resultado fue un Kenneth Stuard encantado y rendido a sus pies.

—Si es que ya te lo dijimos, reina, a los hombres un buen tanguita les vuelve locos —se mofó Montse.

—¿Dónde están los bebés? —preguntó Rose divertida—. Quiero conocerlos.

—Ay, *mi niña*, ¡son preciosos! —murmuró la canaria al pensar en su pequeño Kiefer.

—Ven, te los mostraremos —dijo Montse al recordar a su pequeña Aisling.

Rápidamente y ante las divertidas caras de sus maridos, las tres jóvenes desaparecieron en el interior del castillo. Fueron al salón donde Fiona leía al lado del hogar rodeada por dos cunas de madera. Al abrirse la puerta y ver a Rose y las otras dos entrar, la mujer se levantó y saludó encantada.

—Rose, querida, qué alegría saber de ti. ¿Qué tal tu viaje?

—Maravilloso, Fiona... maravilloso.

Montse, dirigiéndose hacia las cunas, le susurró mientras observaba a su marido y los maridos de las otras entrar:

—Y estos son Kiefer y Aisling.

—Ni que decir tiene que el pelirrojo es el de mi Alaisthar y mío —se mofó la canaria haciendo reír a todos.

—¿Aisling? —preguntó Kenneth—. Pero ¿eso no significa «sueño» en gaélico?

—¡Ajá! —asintió la orgullosa madre antes de decir—: Es que mi niña es todo un sueño.

Tras sonreír por aquello, Declan clavó la mirada en su bonita mujer y afirmó orgulloso:

—Aisling es un hermoso nombre para nuestra hija.

Rose, emocionada al ver a aquellos bebés, se acercó a ellos y murmuró:

—Son preciosos... preciosos.

Fiona, cogiendo a la joven por la cintura, le murmuró al oído:

—Estoy segura de que dentro de poco por el castillo de Huntingtower correteará alguno así. Solo hay que mirar cómo te observa tu marido para saber que así será.

—Por supuesto, Fiona. Te aseguro que ambos estamos poniendo todo nuestro esfuerzo porque sea así —dijo Kenneth haciendo sonreír a todos y acalorando a su mujer.

Tras hablar durante un rato alrededor de los bebés, Edel entró en el salón para decirles que la cena ya estaba preparada, y todos, a excepción de Declan y su esposa, se marcharon. Amoroso, vio cómo su adorada Cindy observaba a su pequeña, y agachándose le preguntó:

—¿Qué piensas?

—En lo bonita que es. ¡Es perfecta!

—Es tan bonita como la madre —dijo sonriendo.

—Declan.

—¿Qué?

—Tengo algo que contarte.

Sorprendido por aquello el *highlander* frunció el ceño y preguntó haciéndola sonreír:

—¿Es *chungo*?

—No lo sé... creo que no. Pero...

—Cindy Crawford, ¿qué es lo que me tienes que contar? —exigió él.

—Veamos. Sé que estás feliz con Maud, Aileen y ahora

Aisling, pero ¿te gustaría tener un varón? —Al ver que él la miraba boquiabierto ella continuó tocándose su aún inexistente barriga...

Declan la abrazó y, sonriendo por la feliz noticia que su adorada mujercita le acababa de dar, murmuró antes de besarla:

—Te quiero y siempre querré todo, absolutamente todo, lo que tú me des.

...Fin...

Otros títulos de la autora en Booket:

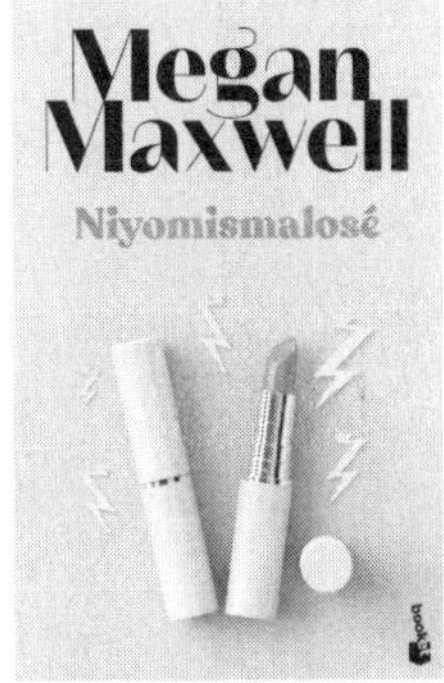